西湖夢尋注评

〔明〕张岱 著

林邦钧 注评

上海古籍出版社

图书在版编目 (CIP) 数据

西湖梦寻注评/（明）张岱著；林邦钧注评．—上海：上海古籍出版社，2013．12（2023．10 重印）
ISBN 978-7-5325-7058-4

Ⅰ．①西…　Ⅱ．①张…②林…　Ⅲ．①小品文—作品集—中国—明代　Ⅳ．①I264．8

中国版本图书馆 CIP 数据核字（2013）第 229592 号

西湖梦寻注评
［明］张　岱　著
林邦钧　注评
上海古籍出版社出版发行
（上海市闵行区号景路 159 弄 1-5 号 A 座 5F　邮政编码 201101）
（1）网址：www．guji．com．cn
（2）E-mail：gujil@ guji．com．cn
（3）易文网网址：www．ewen．co
常熟市人民印刷有限公司印刷
开本 635×965　1/16　印张 16．25　插页 2　字数 210，000
2013 年 12 月第 1 版　2023 年 10 月第 10 次印刷
印数：19，701-21，000
ISBN 978-7-5325-7058-4
I·2759　定价：38．00 元

目　录

前　言

小品一词，原指节略本佛经。《世说新语·文学》：“殷中军读小品。”刘孝标注：“释氏《辨空经》有详者焉，有略者焉。详者为大品，略者为小品。”而后来世俗所称小品多指某种特定的文体。其体裁十分多样，可以是游记，可以是书信，也可以是序跋，是铭赞，还可以是传记，是杂感等等，不拘一格。其体制的特点是短小精悍，以小见大，以少总多，小而活泼生动，小而奇曲隽永，小而雅有情趣，小而饶有艺术个性和品味。其内容或发议论、兴感叹，或泄郁愤、抒雅情，或谈掌故、稽史实，或评诗文、鉴文物，皆有感而发；其旨意或赞颂，或谐谑，或悼亡，或刺世，总之，直抒性灵，袒露胸臆。行文多舒卷自如，洒脱自然，意到笔随，生动活泼，不问秦汉，无论唐宋。纵观历代小品文之兴衰，一如潮汐之有时。其勃兴繁荣，往往在王朝衰败、王纲解纽的时代；而其落寞则多在富赡典丽、得王言之体的高头讲章风行的盛世。小品滥觞于儒学渐寝、礼教败坏的魏晋。唐末，时局动荡，“诗风衰落，而小品文放了光辉……正是一塌糊涂的泥塘里的光彩和锋镳”（鲁迅《小品文的危机》）。宋代小品的巨擘，当数风流倜傥、才高命蹇、几遭贬谪的苏轼。而小品文的再度辉煌，则是万历迄明亡的晚明时期。先后出现了李贽、徐渭、汤显祖、三袁兄弟、钟惺、谭元春、屠隆、王思任、陈继儒、李流芳、姚希孟等一大批小品文名家、大家。作品之多，流派之众，风格之卓异，在中国古代散文史上堪称空前绝后，而作为这一小品文创作高潮集大成者的，则是明末清初的张岱。

一、张岱的名士风度

张岱(1597—1684,一说卒于1689年),字宗子、石公,号陶庵、蝶庵、会稽外史等,山阴(今浙江绍兴)人,祖籍四川绵竹,故又自称"蜀人"、"古剑"。张岱出身于世宦之家。高祖张天复,官至云南按察副使,甘肃道行太仆卿。曾祖张元汴,隆庆五年(1571)状元及第,官至翰林院侍读,詹事府左谕德。祖父张汝霖,万历二十三年(1595)进士,官至广西参议。父张耀芳,副榜出身,为鲁藩右长史。张岱的出身,又是书香门第,家学渊源。先辈均是饱学之儒,精通史学、经学、理学、文学、小学和舆地学。天复、元汴父子曾撰修《绍兴府志》、《会稽县志》及《山阴志》,"三志并出,人称谈迁父子"(《家传》)。(下引张岱诗文及评论出自夏咸淳辑录校点上海古籍出版社1991年版《张岱诗文集》者,均只注篇名。)祖父汝霖,"幼好古学,博览群书"(同上),至老,手不释卷。曾积三十年之精神,撰修《韵山》,后因与《永乐大典》类同而辍笔(《陶庵梦忆·韵山》)。张氏三世藏书,岱"自垂髫聚书四十年,不下三万卷"(《陶庵梦忆·三世藏书》)。张岱的出身,还是一个酷爱文艺之家。祖孙几代都工诗擅文,咸有著述。天复有《鸣玉堂稿》,元汴有《不二斋稿》,汝霖有《石介园文集》,耀芳"善歌诗,声出金石"(《家传》)。张氏从汝霖起,家蓄声伎,讲究此道。耀芳"教习小傒,鼓吹戏剧"(《家传》)。到张岱这辈,则"主人精赏鉴,延师课戏,童手指千,傒童到其家谓'过剑门',焉敢草草"(《陶庵梦忆·过剑门》)。他拜师学琴,习曲三十余首,指法"练熟还生,以涩勒出之"(《陶庵梦忆·绍兴琴派》),并"结丝社,月必三会之"(《陶庵梦忆·丝社》)。张岱仲叔联芳,"能写生,称能品",与沈周、文徵明、董其昌、李流芳辈"相伯仲",又好古玩,富收藏,精鉴赏,"所遗尊罍、卣彝、名画、法锦以千万计"(《附传》)。张岱耳濡目染,自然手眼不低,所作种种文物古玩之题铭,诸多磁窑铜器之品评,确为行家里手。

张岱生活在明清鼎革之际。明中叶以后，宦官擅权，奸臣当道，特务横行，党争酷烈，内忧外患，愈演愈烈。贤能忠直，或被贬逐，或遭刑戮。与此同时，思想界涌现了一股反理学、叛礼教的思潮。以王艮、李贽为代表的王学左派，公开标榜利欲、情欲为人之本性，反对理学家的矫情饰性，主张童心本真，率性而行。这无疑是对传统礼教的反叛，对程朱“存天理，灭人欲”的理学的挑战。在这种思潮的推动下，文人士子在对社会黑暗绝望之余，纷纷追求个性解放：纵欲于声色，纵情于山水，最大程度地追求物质和精神的满足。他们一方面标榜高雅清逸，悠闲脱俗，在风花雪月、山水园林、亭台楼榭、花鸟鱼虫、文房四宝、书画丝竹、饮食茶道、古玩珍异、戏曲杂耍、博弈游冶之中，着意营造赏心悦目、休闲遣兴的艺术品味，在玩赏流连中获得生活的意趣和艺术的诗情；另一方面他们在反叛名教礼法的旗号下，放浪形骸，纵情于感官声色之好，穷奢极欲，焚膏继晷，不以为耻，反以为荣。“人情以放荡为快，世风以侈靡相高”（张瀚《松窗梦语》卷七）。如果说前者主要表现他们的避世愤世的话，那么后者主要发泄他们的玩世傲世。在张氏祖孙的交游中，不乏这样的文人名士，如徐渭、黄汝亨、陈继儒、陶望龄、王思任、陈章侯、祁彪佳兄弟等。正是这样的家庭出身，这样的社会思潮和人文氛围，造就了张岱的纨绔习气和名士风度，决定了他的《陶庵梦忆》、《西湖梦寻》和《琅嬛文集》的主要内容。

张岱自称：“少为纨绔子弟，极爱繁华。好精舍，好美婢，好娈童，好鲜衣，好美食，好骏马，好华灯，好烟火，好梨园，好鼓吹，好古董，好花鸟，兼以茶淫橘虐，书蠹诗魔……”（《自为墓志铭》）可谓是纨绔子弟的豪奢享乐习气和晚明名士文人纵欲玩世颓放作风兼而有之。张岱博洽多通，经史子集，无不该悉；天文地理，靡不涉猎；世俗玩赏，样样精通。虽无缘功名，却有志撰述。一生笔耕不辍，老而不衰。所著除《自为墓志铭》中所列十五种之外，还有《琅嬛诗集》、《有明于越三不朽图赞》、《石匮书后集》、《奇字问》、《老饕集》、《陶庵肘后方》、《茶史》、《桃源历》、《历书眼》、《琯朗乞巧录》、《柱铭对》、《夜航船》、杂剧《乔坐衙》、传奇《冰山记》等共三十余种。其中《夜航船》一书,内容殆同百科全书,包罗万有,共计二十大类,四千多条目。张岱涉猎之广泛,著述之宏富,用力之勤奋,于此可见;而他与一般世俗玩物之纨绔、玩世之名士的畛域,也于此分界。

张岱对于自己的才高命蹇,是不胜其愤的,并将其愤世疾俗之情,一寓于山水:

> 以绍兴府治大如蚕筐,其中所有之山,磊磊落落,灿若列眉,尚于八山之外,犹遗黄琢。则郡城之外,万壑千岩,人迹不到之处,名山胜景弃置道旁,为村人俗子所埋没者,不知凡几矣。(《黄琢山》)
>
> 余因想世间珍异之物,为庸人所埋没者,不可胜记。而尤恨此山生在城市,坐落人烟凑集之中,仅隔一垣,使世人不得一识其面目,反举几下顽石以相诡溷。何山之不幸一至此哉!(《蛾眉山》)

这两段文字,一则言名山胜景被埋没之多,另一则言其被埋没之易。在反复回环的议论感叹之中,发泄了他不遇的憾恨和对世俗的鄙薄,深得柳宗元《永州八记》的骚体之精髓。但宗子毕竟不同于宗元:"山果有灵,焉能久困? ……余为山计,欲脱樊篱,断须飞去。"(《蛾眉山》)他比宗元多了几分洒脱,几分诙谐。可见其既承泽于前人,又独具艺术个性。

二、张岱的黍离情结

与前辈小品文作家不同,年届知命的张岱经历了天老地荒的巨变:满清入主,社稷倾覆,民生涂炭,家道破败。他坦言自己"学节义不成"(《自为墓志铭》),"忠臣邪,怕痛"(《自题小像》),只能"避迹山居,所存者,破床碎几,折鼎病琴,与残书数帙,缺砚一方而已。布衣蔬食，常至断炊”（《自为墓志铭》）。不得不在垂暮之年，以羸弱之身，亲自舂米担粪：“身任杵臼劳，百杵两歇息。……自恨少年时，杵臼全不识。因念犬马齿，今年六十七。在世为废人，赁舂非吾职。”（《舂米》）“近日理园蔬，大为粪所困。……婢仆无一人，担粪固其分。……扛扶力不加，进咫还退寸。”（《担粪》）今昔生活对比，不啻霄壤，真如隔世。于是他“沉醉方醒，恶梦始觉”（《蝶庵题像》），再忆梦、寻梦，撰成“二梦”，“持向佛前，一一忏悔”（《梦忆序》）。他也曾“作自挽诗，每欲引决，因《石匮书》未成，尚视息人世”（同上）。在极其艰难的物质条件和十分痛苦矛盾的精神状态下，前后历时二十七年（其中明亡后十年），五易其稿，九正其讹，撰成《石匮书》这部二百二十卷纪传体明史的皇皇巨著。后又续撰成《石匮书后集》，以纪传体补记明崇祯及南明朝史事。诚如清毛奇龄在《寄张岱乞藏史书》中所称：“将先生慷慨亮节，必不欲入仕，而宁穷年矻矻，以究竟此一编者，发皇畅茂，致有今日。此固有明之祖宗臣庶，灵爽在天，所几经保而护之、式而凭之者也。”

关于《陶庵梦忆》的写作，作者在《梦忆序》中自云：

> 因想余生平，繁华靡丽，过眼皆空。五十年来，总成一梦。今当黍熟黄粱，车旅蚁穴，当作如何消受？遥思往事，忆即书之，持向佛前，一一忏悔。不次岁月，异年谱也；不分门类，别志林也。偶拈一则，如游旧径，如见故人，城郭人民，翻用自喜，真所谓痴人面前不得说梦矣。……余今大梦将寤，犹事雕虫，又是一番梦呓。因叹慧业文人，名心难化。正如邯郸梦断，漏尽钟鸣，卢生遗表，犹思摹拓二王，以流传后世，则其名根一点，坚固如佛家舍利，劫火猛烈，犹烧之不失也。

作者梦醒，而忆梦记梦，真邪，梦邪？真而成梦，梦又似真，这是作者的心态；悔邪，喜邪？悔而翻喜，喜而实悲，这是作者的心情。这种极其复杂矛盾的心情、百感交集的心态，在他的《自为墓志铭》中表现得最为集中和深刻。其中有自夸自诩者，如列数平生著述，追忆六岁时巧对陈继儒所试屏联之事；有自夸兼自悔者，如所列种种少时所好；有迷茫不解者，如所列“七不可解”；有梦醒彻悟者，“劳碌半生，皆成梦幻”，“回首二十年前，真如隔世”。作者的《梦忆》，以朱明发迹之钟山为卷首，悲叹“孝陵玉石二百八十二年，今岁清明，乃遂不得一盂麦饭，思之猿咽”；而以营造自己的生圹，于梦醒之后，寻得的琅嬛福地煞尾（《陶庵梦忆·琅嬛福地》）。作者如此构思、经营全书的结构，是有其不胜铜驼荆棘之悲的。所以伍崇曜比之于南宋孟元老的《东京梦华录》、吴自牧的《梦粱录》，“均于地老天荒沧桑而后，不胜身世之感，兹编实与之同”（《陶庵梦忆跋》）。伍氏此评洵为作者的知音，所不同者，张岱所用小品文“间涉游戏三昧”而已。《梦忆》的内容十分丰富，所记风土民俗，地域遍及会稽、杭州、苏州、镇江、南京、扬州、兖州、泰安等地；时节则有元宵、清明、端午、中元、中秋等；风俗则涉及张灯烟火，庙会香市，观荷扫墓，演戏赏月，观潮赛舟，校猎演武等；旁及美食方物，花卉茶道，古玩器皿，林林总总，琳琅满目。“奇情奇文，引人入胜，如山阴道上，应接不暇”（金忠淳《陶庵梦忆跋》）。《梦忆》所表达的思想感情十分复杂，其中有追忆怀恋，如《张氏声伎》、《方物》和《不二斋》；有调侃嘲讽，如《噱社》、《张东谷好酒》、《西湖七月半》；有赞誉赏叹，如《濮仲谦雕刻》、《姚简叔画》、《柳敬亭说书》；也有揭露批判，如《包涵所》，描写副使包涵所“穷奢极欲，老于西湖二十年”，晚明官吏之奢华纵欲，可见一斑。奢靡如此，明朝安得不亡。如《冰山记》，描写该剧演出时，“观者数万人”。当演到魏党“杖范元白，逼死裕妃”时，观众“怒气忿涌，噤断嚄唶。至颜佩韦击杀缇骑，嚎呼跳蹴，汹汹崩屋”。反映出民心民意对阉竖当政的厌恶和气愤。《二十四桥风月》写二更灯烬，那些“尚待迟客”的妓女，“或发娇声，唱《劈破玉》等小词，或自相谑浪嘻笑，故作热闹，以乱时候；然笑语哑哑声中，渐带凄楚，夜分不得不去，悄然暗摸如鬼。见老鸨，受饿、受笞，俱不可知矣”。揭示了繁华掩盖下的凄惨，强颜欢笑掩盖下的辛酸。总之，“兹编载方言巷咏，嬉笑琐屑之事。然略经点染，便成至文。读者如历山川，如睹风俗，如瞻宫阙宗庙之丽。殆与《采薇》、《麦秀》同其感慨，而出之以诙谐者欤？”（佚名《陶庵梦忆·序》）国破家亡之剧痛，而以诙谐、戏谑出之，岂非长歌当哭？

对张岱的大部分小品，都可作如是观。如在《姚长子墓志铭》中，他为姚长子这位以自己的牺牲为代价，计歼倭寇百三十人，解救全乡百姓于劫难的佣仆树碑立传，赞颂其风节功绩："醢一人，活几千万人，功那得不思？仓卒之际，救死不暇，乃欲全桑梓之乡。”焉知作者树碑立传的目的，不是借旌表抗倭义烈，赞颂抗清英雄呢？其中所蕴涵的爱国之情，是显而易见的。在《赠沈歌叙序》中，他盛赞友人沈素先“坚操劲节，侃侃不挠，固刀斧所不能磨，三军所不能夺矣。国变之后，寂寞一楼，足不履地，其忠愤不减文山，第不遭柴市之惨耳”。他觉得“忠臣义士，多见于国破家亡之际，如敲石出火，一闪即灭。……不急起收之，则火种绝矣”（《越绝诗小序》），所以他选辑《越绝诗》和《于越三不朽图》为之作赞作序。为使“忠义一线不死于人心”，他编撰《古今义列传》，“自史乘旁及稗官，手自钞集”（《古今义列传序》），“十年搜得烈士数百余人，乎自删削，自成一家之言”（祁彪佳《义列传序》）。旌表忠烈，维系国脉，可谓用心良苦。

《西湖梦寻》是张岱的山水园林小品。王雨谦《西湖梦寻序》称：

> 张陶庵盘礴西湖四十余年，水尾山头，无处不到。湖中典故，真有世居西湖之人所不能识者，而陶庵识之独详；湖中景物，真有日在西湖而不能道者，而陶庵道之独悉。今乃山川改革，陵谷变迁，无怪其惊惶骇怖，乃思梦中寻往也。

在他之前，田汝成已撰有《西湖游览志》和《西湖游览志余》（以下合而简称田《志》），张岱的《梦寻》于田《志》多有采取。“是编乃于杭州兵燹之后，追记旧游。以北路、西路、南路、中路、外景五门，分记其胜。每景首为小序，而杂采古今诗文列其下。岱所自作尤夥,亦附著焉。其体例全仿刘侗《帝京景物略》,其诗文亦全沿公安、竟陵之派。”——《四库全书总目》这段话,没有指出张岱的《梦寻》,于田《志》从体例到内容,多有采取和仿照,甚至有大段照录者。只要认真对照两书内容,其实不难看出。然而,《梦寻》和田《志》也有诸多不同。张岱自述其祖父有别墅寄园在西湖,他本人也曾在李氏岣嵝山房读书,因而对西湖的山色水光情有独钟。在阔别西湖二十八年期间,西湖无日不入其梦中。后于甲午(1654)、丁酉(1657)两至西湖。兵燹战火之后的西湖,“一带湖庄,仅存瓦砾。……凡昔日之弱柳夭桃、歌楼舞榭,如洪水淹没,百不存一矣”,作者以为“余为西湖而来,今所见若此,反不若保我梦中之西湖,尚得安全无恙也”,于是“作《梦寻》七十二则,留之后世,以作西湖之影”(《西湖梦寻自序》)。《梦寻》是作者在西湖“无日不入梦”、“未尝一日别”这种魂牵梦绕的忆旧恋旧情结中,抒发家国之痛,这则是田《志》所不曾,也不可能有的情结:

> 李文叔作《洛阳名园记》,谓以名园之兴废,卜洛阳之盛衰;以洛阳之盛衰,卜天下之盛衰。诚哉,言也。余于甲午年,偶涉于此。故宫离黍,荆棘铜驼,感慨悲伤,几效桑苎翁之游箬溪,夜必恸哭而返。(《柳洲亭》)

在作者所有的小品文中,这是他抒发亡国之痛、黍离之悲最强烈、最鲜明的一则;是他“二梦”的基调,也是他的《梦寻》与田《志》最大的不同。

三、张岱小品的品位

张岱的小品,萃于《两梦》和《琅嬛文集》中,《琅嬛文集》的文体,则传、记、序、跋、书、檄、铭、赞均有;内容则以状景、传人、论诗、品文、评史、赏艺为主,集中体现了张岱的诗文创作原则和主张,反映了他的审美理想和追求。

张岱论传人,则谓:“人无癖,不可与交,以其无深情也;人无疵，不可与交，以其无真气也。”（《陶庵梦忆·祁止祥癖》）这与袁宏道所说“世人但有殊癖，终身不易，便是名士”（《与潘景升书》）如出一辙。以有癖、有疵的人，为有深情，有真气，为有与众不同的个性，为有傲世刺世的锋芒，这正是晚明文人名士狂狷不羁，玩物玩世的突出表现。张岱《自为墓志铭》中所坦陈的种种嗜好，即是其癖其疵，而他所传之人，也多有癖，有疵。作者《五异人传》云：

> 余家瑞阳之癖于钱，须张之癖于酒，紫渊之癖于气，燕客之癖于土木，伯凝之癖于书史，其一往深情，小则成疵，大则成癖。五人者，皆无意于传，而五人之负癖若此，盖亦不得不传之者矣。

其他如祁止祥，“有书画癖，有蹴踘癖，有鼓钹癖，有鬼戏癖，有梨园癖”（《陶庵梦忆·祁止祥癖》）。王思任有谑癖，号谑庵，以致“莅官行政，摘伏发奸，以及论文赋诗，无不以谑用事”（《王谑庵先生传》）。鲁云谷有洁癖，“恨烟，恨酒，恨人撷花，尤恨人唾洟秽地，闻喀痰声，索之不得，几学倪迂，欲将梧桐斫尽”（《鲁云谷传》）。正因为他能抓住传主的癖和疵来着力刻画，所以笔下的人物，个个鲜活，人人传神。

张岱传人撰史，力求其真。要求所传“笔笔存孤异之性，出其精神，虽遇咸阳三月火，不能烧失”（《跋张子省试牍三则》）。自言所作不为媚俗而失真：“余生平不喜作谀墓文，间有作者，必期酷肖其人。故多不惬人意，屡思改过，愧未能也。”（《周宛委墓志铭》）“心如止水秦铜，并不自立意见，故下笔描绘，妍媸自见。敢言刻画？亦就物肖形而已。”（《与李砚翁》）他认为“……有明一代，国史失诬，家史失谀，野史失臆”（《石匮书序》），总之失其真。而他自己撰史“事必求真，语必求确”，“稍有未核，宁阙勿书”（同上）。作者以写真传神为其作传撰史的美学追求，力求“得一语焉，则全传为之生动；得一事焉，则全史为之活现。苏子瞻灯下自顾，见其颊影，使人就壁模之，不作眉目。见者皆失笑，知其为东坡。盖传神正在阿堵耳”（《史阙序》）。在这样的审美追求和创作原则指导下，张岱在《琅嬛文集》、《陶庵梦忆》中，塑造了不少栩栩如生的人物形象，有官吏文士，工匠伶优，也有医生僧侣，妓女牙婆，各色人等，构成当时社会芸芸众生相。无论是专传，还是兼记，一经作者刻画点染，寥寥数笔，人物便声口毕肖，须眉皆动。如《扬州瘦马》中状娶妾者相瘦马一节曰：

> 黎明，即促之出门。媒人先到者，先挟之去，其余尾其后，接踵伺之。至瘦马家，坐定，进茶。牙婆扶瘦马出，曰："姑娘拜客！"下拜。曰："姑娘往上走！"走。曰："姑娘转身！"转身向明立，面出。曰："姑娘借手睄睄！"尽褫其袂，手出，臂出，肤亦出。曰："姑娘睄相公！"转眼偷觑，眼出。曰："姑娘几岁了？"曰几岁，声出。曰："姑娘再走走！"以手拉其裙，趾出。然看趾有法：凡出门裙幅先响者，必大；高系其裙，人未出，而趾先出者，必小。曰："姑娘请回！"一人进，一人又出，看一家必五六人，咸如之。

张岱纯用白描，巧用媒婆的指令，与瘦马的动作的重复，把这段牙婆一手导演的木偶戏，演绎得活龙活现。客观而深刻地揭露了这些少女殆同牲口（瘦马）的悲惨命运，表现了作者对这种陋风丑习的厌恶之情。作者还善于精择细节，渲染气氛，为人物传神写照。如《柳敬亭说书》中状柳敬亭说景阳冈武松打虎一节：

> 其描写刻画，微入毫发，然又找截干净，并不唠叨。嗷夬声如巨钟，说到筋节处，叱咤叫喊，汹汹崩屋。武松到店沽酒，店内无人，謈地一吼，店中空缸空甓，皆瓮瓮有声。闲中着色，细微至此。

他概括柳敬亭说景阳冈武松打虎一节，有"闲中着色"、"微入毫发"的特色，其实他的传人记事也是善于"闲中着色"、"微入毫发"的。他笔下的人物，千人千面，个个灵动活现。如余若水之清高甘贫，倔强避世；秦一生之善借他人之乐为乐；沈歌叙之侠肠高义；王月生之孤高；张燕客之卞急暴躁，无不个性鲜明，呼之欲出。正如陈继儒所赞：其"条序人物，深得龙门精魄。典赡之中，佐以临川孤韵，苍翠笔底。赞语奇峭，风电云霆，龙蛇虎豹，腕下变现"（《古今义烈传序》）。

张岱为文撰史，极重一个"廉"字。他要求作者"勿吝淘汰，勿靳簸扬"（《与王白岳》）；"眼明手辣，心细胆粗。眼明，则巧于掇拾；手辣，则易于剪裁；心细，则精于分别；胆粗，则决于去留"（《廉书小序》）。主张既要"以大能取小"，又要"以小能统大"（同上）。他的小品，就能以咫尺见万里，所谓"一粒粟中藏世界，半升铛里煮山川"。如《湖心亭看雪》作者迭用几个"一"字，别具匠心地选用了几个表示微小的量词如"痕"、"点"、"芥"、"粒"等，不仅选词新奇，而且用之以极小反衬天地之极大。全文不到二百字，却能写尽湖山雪景的迷蒙混茫，传尽西子雪妆的风姿神韵。又如《西湖七月半》，在不到七百字中，张岱着力描写月影湖光中的世态众生，各色各等的看月之人。在相互比照中，刻画了他们赏月的不同处所、方式和场面，披露了他们赏月的不同动机，辛辣嘲讽了那些俗不可耐，却偏要附庸风雅的豪门富户。文中作者还成功地运用了几组反衬：平时的避月如仇，反衬是夕的列队争出，趋"月"若鹜，是"好名"；铺陈二更前的喧闹嘈杂，反衬夜阑更深后的雅静清幽；用众人的顷刻兴尽，争先离去，反衬吾辈的兴始高，意方浓。美丑既分，雅俗自明。所绘情景，所状人物，都能穷形极状，历历逼真。无怪乎祁彪佳赞誉其"点染之妙，凡当要害，在余子宜一二百言者，宗子能数十字辄尽情状。及穷事际，反若有千百言在笔下"（《义烈传序》）。如此传人、叙事、撰史、状景，深得小品三昧。

张岱有泉石膏肓之嗜好，痴于山水，癖于园林。这正是晚明文人名士标榜清高，避世脱俗的一种方式。无论山水，还是园林，张岱都崇尚清幽、淡远、自然、真朴。这种审美意趣和追求，也反映在他的小品中。他认为"西湖真江南锦绣之地。入其中者，目厌绮丽，耳厌笙歌。欲寻深溪、盘谷，可以避世，如桃源、菊水者，当以西溪为最"，并为当初"鹿鹿风尘"，未能应山水之召隐而"至今犹有遗恨"（《西湖梦寻·西溪》）。他赞赏筠芝亭"浑朴一亭耳。……

太仆公造此亭成，亭之外，更不增一椽一瓦，亭之内，亦不设一槛一扉，此其意有在也”（《陶庵梦忆·筠芝亭》）。他欣赏巘花阁上有“层崖古木，高出林皋”，下有“支壑回涡，石蹬棱棱，与水相距。阁不槛，不牖；地不楼，不台，意正不尽也”。后来“五雪叔归自广陵，一肚皮园亭，于此小试。台之，亭之，廊之，栈道之。照面楼之，侧又堂之，阁之，梅花缠折旋之”，张岱对这些画蛇添足、弄巧成拙的做法，不以为然，认为“未免伤板，伤实，伤排挤，意反局蹐”（《陶庵梦忆·巘花阁》），批评可谓深中肯綮。在《陶庵梦忆·范长白》中，他认为“地必古迹，名必古人，此是主人学问。但桃则溪之，梅则屿之，竹则林之，尽可自名其家，不必寄人篱下也”。一亭一榭，一丘一壑，布置命名，不必附庸前人，附骥名迹，既要反映山水本色真趣，又要体现主人的儒雅学问，体现他的艺术个性和意趣情韵。清幽、淡远、自然、真朴，这正是张岱的山水小品所追求的美学品位，也是他品诗论文的标准。

张岱品诗评文论艺，以冰雪为喻，崇尚生气、真气。他说：“盖文之冰雪，在骨，在神，……若夫诗，则筋节脉络，四肢百骸，非以冰雪之气沐浴其外，灌溉其中，则其诗必不佳。”（《一卷冰雪文后序》）“自弹琴拨阮，蹴踘吹箫，唱曲演戏，描画写字，作文做诗，凡百诸项，皆藉此一口生气。得此生气者，自致清虚；失此生气者，终成渣秽”。（《与何紫翔》）他品评诗文，还崇尚空灵。认为冰雪之气，“受用之不尽者，莫深于诗文。盖诗文只此数字，出高人之手，遂现空灵；一落凡夫俗子，便成臭腐”（《一卷冰雪文序》）。“故诗以空灵才为妙诗”（《与包严介》）。然而他所崇尚的空灵，并非“率意顽空者”，而是必须“以坚实为空灵”的基础，“天下坚实者，空灵之祖，故木坚则焰透，铁实则声宏”（《跋可上人大米画》）。所以他又推崇真实切近，“食龙肉，谓不若食猪肉之味为真也；貌鬼神，谓不若貌狗马之形为近也”（《张子说铃序》）。这样的美学追求，体现在他的创作实践中，使他的小品“无所不有其一种空灵晶映之气，寻其笔墨，又一无所有”（祁豸佳《西湖梦寻序》）。这是一种既世俗又儒雅，既真切又空灵的境界。

张岱认为诗文书画的创作，均不能有作意，即不能刻意为之，强求其好。“若以有诗句之画作画，画不能佳；以有画意之诗为诗，诗必不妙。……由此观之，有诗之画，未免板实，而胸中丘壑，反不若匠心训手之为不可及矣。”（《与包严介》）“天下之有意为好者未必好，而古来之妙书妙画，皆以无心落笔，骤然得之。如王右军之《兰亭记》、颜鲁公之《争坐帖》，皆是其草稿，后虽摹仿再三，不能到其初本。”（《跋谑庵五帖》）诗文书画的创作应该是自出手眼，自具特色，“水到渠成，瓜落蒂熟”（《蝶庵题像》）。而其论选诗，则批评其族弟张毅孺的《明诗存》“胸无定识，目无定见，口无定评”，主张“撇却钟谭，推开王李”（《又与毅孺八弟》）。张岱的创作能在广泛师承、博采众长的基础上，自成风格。他认为：“古人记山水手，太上郦道元，其次柳子厚，近时则袁中郎。”（《跋寓山注二则》）他能兼取诸君之长，所以他的山水小品，“笔具化工，其所记游，有郦道元之博奥，有刘同人之生辣，有袁中郎之倩丽，有王季重之诙谐”（祁豸佳《西湖梦寻序》）。当然，如上所述，张岱的山水小品，还有柳宗元的骚怨，这是祁氏所未曾道着者。

他曾颇为自负地自称：“不肖生平崛强，巾不高低，袖不大小，野服竹冠，人且望而知为陶庵，何必攀附苏人，始称名士哉？”（《又与毅孺八弟》）这既是他的人格个性，又是他的小品的艺术个性——洒脱不羁。他的小品，既有所师承，又能“绝去甜俗蹊径，……解脱绳束”（《跋祁止祥画》）。做到文无定法，篇无定格，句式奇诡，用字遣词，多变位变性，力求生新。行文“不事铺张，不事雕绘，意随景到，笔借目传。……闲中花鸟，意外烟云，真有一种人不及知而已独知之妙”（《跋寓山注二则》）。就风格而言，他的小品，洒脱不拘似徐渭，性灵隽永似中郎，诙谐善谑似思任，并能在博采众长的基础上，自成风格：“虽间涉游戏三昧，而奇情壮采，议论风生，笔墨横恣，几令读者心目俱眩。”（伍崇曜《陶庵梦忆跋》）所以张岱能成为晚明小品之集大成者。

本书详注了张岱小品的代表作《西湖梦寻》的全部诗文。为便于读者理解，每篇文后都作简单评品，或补充相关资料，或对文旨、技巧加以评论。本书正文的文字则依《武林掌故丛编》本，参校他本，不出校记。同时参考了上海古籍出版社 2001 年版夏咸淳、程维荣校注《陶庵梦忆·西湖梦寻》，明田汝成辑撰、上海古籍出版社 1998 年版《西湖游览志》、《西湖游览志余》，张岱是明末“百科全书式”的人物，其学识之富、视域之广、交游之众、爱好之多、涉猎之杂，独步当时，罕有其匹。诠释、解读其文章的难度之大，可以想见。本人之所以不揣才疏学浅，甘冒扛鼎折肱之险，加以解读诠释，实是爱之深切，遑顾其他了。愿将此作为学习的过程，冀获益多多。注解诠释的谬误疏漏之处，自然在所难免，敬俟方家指正。

自　序

余生不辰①，阔别西湖二十八载，然西湖无日不入吾梦中，而梦中之西湖，实未尝一日别余也。前甲午、丁酉②，两至西湖，如涌金门商氏之楼外楼，祁氏之偶居，钱氏、余氏之别墅，及余家之寄园③，一带湖庄，仅存瓦砾。则是余梦中所有者，反为西湖所无。及至断桥一望④，凡昔日之弱柳夭桃、歌楼舞榭，如洪水淹没，百不存一矣。余乃急急走避，谓余为西湖而来，今所见若此，反不若保我梦中之西湖，尚得完全无恙也。

因想余梦与李供奉异⑤。供奉之梦天姥也，如神女名姝，梦所未见，其梦也幻。余之梦西湖也，如家园眷属，梦所故有，其梦也真。今余僦居他氏已二十三载⑥，梦中犹在故居。旧役小傒⑦，今已白头，梦中仍是总角⑧。夙习未除⑨，故态难脱。而今而后，余但向蝶庵岑寂⑩，蘧榻于徐⑪，惟吾旧梦是保，一派西湖景色，犹端然未动也。儿曹诘问，偶为言之，总是梦中说梦，非魇即呓也⑫。因作《梦寻》七十二则，留之后世，以作西湖之影。余犹山中人，归自海上，盛称海错之美⑬，乡人竞来共舐其眼⑭。嗟嗟！金齑瑶柱⑮，过舌即空，则舐眼亦何救其馋哉！

岁辛亥七月既望⑯，古剑蝶庵老人张岱题⑰。

【注释】

① 不辰：不逢时。

② 甲午：顺治十一年（1654）。　丁酉：顺治十四年（1657）。

③ 涌金门：古代杭州西城门之一。五代天福元年（936），吴越王引西湖水

入城，在此开凿涌金池，筑涌金门，门濒西湖，东侧有水门（亦称涌金闸）。传说西湖中“金牛涌现”即在此地，因而得名。今不存。　商氏：指明吏部尚书商周祚。　祁氏：指明右佥都御史祁彪佳，作者的挚友。　钱氏：指明东阁大学士钱象坤。　余氏：指明翰林院修撰余煌（详本书《柳洲亭》注）。

④ 断桥：本名宝祐桥，自唐时即名断桥。据说因自孤山来的路（白堤）至此而断，故名。桥处于里外西湖的分水界点。“断桥残雪”为西湖十景之一。

⑤ 李供奉：唐代大诗人李白。玄宗天宝初，曾奉诏入京，供奉翰林院，故称。他曾作《梦游天姥吟留别》诗，诗中梦见“列缺霹雳，丘峦崩摧。洞天石扉，訇然中开。青冥浩荡不见底，日月照耀金银台。霓为衣兮风为马，云之君兮纷纷而来下。虎鼓瑟兮鸾回车，仙之人兮列如麻”，表达对黑暗现实的厌恶，对自由美好世界的向往。这即作者所谓的“梦所未见”。

⑥ 僦：租赁。顺治六年（1649）九月，作者向诸公旦的子孙租借绍兴卧龙山下的快园（见《琅嬛文集·快园记》），在此居住长达二十余年。

⑦ 傒：僮仆。

⑧ 总角：古代儿童未成年时，束发为两结，形状如角。

⑨ 夙习：旧习。

⑩ 蝶庵：五代后唐宰相李愚曰：“予夙夜在公，不曾烂游华胥国。意欲于洛阳买水竹，作蝶庵，谢事居其间……庵中当以庄周为开山第一祖，陈抟配食。”（宋陶谷《清异录·居室门》）《庄子·齐物论》记庄子梦为蝴蝶，醒后，不知“周之梦为胡蝶欤，胡蝶之梦为周欤”，有梦幻非真之意。又作者晚号蝶庵。岑寂：冷清寂寞。

⑪ 蘧（qú）榻：梦醒之床榻。《庄子·大宗师》：“成然寐，蘧然觉。”蘧，惊喜貌。又，蘧，草名。蘧榻，作草榻解，亦通。　于徐：通“纡徐”，从容宽容貌。

⑫ 魇（yǎn）：梦中惊骇，恶梦。　呓：梦话。

⑬ 海错：海产种类繁多，统称海错。《尚书·禹贡》：“厥贡盐絺，海物惟错。”

⑭ 舐（shì）眼：饱眼福解馋之意。

⑮ 金齑（jī）瑶柱：喻山珍海味。隋杜宝《大业拾遗记》：“（大业）六年，吴郡献松江鲈鱼干脍，鲈鱼肉白如雪，不腥，所谓金齑（菰菜羹）玉脍，东南之佳味也。”齑，碎末。瑶柱，即江珧，江瑶柱，贝类，其肉味鲜美，为海味珍品。苏轼《和蒋夔寄茶》：“金齑玉脍饭炊雪，海螯江柱初脱泉。”

⑯ 岁辛亥：指康熙十年（1671）。　既望：农历每月十六日。望，农历每月

十五日。

⑰ 古剑:作者祖籍四川绵竹,四川古有剑州,故作者自称“蜀人”、“古剑”。

【评品】

昔日西湖的繁华和美景,经兵火战乱,已荡然无存,仅存于作者的梦中而已,故只能“梦寻”。作者在“别”与“未别”、“有”与“无”的辨析中,在李白所梦之“幻”,与自己所梦之“真”的对比中,感叹陵谷巨变,世事如梦。作者只能在“无日不入”,“未尝一日别”,这种梦萦魂绕的忆旧情结中,表达他不敢明言,难以名状的黍离之悲,家国之痛。结尾以自谑自嘲之喻,见其梦之无救,其悲之无已。

卷　一

西湖总记

明圣二湖[1]

自马臻开鉴湖[2]，而由汉及唐，得名最早。后至北宋，西湖起而夺之，人皆奔走西湖，而鉴湖之淡远，自不及西湖之冶艳矣。至于湘湖则僻处萧然[3]，舟车罕至，故韵士高人无有齿及之者[4]。余弟毅孺常比西湖为美人[5]，湘湖为隐士，鉴湖为神仙。余不谓然。余以湘湖为处子[6]，眠娗羞涩[7]，犹及见其未嫁之时；而鉴湖为名门闺淑，可钦而不可狎；若西湖则为曲中名妓[8]，声色俱丽，然倚门献笑，人人得而媟亵之矣[9]。人人得而媟亵，故人人得而艳羡；人人得而艳羡，故人人得而轻慢。在春夏则热闹之至，秋冬则冷落矣；在花朝则喧哄之至，月夕则星散矣；在晴明则萍聚之至[10]，雨雪则寂寥矣。故余尝谓："善读书，无过董遇三余[11]，而善游湖者，亦无过董遇三余。董遇曰：'冬者，岁之余也；夜者，日之余也；雨者，月之余也。'雪巘古梅[12]，何逊烟堤高柳；夜月空明，何逊朝花绰约[13]；雨色涳濛，何逊晴光滟潋[14]。深情领略，是在解人[15]。"即湖上四贤[16]，余亦谓："乐天之旷达，固不若和靖之静深；邺侯之荒诞，自不若东坡之灵敏也。"其余如贾似道之豪奢[17]，孙东瀛之华赡[18]，虽在西湖数十年，用钱数十万，其于西湖之性情、西湖之风味，实有未曾梦见者在也。世间措大[19]，何得易言游湖。

苏轼《夜泛西湖》诗：

菰蒲无边水茫茫[20]，荷花夜开风露香。
渐见灯明出远寺，更待月黑看湖光。

又《湖上夜归》诗：

我饮不尽器，半酣尤味长。
篮舆湖上归[21]，春风吹面凉。
行到孤山西[22]，夜色已苍苍。
清吟杂梦寐，得句旋已忘。
尚记梨花村，依依闻暗香。

又《怀西湖寄晁美叔》诗[23]：

西湖天下景，游者无愚贤。
深浅随所得，谁能识其全。
嗟我本狂直，早为世所捐[24]。
独专山水乐，付与宁非天。
三百六十寺，幽寻遂穷年。
所至得其妙，心知口难传。
至今清夜梦，耳目余芳鲜。
君持使者节[25]，风采烁云烟。
清流与碧巘，安肯为君妍。
胡不屏骑从，暂借僧榻眠。
读我壁间诗，清凉洗烦煎。
策杖无道路，直造意所便。
应逢古渔父[26]，苇间自夤缘[27]。
问道若有得，买鱼弗论钱。

李奎《西湖》诗[28]：

锦帐开桃岸，兰桡系柳津[29]。
鸟歌如劝酒，花笑欲留人。
钟磬千山夕，楼台十里春。
回看香雾里，罗绮六桥新[30]。

苏轼《开西湖》诗：

伟人谋议不求多，事定纷纭自唯阿。
尽放龟鱼还绿净，肯容萧苇障前坡。

一朝美事谁能继，百尺苍崖尚可磨。

天上列星当亦喜，月明时下浴金波。

周立勋《西湖》诗[31]：

平湖初涨绿如天[32]，荒草无情不记年。

犹有当时歌舞地[33]，西泠[34]烟雨丽人船。

夏炜[35]《西湖竹枝词》[36]：

四面空波卷笑声，湖光今日最分明。

舟人莫定游何外，但望鸳鸯睡处行。

平湖竟日只溟濛[37]，不信韶光只此中。

笑拾杨花装半臂，恐郎到晚怯春风。

行觞次第到湖湾[38]，不许莺花半刻闲。

眼看谁家金络马[39]，日驼春色向孤山[40]。

春波四合没晴沙，昼在湖船夜在家。

怪杀春风归不断，担头原自插梅花。

欧阳修《西湖》诗[41]：

菡萏香消画舸浮[42]，使君宁复忆扬州。

都将二十四桥月[43]，换得西湖十顷秋。

赵子昂《西湖》诗[44]：

春阴柳絮不能飞，雨足蒲芽绿更肥。

只恐前呵惊白鹭，独骑款段绕湖归[45]。

袁宏道《西湖总评》诗[46]：

龙井饶甘泉[47]，飞来富石骨[48]。

苏桥十里风[49]，胜果一天月[50]。

钱祠无佳处[51]，一片好石碣[52]。

孤山旧亭子[53]，凉荫满林樾。

一年一桃花，一岁一白发。

南高看云生[54]，北高见月没[55]。
楚人无羽毛[56]，能得几游越。

范景文《西湖》诗[57]：

湖边多少游观者，半在断桥烟雨间[58]。
尽逐春风看歌舞，几人着眼看青山。

张岱《西湖》诗：

追想西湖始，何缘得此名。
恍逢西子面[59]，大服古人评。
冶艳山川合，风姿烟雨生。
奈何呼不已，一往有深情。

一望烟光里，沧茫不可寻。
吾乡争道上[60]，此地说湖心。
泼墨米颠画[61]，移情伯子琴[62]。
南华秋水意[63]，千古有人钦。

到岸人心去，月来不看湖。
渔灯隔水见，堤树带烟模。
真意言词尽，淡妆脂粉无。
问谁能领略，此际有髯苏[64]。

又《西湖十景》诗：

一峰一高人，两人相与语。
此地有西湖，勾留不肯去。（两峰插云）[65]

湖气冷如冰，月光淡于雪。
肯弃与三潭，杭人不看月。（三潭印月）[66]

高柳荫长堤，疏疏漏残月。
蹴蹐步松沙[67]，恍疑是踏雪。（断桥残雪）

夜气滃南屏，轻岚薄如纸。
钟声出上方，夜渡空江水。（南屏晚钟）[68]

烟柳幕桃花，红玉沉秋水。
文弱不胜夜，西施刚睡起。（苏堤春晓）[69]

颊上带微酡[70]，解颐开笑口[71]。
何物醉荷花，暖风原似酒。（曲院风荷）[72]

深柳叫黄鹂，清音入空翠。
若果有诗肠，不应比鼓吹。（柳浪闻莺）[73]

残塔临湖岸，颓然一醉翁。
奇情在瓦砾，何必藉人工。（雷峰夕照）[74]

秋空见皓月，冷气入林皋。
静听孤飞雁，声轻天正高。（平湖秋月）

深恨放生池，无端造鱼狱。
今来花港中，肯受人拘束？（花港观鱼）[75]

柳耆卿《望海潮》词[76]：

东南形胜[77]，三吴都会[78]，钱塘自古繁华。烟柳画桥，风帘翠幕，参差十万人家。云树绕堤沙。怒涛卷霜雪，天堑无涯[79]。市列珠玑[80]，户盈罗绮，竞豪奢。　　重湖叠巘清佳[81]，有三秋桂子[82]，十里荷花。羌管弄晴，菱歌泛夜，嬉嬉钓叟莲娃[83]。千骑拥高牙[84]。乘醉听箫鼓，吟赏烟霞。异日图将好景，归去凤池夸[85]。（金主阅此词，慕西湖胜景，遂起投鞭渡江之思。）

于国宝《风入松》词[86]：

一春常费买花钱，日日醉湖边。玉骢惯识西湖路[87]，骄嘶过、沽酒楼前。红杏香中箫鼓，绿杨影里秋千。　暖风十里丽人天[88]，花压鬓云偏。画船载得春归去，余情付、湖水湖烟。明日重扶残醉，来寻陌上花钿[89]。

【注释】

① 明圣二湖：指西湖的里湖、外湖。明圣为西湖古名。田汝成《西湖游览志》卷一："西湖，故明圣湖也。周绕三十里。三面环山，溪谷缕注，下有渊泉百道，潴而为湖。汉时金牛见湖中，人言明圣之瑞，遂称明圣湖。以其介于钱唐也，又称钱唐湖……以其负郭而西也，故称西湖云。"

② 马臻：《越中杂识·名宦》："马臻，字叔荐，不详何处人。（东晋）永和中，为会稽太守。创筑镜湖长堤以蓄水，旱则泄湖灌田，潦则闭湖泄田水入海。其塘周回三百一十里，溉田九千余顷，民其赖之。"　鉴湖：即镜湖，在今浙江绍兴市南。今湖面积已大为缩小。

③ 湘湖：《越中杂识·川》："在萧山县西二里，周八十里，溉田数千顷。生莼丝最美，乡民以贩渔为业者，不可数计。"

④ 韵士高人：文人雅士。　齿及：谈起。

⑤ 毅孺：作者族弟张弘，字毅孺，曾选辑《明诗存》。

⑥ 处子：处女。

⑦ 眠娗：同"腼腆"。

⑧ 曲中：妓坊的通称。

⑨ 媟亵：调弄，狎玩。

⑩ 萍聚：如浮萍之偶聚。

⑪ 董遇：字季直，陕西弘农人。魏明帝时，官至大司农。性质讷而好学，精治《老子》、《左传》。《三国志》卷十三裴松之引《魏略》曰："从学者云：'苦渴无日。'遇言：'当以三余。'或问'三余'之意，遇言：'冬者岁之余，夜者日之余，阴雨者时之余也。'"

⑫ 巘（yǎn）：山峰。

⑬ 绰约：柔美。

⑭ "雨色"二句：化用苏轼《饮湖上初晴后雨》诗"水光潋滟晴方好，山色空濛雨亦奇"句意。滟潋，即潋滟，波光闪动貌。

⑮ 解人：领会意趣之人。《世说新语·文学》："非但能言人不可得，正索解人亦不可得。"

⑯ 四贤：《西湖游览志》卷二："四贤堂，正德间郡守杨孟瑛建，以祀唐刺史李公泌、白公居易、宋守苏公轼、处士林公逋者。泌字长源，代宗时任，引湖水入城，甃六井以解斥卤，民到于今赖之。居易字乐天，穆宗时任，筑湖堤以钟泄湖水，溉田千顷。轼字子瞻，哲宗时任，浚湖甃井，治堰闸以利民，民立祠祀之。逋字君复，隐居孤山，征辟不就。构巢居阁，绕植梅花，吟咏自适。徜徉湖山，或连宵不返。客至，则童子放鹤招之。真宗嘉其高尚，赐号和靖处士。"李泌历仕玄、肃、代、德四朝，位至宰相，封邺侯。多智谋，好道术神仙，故下文称其"荒诞"。

⑰ 贾似道（1213—1275）：字师宪，浙江天台人。南宋末年奸相，专恣擅权，贪婪荒淫。于西湖葛岭起楼阁亭榭，娶倡妾尼，纵博斗蟋蟀。后兵败遭贬，途中为押者所杀。

⑱ 孙东瀛：孙隆，号东瀛，万历时任司礼太监，奉派提督苏杭织造。尝费数十万金，修葺西湖名胜。

⑲ 措大：贫寒失意之士。

⑳ 菰：水生草本植物。茎部称"茭白"，果实称"菰米"。　蒲：水生草本植物。根茎可食，叶可编席、制扇。

㉑ 篮舆：竹（或藤、柳条）制的轿或滑竿。

㉒ 孤山：见卷三《西湖中路·孤山》注。

㉓ 晁美叔：晁端彦（1035—1095），字美叔，清丰（今河南濮阳）人。与苏轼同为嘉祐二年（1057）进士，同为主考官欧阳修门下，两人政见相同，遭遇相似，多有诗文酬唱。官至秘书少监，卒赠开府仪同三司。其文章书法，朝野宗尚。

㉔ 早为世所捐：苏轼因与王安石变法政见不合，熙宁四年（1071）求放外任，通判杭州。元祐四年（1089），因论事为当事者不容，乞求外调，以龙图阁学士知杭州。

㉕ 君持使者节：似指晁端彦元祐元年（1086）以司勋员外郎任贺辽国正旦使。

㉖ 古渔父：指隐士，见《楚辞·渔父》。

㉗ 夤（yín）缘：攀附连络。此指依循而行。

㉘ 李奎：明嘉靖年间人。与茅坤等人为西湖之游组诗社，诗酒唱和。有《西湖舟中》、《游天竺寺有怀谢康乐》等诗。另明永乐、正统间，有李奎，官大

理寺少卿。以前者近似。

㉙ 兰桡(ráo):小舟的美称。桡,桨。

㉚ 六桥:见卷三《西湖中路·苏公堤》注。

㉛ 周立勋:字勒卣,松江(今属上海)人。明末几社成员。与同里陈子龙、夏允彝齐名,为"云间五子"之一。以太学生屡试不第。曾参与编辑《皇明经世文编》。

㉜ 平湖:"平湖秋月"为西湖十景之一。位于白堤西端,孤山南麓,面临外湖。

㉝ 当时歌舞地:杭州为南宋京城临安。南宋统治者醉生梦死,不图恢复。诗人林升《题临安邸》诗讽刺道:"山外青山楼外楼,西湖歌舞几时休?暖风薰得游人醉,直把杭州作汴州。"

㉞ 西泠:见卷一《西湖北路·西泠桥》注。

㉟ 夏炜:字汝华,号缄庵,浙江桐乡乌程人。万历三十五年(1607)进士。后由工部郎中调知南康府。资助南康府推事李应升重修《白鹿洞书院志》并为之作序。

㊱ 竹枝词:乐府歌曲名,又名《竹枝》,后用为词牌名。类似七言绝句,语言通俗自然。

㊲ 溟濛:朦胧,模糊不清貌。

㊳ 行觞:依次敬酒。

㊴ 金络马:戴金饰辔头的马。

㊵ 驼:同"驮"。　孤山:见卷三《西湖中路·孤山》注。

㊶ 欧阳修(1007—1072),字永叔,号醉翁、六一居士,庐陵吉水人。北宋著名政治家、文学家。天圣八年(1030)进士,官至枢密副使、参知政事。因议新政,与王安石政见不合,致仕。谥文忠,有《欧阳文忠公集》行世。

㊷ 菡萏(hàn dàn):荷花的别称,特指其花苞。

㊸ 二十四桥:在扬州。一说实有二十四座桥,见沈括《梦溪笔谈·补笔谈》。另一说一桥名"二十四桥",见李斗《扬州画舫录》卷十五。杜牧《寄扬州韩绰判官》诗"青山隐隐水迢迢,秋尽江南草未凋。二十四桥明月夜,玉人何处教吹箫。"流传至今。

㊹ 赵子昂:赵孟頫(1254—1322),字子昂,号松雪道人、鸥波,吴兴(今浙江湖州)人,赵宋皇族裔孙。历宋元之变,虽以书画文才,见重元廷,官至翰林学士承旨,封吴兴郡公,但内心矛盾,纠结仕隐。书法绘画,冠首元代。

㊺ 款段：马行迟缓貌。

㊻ 袁宏道（1568—1610）：字中郎，号石公，荆州公安（今属湖北）人，明代文学家，在“三袁”（兄宗道、弟中道）中成就最高。万历二十年（1592）进士，先后任吴县知县、顺天府教授、国子监助教、吏部郎官等。漫游各地名胜，尤以江浙苏杭留下的诗文为多。作为明末文坛公安派领袖，提出“独抒性灵，不拘格套”的文学主张，反对“文必秦汉，诗必盛唐”的拟古说。其诗文活泼清新，对张岱影响甚大。有《袁宏道集》。

㊼ 龙井：见卷四《西湖南路 · 龙井》注。

㊽ 飞来：见卷二《西湖西路 · 飞来峰》注。

㊾ 苏桥：苏堤六桥。见卷三《西湖中路 · 苏公堤》注。

㊿ 胜果：胜果寺。见卷五《西湖外景 · 胜果寺》注。

51 钱祠：钱王祠。见卷四《西湖南路 · 钱王祠》注。

52 一片：一片云。见卷四《西湖南路 · 一片云》注。

53 孤山旧亭子：指元人为纪念林逋，在孤山北麓所建放鹤亭。

54 南高：南高峰。见卷四《西湖南路 · 南高峰》注。

55 北高：北高峰。见卷二《西湖西路 · 北高峰》注。

56 楚人：袁宏道籍贯湖北公安系楚国故地，因以自称。

57 范景文（1587—1644）：字梦章，号思仁，河间吴桥（今属河北）人。万历四十一年（1613）进士，官至工部尚书兼东阁大学士，明亡，自尽。

58 断桥：见本书《自序》注。

59 西子：西施。苏轼有“欲把西湖比西子，淡妆浓抹总相宜”（《饮湖上初晴后雨》）之喻。

60 “吾乡”句：张岱系会稽山阴人，《世说新语 · 言语》：“从山阴道上行，山川自相映发，使人应接不暇。”

61 米颠：米芾（1051—1107）：字元章，号鹿门居士、襄阳漫士、海岳外史等。祖籍太原，迁居湖北襄阳。北宋著名书画家。举止颠狂，人称“米颠”。宋徽宗时，召为书画博士。长于山水，多用水墨点染，有变幻无穷之妙，画史称“米点山水”。子米友仁，亦工书画，人称“二米”、“大小米”。

62 伯子琴：传说古代俞伯牙善琴，钟子期为其知音，辨其琴声志在高山抑或流水。

63 南华秋水意：《庄子》又称《南华经》，其《秋水》篇旨在破解人间大小、是非、贵贱的执著分别，回归道的一体无别、物我两忘的境界。

⑭ 髯苏：苏轼美髯，故称。

⑮ 两峰：指南北高峰。

⑯ 三潭印月：西湖十景之一，指三潭印月石塔，在西湖小瀛洲。苏轼疏浚西湖时，立三塔，禁在石塔间水域植菱种芡，以防淤积。原塔已毁。现塔为明天启间补立，塔中空球面有五个小孔，中点蜡烛，则光影透孔映入水中，与天上明月相映。旧传湖有三深潭，故有三潭印月之美景。

⑰ 蹴躤：跛行，尽力前行貌。

⑱ 南屏晚钟：杭州南屏山（西湖南岸、玉皇山北）净慈寺内，唐宋时铸有铜钟。薄暮寺钟长鸣，众山皆应，清越悠扬，久久不息。“南屏晚钟”遂成西湖十景之一。

⑲ 苏堤春晓：苏轼知杭时疏浚西湖，取湖泥、葑草筑成苏堤，南起南屏山，北至栖霞岭，全长近三公里，夹堤遍植杨柳、碧桃及各种花木，为西湖十景之一。

⑳ 酡（tuó）：酒后脸泛红。

㉑ 解颐：开颜欢笑。

㉒ 曲院风荷：在杭州苏堤跨虹桥西北。南宋时，在今灵隐路洪春桥南有一座酿官酒的麯院，院植荷藕，花开香风四起，有“麯院荷风”之名。清康熙南巡，改名“曲院风荷”。

㉓ 柳浪闻莺：西湖十景之一。在西湖东南岸，涌金门至清波门之间。南宋时为御花园，园中有柳浪桥，轻风拂柳，碧浪起伏，莺啭其间，行人驻足。故名。

㉔ 雷峰夕照：西湖南岸夕照山雷峰上，吴越王钱俶为黄妃造塔，称黄妃塔，又名雷峰塔。明嘉靖间倭寇纵火，残存赭色塔身，夕阳西照，别具风韵。遂成西湖十景之一。

㉕ 花港观鱼：南宋时，苏堤第三桥与西岸第四桥相隔一水，名为花港，水通花家山。山下有卢园，凿池养鱼，故有“花港观鱼”之名。

㉖ 柳耆卿：柳永，字耆卿，福建崇安人。北宋著名词人。景祐元年（1034）进士，官屯田员外郎。为人放浪不羁，精通音律，出入歌榭舞楼，为歌伎乐工创作了大量宜于歌唱的长调慢曲，通俗俚浅，至有“凡有井水处，即能歌柳词”之说。　望海潮：柳永所创长调曲牌名。双调，一百零七字。上片五平韵，下片六平韵，一韵到底。也有于过片（下片起句）二字增一韵的。

㉗ 形胜：区位重要、交通发达的地区。

㉘ 三吴：吴郡、吴兴郡和会稽郡，古称“三吴”。钱塘旧属吴郡。

⑦⑨ 天堑:此指钱塘江。

⑧⓪ 珠玑:喻珍奇的商品。

⑧① 重湖:白堤将西湖分为里外湖。　叠巘(yǎn):重叠起伏的山峰。

⑧② 三秋:旧历九月。

⑧③ 莲娃:采莲女。

⑧④ 千骑拥高牙:太守出行,随从多,仪仗盛。高牙,旗竿头上饰有象牙的旗。

⑧⑤ 凤池:凤凰池,中书省的美称。因中书省在禁苑,苑中有凤凰池,故以代称。此泛指朝廷。

⑧⑥ 于国宝:应作俞国宝,字不详,号醒庵,江西抚州临川人,南宋江西派著名诗人。有《醒庵遗珠集》十卷。其作《风入松》故事详《武林旧事》卷三。风入松:词牌名,双调,七十四或七十六字。有平仄两格。晋稽康有古琴曲。

⑧⑦ 玉骢:白马。

⑧⑧ 丽人天:杜甫《丽人行》:"三月三日天气晴,长安水边多丽人。"

⑧⑨ 花钿:金银珠宝打制的花形首饰。

【评品】

作者写西湖,而拈出鉴湖、湘湖作比较和烘托;品评三湖特色,而拈出其弟的比喻作陪衬。全文旨意并非在具体描绘西湖景色,而在于表达作者的审美理想、审美情趣和游赏品位。以此作为总论,笼罩全篇。

在朝夕四时的游赏中,作者对西湖秋冬之冷落、月夕之星散、雨雪之寂寥,情有独钟。这既可以从他对董遇"三余说"的引用和申述中看出,也可以从他对四贤的轩轾中看出,还可以从他的名篇《西湖七月半》和《湖心亭看雪》中得到印证。作者以深情领略的解人自居,认为清空深静之中,方能识得山水之性情;朦胧苍茫之中,更能领悟山水的风味。

西湖北路

玉 莲 亭

白乐天守杭州①，政平讼简。贫民有犯法者，于西湖种树几株；富民有赎罪者，令于西湖开葑田数亩②。历任多年，湖葑尽拓，树木成荫。乐天每于此地，载妓看山，寻花问柳。居民设像祀之。亭临湖岸，多种青莲，以象公之洁白。右折而北，为缆舟亭，楼船鳞集，高柳长堤。游人至此买舫入湖者，喧阗如市③。东去为玉凫园，湖水一角，僻处城阿④，舟楫罕到。寓西湖者，欲避嚣杂，莫于此地为宜。园中有楼，倚窗南望，沙际水明，常见浴凫数百出没波心⑤，此景幽绝。

白居易《玉莲亭》诗：

湖上春来似画图，乱峰围绕水平铺。
松排山面千层翠，月照波心一点珠。
碧毯绿头抽早麦⑥，青罗裙带展新蒲⑦。
未能抛得杭州去，一半勾留是此湖⑧。

孤山寺北谢亭西⑨，水面初平云脚低⑩。
几处早莺争暖谷⑪，谁家新燕啄春泥。
乱花渐欲迷人眼，浅草才能没马蹄。
最爱湖东行不足，绿杨阴里白沙堤⑫。

【注释】

① 白乐天守杭州：白居易于长庆二年（822 年）由中书舍人自求外任，除杭州刺史。始筑堤岸，捍钱塘湖。钟泄其水，溉田千顷，复浚李泌六井，民赖其汲。详《新唐书·白居易传》。

② 葑田:水已干涸,杂草丛生的湖沼。

③ 喧阗:哄闹声。

④ 城阿:城郭的角落。阿,曲隅,角落。

⑤ 凫:野鸭。

⑥ “碧毯”句:早稻拔节抽穗,如绿毯线头。

⑦ “青罗”句:河中新菖蒲,似罗裙飘青带。

⑧ 勾留:留恋。

⑨ 谢亭:多作“贾亭”。贾全任杭州刺史时建,后废。

⑩ 云脚低:湖面水气与云雾合成薄练低垂状,故称云脚。

⑪ 暖谷:多作“暖树”,向阳的树和枝。

⑫ 白沙堤:即白堤,又称沙堤、断桥堤。

【评品】

以种树疏淤惩治不法,以筑堤浚湖溉田造福一方,是为惩恶扬善之德政。白公“未能抛得杭州去,一半勾留是此湖”,而其德政惠民,口碑传颂至今,实惠遗泽至今,岂止当时百姓“设像祀之”、植莲喻之而已。作者在追述了白莲亭之人与事之后,再涉笔其景色。宋代以来宦杭游西湖者,行春则集柳洲亭,竞渡则集玉莲亭,登高则集天然图画阁,看雪则集孤山寺,寻常宴客则集镜湖楼。而作者舍缆舟亭之“楼船鳞集”、“喧阗如市”,而于“舟楫罕到”之玉凫园楼上“倚窗南望”,所见景色幽绝。作者之幽兴雅趣,于此可见。

昭庆寺

昭庆寺①,自狮子峰、屯霞石发脉②,堪舆家谓之火龙③。石晋元年始创④,毁于钱氏乾德五年⑤。宋太平兴国元年重建⑥,立戒坛⑦。天禧初⑧,改名昭庆。是岁又火。迨明洪武至成化⑨,凡修而火者再。四年奉敕再建,廉访杨继宗监修⑩。有湖州富民应募挈万金来,殿宇室庐,颇极壮丽。嘉靖三十四年⑪以倭乱⑫,恐贼据为巢,遽火之。事平再造,遂用堪舆家说,辟除民舍,使寺门见水，以厌火灾⑬。隆庆三年复毁⑭。万历十七年⑮，司礼监太监孙隆以织造助建⑯，悬幢列鼎，绝盛一时。而两庑栉比⑰，皆市廛精肆⑱，奇货可居。春时有香市⑲，与南海、天竺、山东香客及乡村妇女儿童⑳，往来交易，人声嘈杂，舌敝耳聋，抵夏方止。崇祯十三年又火㉑，烟焰障天，湖水为赤。及至清初，踵事增华㉒，戒坛整肃，较之前代，尤更庄严。

一说建寺时，为钱武肃王八十大寿㉓，寺僧圆净订缁流古朴、天香、胜莲、胜林、慈受、慈云等㉔，结莲社㉕，诵经放生㉖，为王祝寿。每月朔㉗，登坛设戒，居民行香礼佛，以昭王之功德㉘，因名昭庆。今以古德诸号㉙，即为房名。

袁宏道《昭庆寺小记》：

从武林门而西㉚，望保俶塔㉛，突兀层崖中，则已心飞湖上也。午刻入昭庆㉜，茶毕，即棹小舟入湖㉝。山色如娥，花光如颊，温风如酒，波纹如绫，才一举头，已不觉目酣神醉。此时欲下一语描写不得，大约如东阿王梦中初遇洛神时也㉞。余游西湖始此，时万历丁酉二月十四日也㉟。晚同子公渡净寺㊱，觅小修旧住僧房㊲。取道由六桥、岳坟归㊳。草草领略，未极遍赏。阅数日，陶周望兄弟至㊴。

张岱《西湖香市记》：

西湖香市，起于花朝㊵，尽于端午㊶。山东进香普陀者日至㊷，嘉湖进香天竺者日至㊸，至则与湖之人市焉㊹，故曰香市。然进香之人市于三天竺，市于岳王坟，市于湖心亭㊺，市于陆宣公祠㊻，无不市，而独凑集于昭庆寺。昭庆寺两廊故无日不市者，三代八朝之古董，蛮夷闽貊之珍异㊼，皆集焉。至香市，则殿中边甬道上下㊽、池左右、山门内外，有屋则摊，无屋则厂㊾，厂外又棚，棚外又摊，节节寸寸。凡胭脂簪珥㊿、牙尺剪刀(51)，以至经典木鱼、伢儿嬉具之类(52)，无不集。此时春暖，桃柳明媚，鼓吹清和(53)，岸无留船，寓无留容，肆无留酿。

袁石公所谓[54]“山色如娥，花光如颊，温风如酒，波纹如绫”，已画出西湖三月。而此以香客杂来，光景又别。士女闲都[55]，不胜其村妆野妇之乔画[56]；芳兰芗泽[57]，不胜其合香芫荽之薰蒸[58]；丝竹管弦，不胜其摇鼓欲笙之聒帐[59]；鼎彝光怪[60]，不胜其泥人竹马之行情；宋元名画，不胜其湖景佛图之纸贵[61]。如逃如逐，如奔如追，撩扑不开，牵挽不住。数百十万男男女女、老老少少，日簇拥于寺之前后左右者，凡四阅月方罢[62]。恐大江以东，断无此二地矣。崇祯庚辰三月，昭庆寺火。是岁及辛巳、壬午洊饥[63]，民强半饿死[64]。壬午虏鲠山东[65]，香客断绝，无有至者，市遂废。辛巳夏，余在西湖，但见城中饿殍舁出[66]，扛挽相属[67]。时杭州刘太守梦谦[68]，汴梁人，乡里抽丰者多寓西湖[69]，日以民词馈送[70]。有轻薄子改古诗诮之曰：“山不青山楼不楼，西湖歌舞一时休。暖风吹得死人臭，还把杭州送汴州[71]。”可作西湖实录。

【注释】

① 昭庆寺：又称昭庆律寺。《西湖游览志》卷八：“昭庆律寺，晋天福间，吴越王建。宋乾德二年重修。太平兴国三年，建戒坛于寺中。每岁三月三日，海内缁流云集于此，推其长老能通五宗诸典者，登坛说法，敷陈具戒，其徒跪而听之，名曰受戒，至今行之。天禧初，有圆净法师，学庐山慧远结白莲社，缙绅之士与会者二十余人，运使孙何为之记。”昭庆寺在历史上曾屡建屡毁。明嘉靖和崇祯年间，两次被火焚毁，清初重建后，又遭兵祸被夷为焦土。光绪四年，寺里的住持发宏愿重还旧貌。抗日战争时期杭州沦陷，昭庆寺被日军驻兵养马。今不存。原址在今杭州宝石山的东边，南临西湖，杭州市青少年宫广场的位置。

② 狮子峰：以形似名之。又名巾子峰，在宝石山附近。　屯霞石：在宝石山上，“色赭如霞，介立崖畔”（《西湖游览志》卷八）。　发脉：发祥。

③ 堪舆家：旧称相地看风水者。堪为天道，舆为地道。

④ 石晋：指石敬瑭所建的后晋，元年即天福元年（936）。

⑤ 乾德五年：967 年。乾德为宋太祖赵匡胤的年号（963—968）。称钱氏，

因钱氏的吴越国虽已臣服，却尚存。

⑥ 太平兴国元年：976 年。

⑦ 戒坛：佛徒传戒之坛。

⑧ 天禧：宋真宗赵恒的年号（1017—1021）。

⑨ 洪武：明太祖朱元璋的年号（1368—1398）。 成化：明宪宗朱见深的年号（1465—1487）。

⑩ 杨继宗：字承方，山西阳城人。明代著名廉吏。天顺进士，性刚廉孤峭，人莫敢犯。按察地方，能为民除弊兴利。《明史》本传载其成化初荐为嘉兴知府，九年后任浙江按察使（即“廉访”），则其监修昭庆，当在成化九年后，而非本文所云“四年”。

⑪ 嘉靖三十四年：1555 年。

⑫ “倭乱”三句：据《明史纪事本末》卷五十五载，嘉靖三十四年，“柘林倭夺舟，犯乍浦、海宁，攻陷崇德，转掠塘西、新市、横塘、双林、乌镇、菱湖诸镇，杭城数十里外，流血成川。巡抚李天宠束手无策，唯募人缒城，自烧附郭民居而已”。

⑬ 厌：压服，抑制。

⑭ 隆庆三年：1569 年。

⑮ 万历十七年：1589 年。

⑯ 司礼监：官署名。明置，明朝内廷管理宦官与宫内事务的“十二监”之一。 孙隆：明神宗万历朝派往苏、杭提监织造兼管税收的太监，后于万历二十九年（1601）驻苏州督税，曾激起民变。 织造：官名。明清于江宁、杭州、苏州设专局，织造各种衣料，及制帛诰敕彩缯之类，以供宫廷之用。明于三处各置提督织造太监一人，清改任内务院人员，即称织造。

⑰ 两庑（wǔ）：堂下周围的走廊廊屋。 栉（zhì）比：像梳齿一样紧密整齐地排列。

⑱ 市廛精肆：市场商家。廛，公家所建供商人存储货物的房所。

⑲ 香市：由各地香客蜂拥而至形成的交易市场。

⑳ 南海：指普陀山，传为南海观音菩萨之道场。 天竺：指杭州天竺山三寺，即上天竺法喜寺、中天竺法净寺、下天竺法镜寺。 山东：指浙东一带。

㉑ 崇祯十三年：1640 年。

㉒ 踵事增华：继承前人成就，并加增饰，有所提高。

㉓ 钱武肃王：钱镠（852—932），字具美，临安（今属浙江）人。唐末拥兵两

浙，以镇压黄巢起义。五代十国时吴越国王，谥武肃。

㉔ 订：约定。　缁流：僧徒，僧流。以僧着缁（黑）衣，故称。

㉕ 莲社：东晋僧慧远居庐山东林寺，与雷次宗、刘遗民等十八人同修净土。寺中有白莲池，号莲社，或白莲社。

㉖ 放生：佛家以不杀生为善举，释放鱼鸟等小生物，以示有恩。

㉗ 朔：农历每月初一。

㉘ 昭：彰显，表扬。

㉙ 古德：佛教徒对年高有道高僧的尊称，此似专指上述缁流。

㉚ 武林门：杭州最古老的北城门。原名余杭门，明后改称武林门。

㉛ 保俶塔：见卷一《西湖北路·保俶塔》注。

㉜ 午刻：上午十一点至下午一点。

㉝ 棹：桨，此作动词“划桨”用。

㉞ “东阿王”句：用东阿王曹植作《洛神赋》故事。详《洛神赋》李善注引《记》所载。

㉟ 万历丁酉：1597 年。

㊱ 子公：方文僎，字子公，袁宏道门客，随游杭州。

㊲ 小修：袁中道，字小修，前一年曾游西湖。

㊳ 六桥：见卷三《西湖中路·苏公堤》注。　岳坟：见卷一《西湖北路·岳王坟》注。

㊴ 陶周望兄弟：陶望龄（1562—1609），字周望，号石篑，会稽人。万历十七年（1589）以会试第一，殿试第三，任翰林编修。仕至国子监祭酒。弟陶奭龄（1571—1640），字君奭，一字公望，号石梁，与兄并称“二陶”。仕至济宁太守。

㊵ 花朝：农历二月十五日百花生日，号花朝节。也有二月初二、二月十二的说法。浙间风俗，以为春序正中，百花争放之时最堪游赏。

㊶ 端午：农历五月初五日。

㊷ 普陀：今浙江省县名。在舟山群岛东南部，岛上有普陀山。唐大中十二年（858），日本僧人慧锷最初于此留观音像建寺。佛教徒因《华严经》有善财参拜观音于普陀洛迦之说，遂称普陀。后与峨嵋、五台、九华并列为我国佛教四大名山，供奉观音的道场。

㊸ 嘉湖：浙江嘉兴湖州地区。　三天竺：杭州灵隐寺南天竺山中，有上、中、下三天竺寺。

㊹ 市:交易,贸易。

㊺ 湖心亭:见卷三《西湖中路·湖心亭》注。

㊻ 陆宣公祠:见卷三《西湖中路·陆宣公祠》注。

㊼ 蛮夷:古代对南方少数民族的贬称。 闽:此指居住在福建的少数民族。 貊:古称居住在我国东北地区的少数民族。

㊽ 甬道:庭院中间的正道。

㊾ 厂:棚屋,露舍。

㊿ 簪:用以绾定发髻的首饰。 珥:耳饰。

51 牙尺:象牙制的尺子。

52 伢(yá)儿:吴越方言,称呼儿童。

53 鼓吹:此泛指音乐。

54 袁石公:即袁宏道,见卷一《西湖总记·明圣二湖》注。作者引文见袁宏道《初至西湖记》。

55 闲都:娴雅优美。都,优美。《诗经·郑风·有女同车》:"彼美孟姜,洵美且都。"

56 不胜:文中指比不过。 乔画:乔装打扮。

57 芗:通"香"。

58 芫荽(yuán suī):胡荽,俗名香菜。

59 欱:吮吸。此作吹奏讲。 聒帐:众声齐作,通宵达旦,称聒帐。

60 鼎彝:古代宗庙祭祀之青铜礼器,为国之重器。

61 纸贵:《晋书·左思传》载,西晋左思苦思殚虑作成《三都赋》,张华为之延誉,于是豪贵之家竞相传写,洛阳为之纸贵。后因用作著作风行的典故。

62 四阅月:经过四个月。阅,经历。

63 崇祯庚辰、辛巳、壬午:分别为崇祯十三(1640)、十四(1641)、十五(1642)年。 洊(jiàn):再次。

64 强半:过半。

65 虏鲠山东:指清兵入侵关内。鲠,通"梗",祸患。

66 饿殍:饿死的人。 舁:扛,抬。

67 相属:相连续。

68 刘太守梦谦:刘梦谦,罗山(今河南信阳)人,崇祯七年(1634)进士,十三年任杭州太守。《西湖梦寻·苏公堤》谓:"太守刘梦谦与士夫陈生甫辈时至。二月,作胜会于苏堤。城中括羊角灯、纱灯几万盏,遍挂桃柳树上,下以红毡铺地，冶童名妓，纵饮高歌。夜来万蜡齐烧，光明如昼。湖中遥望堤上万蜡，湖影倍之。箫管笙歌，沉沉昧旦。传之京师，太守镌级。”

⑲ 抽丰：旧指找关系、走门路，向人求取财物。

⑳ “日以”句：每日以包揽诉讼所得的钱赠送（行贿）。

㉑ “山不青山”四句：套改南宋林升《题临安邸》诗：“山外青山楼外楼，西湖歌舞几时休。暖风吹得游人醉，直把杭州作汴州。”

【评品】

本文详述昭庆寺之隆替兴废，详于明代而略于其他，最后点明昭庆寺命名之由来。

哇哇宕

哇哇石在棋盘山上①。昭庆寺后，有石池深不可测，峭壁横空，方圆可三四亩，空谷相传，声唤声应，如小儿啼焉。上有棋盘石，耸立山顶。其下烈士祠，为朱跸、金胜、祝威诸人②，皆宋时死金人难者，以其生前有护卫百姓功，故至今祀之。

屠隆《哇哇宕》诗③：

昭庆庄严尽佛图④，如何空谷有呱呱。
千儿乳坠成贤劫⑤，五觉声闻报给孤⑥。
流出桃花缘古宕，飞来怪石入冰壶⑦。
隐身岩下传消息，任尔临崖动地呼。

【注释】

① 棋盘山：在风篁岭之北，《西湖游览志》卷四：“山顶有方石，旧传丹砂为局，子分黑白，今已漶漫。登其颠，则江湖之胜，皆可环眺矣。”

② 朱跸：南宋建炎三年任钱唐令，金胜、祝威为尉。十二月，金完颜宗弼攻临安。“郡守康允之退保赭山，钱唐令朱跸鸠乡兵二千，邀击之，力战死。尉将金胜、祝威，复集溃兵，据葛岭，编竹覆泥为大途，以诱贼。贼骑飙至，蹄蹍而

踣，仆者鳞叠，横尸山委。金人大骇，遁赤山，得奸细为导，由南壁入，胜、威被执，死之。郡人感其忠节，以马革裹尸，骈葬云洞之右，立祠祀之。后人并以祀踤。”（《西湖游览志》卷八）

③ 屠隆：见卷五《西湖外景·云栖》注。

④ 昭庆：见卷一《西湖北路·昭庆寺》注。　佛图：塔。

⑤ 乳坠：出生。　贤劫：据《贤劫经》，现在劫“贤劫”住劫二十小劫中，共有一千尊佛出世（即诗中“千儿乳坠”），称贤劫千佛。

⑥ 五觉：佛教所谓的本觉、始觉、相似觉、随分觉和究竟觉。　给孤：古印度长者。乐善好施，曾以黄金布地为价，购得祇陀太子园，供释迦说法。此为僧寺的泛称。

⑦ 飞来：见卷二《西湖西路·飞来峰》注。　冰壶：喻清白。

【评品】

哇哇宕“深不可测，峭壁横空，方圆可三四亩，空谷相传，声唤声应，如小儿啼焉”。寥寥数语，不仅宕名哇哇，其因已明，而且小儿之啼，其声若闻。作者经历异族入主，朝代鼎革，所以结尾处拈出南宋抗金之死难烈士，并特意点明“其生前有护卫百姓功，故至今祀之”，可谓用心良苦。

大佛头

大石佛寺①，考旧史，秦始皇东游入海，缆舟于此石上。后因贾平章住里湖葛岭②，宋大内在凤凰山③，相去二十余里，平章闻朝钟响④，即下湖船，不用篙楫，用大锦缆绞动盘车⑤，则舟去如驶，大佛头，其系缆石桩也。平章败，后人镌为半身佛像，饰以黄金，构殿覆之，名大石佛院，至元末毁。明永乐间⑥，僧志琳重建，敕赐大佛禅寺。贾秋壑为误国奸人，其于山水书画古董，凡经其鉴赏，无不精妙。所制锦缆，亦自可人⑦。一日临安失火，贾方在半闲堂斗蟋蟀，报者络绎，贾殊不顾，但曰：“至太庙则报。”俄而，报者曰：“火直至太庙矣⑧！”贾从小肩舆⑨，四力士以椎剑护，舁舆人里许即易[10]，倏忽至火所，下令肃然，不过曰："焚太庙者，斩殿帅[11]。"于是帅率勇士数十人，飞身上屋，一时扑灭。贾虽奸雄，威令必行，亦有快人处。

张岱《大石佛院》诗：

余少爱嬉游，名山恣探讨。
泰岳既峗峨，补陀复杳渺[12]。
天竺放光明[13]，齐云集百鸟[14]。
活佛与灵神，金身皆藐小。
自到南明山，石佛出云表。
食指及拇指，七尺犹未了。
宝石更特殊，当年石工巧。
岩石数丈高，止塑一头脑。
量其半截腰，丈六犹嫌少。
问佛凡许长，人天不能晓。
但见往来人，盘旋如虱蚤。
而我独不然，参禅已到老。
入地而摩天，何在非佛道。
色相求如来[15]，巨细皆心造。
我视大佛头，仍然一茎草。

甄龙友《西湖大佛头赞》[16]：

色如黄金，面如满月。
尽大地人，只见一橛[17]。

【注释】

① 大石佛寺：《西湖游览志》卷八："宝石山麓为大佛禅寺……大石佛，旧传为秦始皇缆船石。宋宣和中，僧思净者，当儿时见之，作念曰：异日出家，当镌此石为佛。及长，为僧妙行寺，遂镌石为半身佛像，饰以黄金，构殿覆之，遂名为大石佛院。"所载与本文不尽相同，可互参。

② 贾平章：即贾似道，见卷一《西湖总记·明圣二湖》注。度宗时封太师、平章军国重事。恃宠专恣，有赐第在葛岭。秋壑，是宋度宗为其别墅题的匾额，遂以为号。曾决朝政于葛岭私宅。　葛岭：在杭州宝石山西，海拔166米。据传因东晋葛洪在此结庐炼丹而得名。

③ 宋大内：指南宋在杭州的行宫，在凤凰山下。原为杭州州治，五代十国时为吴越钱王故宫。大内，皇宫的别称。　凤凰山：见卷五《西湖外景·凤凰山》。

④ 朝钟：催唤朝臣上朝的钟声。

⑤ 盘车：状如圆盘，用以击水，使舟前进。

⑥ 永乐：明成祖朱棣的年号（1403—1424）。

⑦ 可人：使人满意。

⑧ 太庙：天子的祖庙。

⑨ 肩舆：一种简易的抬轿，两根长杆，中设软椅以坐人，上无覆盖。

⑩ 舁（yú）：共同抬东西。　易：换。

⑪ 殿帅：宋时殿前都指挥使掌军故称。

⑫ 补陀：即浙江宁波普陀山，为观音菩萨道场。

⑬ 天竺：见卷二《西湖西路·上天竺》注。

⑭ 齐云：指齐云山。据《徐霞客游记》卷一载，其"太素宫……玄帝像乃百鸟衔泥所成"。

⑮ 色相：佛教谓一切物质显现于外可以眼见的形貌。

⑯ 甄龙友：后改名良友，字云卿，永嘉（今浙江温州）人，宋高宗绍兴二十四年（1154）进士，官国子监簿。为人滑稽辨捷，名冠一时。

⑰ 橛：小木桩。

【评品】

文章前半述大石佛寺之建置由来，固为游记；后半述贾似道之逸事，颇类小说。对贾似道其人，作者虽目之为"误国奸人"、"奸雄"，但对其"鉴赏"之精妙、"威令"之严肃，却不无赞誉。虽不因人废事，然史识未深。其实，正因为贾似道其人既贪且奸，故其"鉴赏"之妙，仅在"山水书画古董"而已，而不能施之于审人度时；其"威令"虽必行，却不能行之于却敌保国，仅能灭火存殿而已。

保 俶 塔[1]

宝石山高六十三丈[2]，周一十三里。钱武肃王封寿星宝石山[3]，罗隐为之记[4]。其绝顶为宝峰，有保俶塔，一名宝所塔，盖保俶塔也。宋太平兴国元年[5]，吴越王俶[6]闻唐亡而惧，乃与妻孙氏、子惟濬、孙承祐入朝，恐其被留，许造塔以保之。称名，尊天子也。至都，赐礼贤宅以居，赏赉甚厚[7]。留两月遣还，赐一黄袱，封识甚固[8]，戒曰："途中宜密观。"及启之，则皆群臣乞留俶章疏也，俶甚感惧。既归，造塔以报佛恩。保俶之名，遂误为保叔。不知者遂有"保叔缘何不保夫"之句[9]。

俶为人敬慎，放归后，每视事，徙坐东偏[10]，谓左右曰："西北者，神京在焉[11]，天威不违颜咫尺[12]，俶敢宁居乎！"每修省入贡[13]，焚香而后遣之[14]。未几[15]，以地归宋，封俶为淮海国王。其塔，元至正末毁[16]，僧慧炬重建。明成化间又毁[17]，正德九年僧文镛再建[18]。嘉靖元年又毁[19]，二十二年僧永固再建。[20]隆庆三年大风折其顶[21]，塔亦渐圮，万历二十二年重修[22]。其地有寿星石、屯霞石[23]。去寺百步，有看松台[24]，俯临巨壑，凌驾松杪[25]，看者惊悸。塔下石壁孤峭，缘壁有精庐四五间，为天然图画阁[26]。

黄久文《冬日登保俶塔》诗：

当峰一塔微，落木净烟浦。
日寒山影瘦，霜泐石棱苦[27]。
山云自悠然，来者适为主。
与子欲谈心，松风代吾语。

夏公谨《保俶塔》诗[28]：

客到西湖上，春游尚及时。
石门深历险，山阁静凭危。
午寺鸣钟乱，风潮去舫迟。

清樽欢不极，醉笔更题诗。

钱思复《保俶塔》诗[29]：

金刹天开画，铁檐风语铃。
野云秋共白，江树晚逾青。
凿屋岩藏雨，粘崖石坠星。
下看湖上客，歌吹正沉冥。

【注释】

① 保俶塔：又称宝所塔，在宝石山上。原名应天塔，建于北宋开宝间。据传宋太祖召吴越国王钱弘俶进京，其母舅吴延爽发愿建塔，祈弘俶平安归来，故称保俶塔。不久塔崩。咸平中，僧永保以目眚募缘，十年，始复其旧，目光如故。保有戒行，人呼师叔，遂称保叔塔。（详《西湖游览志》卷八）

② 宝石山：本名巨石山，高六十三丈，周一十三里，钱王封为寿星宝石山。

③ 钱武肃王：见卷一《西湖北路·昭庆寺》注。

④ 罗隐(833—909)：字诏谏，余杭（今属浙江杭州）人。唐光启中，入镇海军节度使钱镠幕。后迁节度判官、给事中等职。有《罗昭谏集》，其诗文善讽善谑。本文所云之"记"已逸。

⑤ 太平兴国元年：976 年。

⑥ 吴越王俶（chù）：钱俶(929—988)，初名弘俶，字文德，吴越国王，钱镠之孙。降宋，宋太祖即位，赐俶"开吴镇越荣文耀武功臣"（《续资治通鉴·宋纪八》）。北宋开宝九年(976)二月，"吴越国王俶，及其子镇海镇东节度使惟濬等，入见崇德殿，宴长春殿。先是，车驾幸礼贤宅，视供帐之具。及至，即诏俶居之，宠赉甚厚。"（同上）本文所记与《续资治通鉴·宋纪八》大致相同，唯系年当为太祖开宝九年，而非太宗太平兴国元年（虽为同一年）。

⑦ 赏赉：赏赐。

⑧ 封识：封缄，款识。

⑨ "不知者"句：全诗为："为何保叔不保夫，叔何亲密夫何疏。纵然洗尽三江水，难免人间一生污。"作者不详。　叔：小叔，丈夫之弟。　夫：丈夫。

⑩ 徙坐东偏：古代称帝王者坐北朝南，故有南面称王之说。吴越地处东南，故以坐东偏，示臣服宋天子。

⑪ 神京：北宋汴京，今河南开封。

⑫ “天威”句：意谓天子犹如就在近旁。语出《左传·僖公九年》。

⑬ 修省：修身，反省。《周易·震》：“君子以恐惧修省。”

⑭ 焚香：古代进贡朝见，焚香驱秽，以示恭敬。

⑮ 未几：没多久。指太平兴国三年五月，俶“上表献所管十三州、一军。帝御乾元殿受朝”，“徙封钱俶为淮海国王。”（《续资治通鉴·宋纪九》）

⑯ 至正：元惠宗妥懽贴睦尔的年号（1341—1370）。

⑰ 成化：明宪宗朱见深的年号（1465—1487）。

⑱ 正德九年：1514 年。

⑲ 嘉靖元年：1522 年。

⑳ 僧永固，《西湖游览志》卷八作“永果”，山西人。有戒行，募缘多助。

㉑ 隆庆三年：1569 年。

㉒ 万历二十二年：1594 年。

㉓ 寿星石：《西湖游览志》卷八：“旧名落星石，钱王改今名。一在塔后，一在看松台下。各大数十围，块然无根，望之如斫。” 屯霞石：《西湖游览志》卷八：“色赭如霞，介立崖畔”。

㉔ 看松台：“去寺左百步所，俯临巨壑，凌驾松杪，松下有石，圆如陨星。”（《西湖游览志》卷八）

㉕ 杪：树梢。

㉖ 天然图画阁：在崇寿禅寺右，一勺泉之阳。

㉗ 泐（lè）：刻，勒。 石棱：石尖。

㉘ 夏公谨：夏言（1482—1548），字公谨，号桂州，江西贵溪人。正德十二年（1517）进士，嘉靖间官至内阁首辅。见忌于严嵩，后被杀。

㉙ 钱思复：钱惟善（？—1369），字思复，号曲江居士，钱塘（今杭州）人。工书法，官至副提举。著有《江月松风集》十二卷。

【评品】

保俶塔由吴越国王钱俶臣服北宋的一段史事因缘而得名，故作者所记，略于建置因革而详于史事，可与《续资治通鉴·宋纪》相发明。文中可见钱俶为人之谨慎，心情之恐惧。他进贡不绝，又助宋灭南唐，故得封王；而南唐后主沦为阶下囚，整日以泪洗面，故不得寿终。

玛瑙寺[1]

玛瑙坡在保俶塔西[2]，碎石文莹[3]，质若玛瑙，土人采之，以镌图篆[4]，晋时遂建玛瑙宝胜院。元末毁，明永乐间重建。有僧芳洲仆夫艺竹得泉，遂名仆夫泉[5]。山巅有阁，凌空特起，凭眺最胜，俗称玛瑙山居。寺中有大钟，侈弇齐适[6]，舒而远闻，上铸《莲经》七卷[7]，《金刚经》三十二分[8]。昼夜十二时，保六僧撞之。每撞一声，则《法华》七卷、《金刚》三十二分，字字皆声。吾想法夜闻钟，起人道念[9]，一至旦昼，无不牿亡[10]。今于平明白昼时听钟声，猛为提醒，大地山河，都为震动，则铿鍧一响[11]，是竟《法华》一转、《般若》一转矣[12]。内典云[13]：人间钟鸣未歇际，地狱众生刑具暂脱此间也。鼎革以后[14]，恐寺僧惰慢，不克如前[15]。

张岱《玛瑙寺长鸣钟》诗：

女娲炼石如炼铜[16]，铸出梵王千斛钟[17]。
仆夫泉清洗刷早，半是顽铜半玛瑙。
锤金琢玉昆吾刀[18]，盘旋钟纽走蒲牢[19]。
十万八千《法华》字，《金刚般若》居其次。
贝叶灵文满背腹[20]，一声撞破莲花狱[21]。
万鬼桁杨暂脱离[22]，不愁漏尽啼荒鸡[23]。
昼夜百刻三千杵，菩萨慈悲泪如雨。
森罗殿前免刑戮[24]，恶鬼狰狞齐退役。
一击渊渊大地惊，青莲字字有潮音[25]。
特为众生解冤结，共听毗庐广长舌[26]。
敢言佛说尽荒唐，劳我阇黎日夜忙[27]。
安得成汤开一面[28]，吉网罗钳都不见[29]。

【注释】

① 玛瑙寺：又名"玛瑙讲寺，故名玛瑙宝胜院，在孤山，晋开运三年钱氏建。宋大中祥符间，高僧智圆重修。绍兴间，徙筑于此（指宝云山）。元末毁，皇明永乐间重建。"（《西湖游览志》卷八）

② 保俶塔：见卷一《西湖北路·保俶塔》注。

③ 文莹：布满花纹，通体晶莹。

④ 图篆：此指上古蝌蚪形文字。

⑤ 仆夫泉：据《西湖游览志》卷八，此为后仆夫泉。"元僧芳洲所凿也。先是，智圆居孤山，有仆夫艺竹得泉，遂号仆夫泉。后徙泉此山，藉葛井以汲。"所记异于本文。

⑥ 侈弇齐适：大小正合适。侈弇，钟口的大小。侈，钟口宽大；弇，钟口狭小。

⑦《莲经》：佛经中的《妙法莲华经》简称《法华经》或《莲经》，调和大小乘诸说，以为一切众生均能成佛，有七卷、八卷、十卷各种译本。唐齐己《赠持法华经僧》："莲经七轴六万九千字，日日夜夜终复始。"

⑧《金刚经》：《金刚般若波罗蜜经》之简称，译本颇多，以鸠摩罗什译一卷本最为流行。般若意译为智慧，波罗蜜为渡彼岸。意谓此经所阐发之真理，坚如金刚，无往不利，能使人摆脱种种苦恼，达到自在自如的境界。　三十二分：即《金刚经》中所说的三十二相。

⑨ 起：启发。　道念：悟道的念头。

⑩ 牿亡：束缚尽无的意思。牿，养牲口的圈栏。

⑪ 铿鍧（kēng hōng）：钟鼓相杂之声。

⑫ "是竟"句：这竟然像刻有《法华经》、《般若经》的法轮一转一样。佛家谓宣说其所悟真理于众生，摧破迷梦，如转车轮。

⑬ 内典：佛徒称佛经为内典。

⑭ 鼎革：改朝换代。此指明灭清立。

⑮ 不克：不能。

⑯ 女娲：《淮南子·览冥训》有女娲氏（或谓伏羲之妹，或谓其妇）炼五色石补天的传说。

⑰ 梵王：指色界初禅天的大梵天王，亦泛指此界诸天之王。　斛：旧量器名，亦为容量单位。原一斛为十斗，后改为五斗。

⑱ 昆吾刀：用昆吾石冶炼成铁打制的刀。传说"刀切玉如切泥"（《海内

十洲记·凤麟洲》)。

⑲“盘旋”句:铜钟上的钟纽是盘旋腾走状的龙。　钟纽:钟上所铸系钟之金属纽。　蒲牢:传说龙有九子,蒲牢为其第三子,性好吼,故为钟纽之状。

⑳ 贝叶:一种取自贝多罗树(又称贝叶棕)的叶片,经特殊处理后,刻写经文,经久不坏。　灵文:此指经文。

㉑“一声”句:谓钟声撞破胎狱之苦,得莲花化生之乐。

㉒ 桁(háng)杨:加在颈或脚上的刑具。

㉓ 漏:古代滴漏计时。漏尽,则天明。

㉔ 森罗殿:俗称阎王殿。

㉕ 青莲:此指佛经。　潮音:浙江宁波普陀山有潮音洞。此喻观音菩萨说法之声。

㉖ 毗庐:佛名,即大日如来。

㉗ 阇黎:佛教高僧。

㉘ 成汤:商朝的开国君主,又称商汤,灭夏桀,以宽治民,在位三十年。十七年为诸侯,十三年为商君。

㉙ 吉网罗钳:据《资治通鉴·唐纪三十一·玄宗天宝四载》,“(李)林甫欲除不附己者”,重用酷吏罗希奭、吉温,“二人皆随林甫所欲深浅,锻炼成狱,无能自脱者,时人谓之‘罗钳吉网’”。

【评品】

作者先记玛瑙寺的地理位置、命名缘由和建置兴废,然后就寺钟所铸《莲华经》、《金刚经》对佛家以撞钟转轮为参禅悟道之说发表议论。所述闻钟昼夜之变,撞钟今昔之异,令人深思。

智果寺

智果寺,旧在孤山①,钱武肃王建②。宋绍兴间③,造四圣观④,徙于大佛寺西⑤。先是东坡守黄州⑥,於潜僧道潜⑦,号参寥子,自吴来访,东坡梦与赋诗,有“寒食清明都过了,石泉槐火一时新”之句。后七年⑧,东坡守杭,参寥卜居智果⑨,有泉出石罅间。寒食之明日⑩,东坡来访,参寥汲泉煮茗,适符所梦。东坡四顾坛墤[11]，谓参寥曰："某生平未尝至此，而眼界所视，皆若素所经历者。自此上忏堂[12]，当有九十三级。"数之，果如其言，即谓参寥子曰："某前身寺中僧也，今日寺僧皆吾法属耳[13]，吾死后，当舍身为寺中伽蓝[14]。"参寥遂塑东坡像，供之伽蓝之列，留偈壁间[15]，有"金刚开口笑钟楼，楼笑金刚雨打头，直待有邻通一线，两重公案一时修"。后寺破败。崇祯壬申[16]，有扬州茂才鲍同德字有邻者[17]，来寓寺中。东坡两次入梦，属以修寺，鲍辞以"贫士安办此?"公曰："子第为之[18]，自有助子者。"次日，见壁间偈有"有邻"二字，遂心动立愿，作《西泠记梦》，见人辄出示之。一日至邸，遇维扬姚永言[19]，备言其梦。座中有粤东谒选进士宋公兆禴者[20]，甚为骇异。次日，宋公筮仕[21]，遂得仁和[22]。永言怂恿之，宋公力任其艰[23]，寺得再葺[24]。时有泉适出寺后，好事者仍名之参寥泉焉。

【注释】

① 孤山：《西湖游览志》卷二："岿介湖中，碧波环绕，胜绝诸山。唐、宋间，楼阁参差，弥布椒麓。"山以孤峙在杭州西湖里外湖之间得名。

② 钱武肃王：见卷一《西湖北路 · 昭庆寺》注。

③ 绍兴：宋高宗赵构的年号(1131—1162)。

④ 四圣观：《西湖游览志》卷二："四圣延祥观，绍兴间，韦太后还自沙漠建。以沉香刻四圣像，并从者二十人。饰以大珠，备极工巧。为园曰延祥，亭馆窈窕，丽若画图，水洁花寒，气象幽雅。"又同书卷八："四圣延祥观，旧在孤山。宋高宗为康王时，常使于金，夜见四巨人执仗卫行。询之方士，云：紫薇有大将四，名曰：天蓬、天猷、翊圣、真武。王心异之。及即位，乃建观祀之。即今六一泉地也。"同为一观，同书所载建观之由不同，盖系传说不同所致。

⑤ 大佛寺：见本书《大佛寺》。

⑥ 黄州：今湖北黄冈县。苏轼于元丰三年至六年(1080—1083)因"乌台诗案"被贬为黄州团练副使。

⑦於潜：县名，今浙江临安县，明清时属杭州府。　道潜：北宋诗僧，号参寥子，与苏轼、秦观为诗友。因与苏轼反对王安石变法有牵连，被勒令还俗。徽宗时，翰林学士曾肇辨其无罪，重新落发为僧。下文故事见《咸淳临安志》卷三十八《参寥泉》及《苏轼文集》卷六十八《书参寥诗》。

⑧ 后七年:即北宋元祐四年(1089),苏轼以龙图阁学士出知杭州。

⑨ 卜居:占卜以选定居之地。

⑩ 寒食:节令名,清明前一天(一说清明前两天)。相传起于晋文公悼念介之推事,因介之推抱木焚死,定于是日禁火寒食。

⑪ 坛壝(wěi):坛,土筑的高台,壝,坛四周短墙。

⑫ 忏堂:僧道为人礼祷忏悔的法堂。

⑬ 法属:指一同修法者的后裔。

⑭ 伽蓝:僧伽蓝的简称,即佛寺,僧院。

⑮ 偈:佛经的颂词。

⑯ 崇祯壬申:1632 年。

⑰ 茂才:即秀才。

⑱ 第:只管。

⑲ 维扬:扬州(今属江苏)的别称。

⑳ 谒选:请候任命。

㉑ 筮(shì)仕:古人出仕,先占凶吉,称筮仕。

㉒ 仁和:旧县名,治所在今浙江杭州。

㉓ 力任其艰:勉力承担这一艰巨的工作。

㉔ 葺:修缮。

【评品】

苏轼与参寥子道合志契,视为方外知己。参寥子卜居智果,而苏轼则两宦杭州。本文所记苏轼身前身后与智果寺、参寥泉的因缘,绝类传奇小说,而其中线索则为历次应验之梦。故《咸淳临安志》题作《应梦记》,而崇祯之事或为作者锦上添花。

六贤祠

宋时西湖有三贤祠两:其一在孤山竹阁①。三贤者,白乐天、林和靖②、苏东坡也。其一在龙井资圣院③。三贤者,赵阅道、僧辩才④、苏东坡也。宝庆间⑤,袁樵移竹阁三贤祠于苏公堤⑥,建亭馆以沽官酒⑦。或题诗云:“和靖东坡白乐天,三人秋菊荐寒泉,而今满面生尘土，欲与袁樵趁酒钱[8]。”又据陈眉公笔记[9]，钱塘有水仙王庙[10]，林和靖祠堂近之。东坡先生以和靖清节映世，遂移神像配食水仙王。黄山谷有《水仙花》诗用此事[11]：“钱塘昔闻水仙庙，荆州今见水仙花，暗香靓色撩诗句[12]，宜在孤山处士家。”则宋时所祀，止和靖一人。明正德三年[13]，郡守杨孟瑛重浚西湖[14]，立四贤祠[15]，以祀李邺侯、白、苏、林四人，杭人益以杨公，称五贤。而后乃祧杨公[16]，增祀周公维新、王公弇州[17]，称六贤祠。张公亮曰[18]：“湖上之祠，宜以久居其地，与风流标令为山水深契者[19]，乃列之。周公冷面，且为神明，有别祠矣。弇州文人，与湖非久要，今并四公而坐，恐难熟热也[20]。”人服其确论。

张明弼《六贤祠》诗：

山川亦自有声气，西湖不易与人热。
五日京兆王弇州，冷面臬司号寒铁[21]。
原与湖山非久要，心胸不复留风月。
犹议当时李邺侯，西泠尚未通舟楫[22]。
惟有林苏白乐天，真与烟霞相接纳。
风流俎豆自千秋[23]，松风菊露梅花雪。

【注释】

① 竹阁：《西湖游览志》卷二：“白乐天作，在孤山寺（又称广化寺），杭人因貌公像而祀之。”“至宋，益以苏公、林公，名三贤堂。”

② 林和靖：林逋，字君复，钱塘人。少刻志学问，放浪江淮。后归隐西湖孤山，种梅养鹤，人称“梅妻鹤子”。真宗赐谥号“和靖处士”。其《山园小梅》诗有“疏影横斜水清浅，暗香浮动月黄昏”句脍炙人口。下文“孤山处士”即指他。

③ 龙井资圣院：即龙井寺，宋熙宁中，改寿圣院。元丰二年，辩才禅师归老于此，与苏子瞻，赵阅道友善，后人因建三贤祠祀之。

④ 赵阅道：赵抃（1008—1084），字阅道，浙江衢州人。任殿中侍御史，弹劾不避权贵，有“铁面御史”之称。神宗朝，曾任参知政事。后知杭州，致仕。

辩才:徐元净,字无象,杭州於潜人。生十年而出家。居上天竺。说法二十年。退居龙井,燕居行道十年。元祐六年卒。生前多为人治病,杭人尊事之。与苏轼兄弟、秦观多有往还交游。

⑤ 宝庆:宋理宗赵昀的年号(1225—1227)。

⑥ 袁樵:《西湖游览志》卷二载:“京尹袁韶复建于苏堤中。”同卷亦云“宝庆间京尹袁韶……”,而《西湖游览志余》卷二十三载:“宝庆间袁樵尹京”。则樵、韶当为同一人,且当作“韶”。袁韶(1161—1237),字彦淳,浙江鄞县人。南宋淳熙十四年(1186,宋史本传作“十三年”,误,是年无科考)进士。本传谓其嘉定十三年(1220 年)为临安府尹(即京尹)。在任将近十年,“理讼精简,道不拾遗,里巷称呼为佛子,平反冤狱甚多”,后官至同知枢密院事,卒赠少傅、太师,封越国公。而宋末元初刘壎所著《隐居通议》称其在临安府任上重税盘剥,称其为“史弥远之党,聚敛臣也,小人无忌惮”。看来是个有争议的人物。本文引题诗调侃他“趁酒钱”,或有所据。

⑦ 沽:此指卖。

⑧ 趁:赚;挣。

⑨ 陈眉公:陈继儒(1558—1639),字仲醇,号眉公,明松江华亭人。隐居小昆山,善诗文书画,屡征不起。有《眉公全集》。

⑩ 水仙王庙:在苏堤第四桥“压堤”,《西湖游览志》卷二:“亦名龙王祠。先是,以乐天、和靖、子瞻配祀两庑。有井曰荐菊,盖取苏诗(《书〈林逋诗〉后》)‘不然配食水仙王,一盏寒泉荐秋菊’之义也。今废。”可悟上文“三人秋菊荐寒泉”的由来。

⑪ 黄山谷:黄庭坚(1045—1105),字鲁直,号山谷,洪州分宁(今江西修水)人。北宋著名诗人。

⑫ 靓(liàng):漂亮,好看。

⑬ 正德三年:1508 年。

⑭ 杨孟瑛:明成化二十三年(1487)进士,弘治十五年(1502)任杭州知州,疏浚西湖淤泥形成的葑田近 3500 亩,用淤泥、葑草在西里湖上筑长堤,堤上建六桥。后人为纪念杨孟瑛,称此堤为“杨公堤”,堤上六桥为“里六桥”。为历史上西湖治理的三大功臣(白、苏、杨)之一。《西湖游览志余》卷十一谓其疏浚西湖之役,曾告示谕民,然后“以正德二年二月二日兴工,六月十日歇役,八月十九日续工,九月十二日讫事。日用夫八千人,银二万八千七百余两”。而《西湖游览志》卷一则载其事在正德三年,与本文同。

⑮ 四贤祠:《西湖游览志》卷二:"四贤堂,正德间,郡守杨孟瑛建,以祀唐刺史李公泌、白公居易、宋守苏公轼、处士林公逋者。泌字长源,代宗时任,引湖水入城。甃六井以解斥卤,民到于今赖之。"李泌历仕玄、肃、代、德四朝,位至宰相,封邺侯。

⑯ 祧:迁去神主。

⑰ 周公维新:疑即周新,字志新,维新或为其别字,南海人。永乐初,为监察御史,多所弹劾。贵戚震惧,目为冷面寒铁(即下文张公亮所曰"冷面")。《西湖游览志余》卷七:"永乐中,浙江按察使,廉公厚直,声称籍甚。为兵部尚书方宾所谮,下锦衣狱以冤死。" 王公弇州:王世贞,字元美,号弇州山人,太仓(今属江苏)人。为人耿介,不附权贵,官至南京刑部尚书。主明文坛二十年,为"后七子"之一。据《明史文苑传》,其曾任浙江右参政,但为时不长,故张明弼有"与湖非久要"云云。

⑱ 张公亮:张明弼(1583—1642),字公亮,江苏金坛人。早负才望,崇祯十年进士。古文诗赋,擅名一时,为黄道周器重。曾任揭阳知县、台州推官等职。为复社重要成员。

⑲ 标令:卓越、杰出。

⑳ 熟热:熟识。

㉑ 冷面臬司:即永乐初曾为御史的周维新(详上文注)。臬司,明清各省提刑按察使司的简称。负责一省的刑狱诉讼事务,兼督察地方官员之责。

㉒ 西泠:见卷一《西湖北路·西泠桥》注。

㉓ 俎豆:古代祭祀、宴飨时盛食物的礼器。后引申为祭祀、崇奉之意。

【评品】

本文记叙六贤祠由三而四,由四而六的增减变迁过程。对增减所祀当否,作者虽未加评论,却借"或题"之诗,对袁樵移祠沽酒之举,加以讽刺;借东坡将和靖配食水仙王之举和山谷之诗,表达了他对和靖的心仪和景仰;借张明弼之言和众人之认可,表达了他认可仅有四人当祀的看法。

西泠桥

西泠桥一名西陵①,或曰:即苏小小结同心处也②。及见方子公诗有云[3]："'数声渔笛知何处，疑在西泠第一桥。'陵作泠，苏小恐误。"余曰："管不得，只西陵便好。且白公断桥诗'柳色青藏苏小家'，断桥去此不远[4]，岂不可借作西泠故实耶！"昔赵王孙孟坚子固常客武林[5]，值菖蒲节[6]，周公谨同好事者邀子固游西湖[7]。酒酣，子固脱帽，以酒晞发[8]，箕踞歌《离骚》[9]，旁若无人。薄暮入西泠桥，掠孤山，舣舟茂树间[10]，指林麓最幽处，瞪目叫曰："此真洪谷子、董北苑得意笔也[11]！"邻舟数十，皆惊骇绝叹，以为真谪仙人。得山水之趣味者，东坡之后，复见此人。

袁宏道《西泠桥》诗：

西泠桥，水长在。松叶细如针，不肯结罗带。莺如衫，燕如钗，油壁车[12]，砍为柴，青骢马[13]，自西来。昨日树头花，今日陌上土。恨血与啼魂，一半逐风雨。

又《桃花雨》诗：

浅碧深红大半残，恶风催雨剪刀寒。
桃花不比杭州女，洗却胭脂不耐看。

李流芳《西泠桥题画》[14]：

余尝为孟旸题扇[15]："多宝峰头石欲摧[16]，西泠桥边树不开。轻烟薄雾斜阳下，曾泛扁舟小筑来[17]。"西泠桥树色，真使人可念，桥亦自有古色。近闻且改筑，当无复旧观矣。对此怅然。

【注释】

① 西泠桥：在孤山六一泉之北，一名西林桥，又名西陵桥。是孤山到北山必经之地。

② 苏小小：《西湖游览志余》卷十六："钱唐名倡也，盖南齐时人。其墓或云湖曲，或云江干。古词（《乐府诗集》作《苏小小歌》）云：'妾乘油壁车，郎跨青骢马。何处结同心，西陵松柏下。'今西陵乃在钱唐江之西，则云江干者近是也。"

③ 方子公：名文僎，新安人。从潘之恒学诗，穷困落拓。袁宏道爱其文

雅，聘为幕僚。多有诗文酬唱。卒于1609年。

④ 断桥：见本书《自序》注。

⑤ 赵王孙孟坚子固：《西湖游览志余》卷十："赵孟坚，字子固，号彝斋，宋诸王孙也。修雅博识，善笔札，工诗文，酷嗜法书。"下文自"值菖蒲节"至"真谪仙人"均取自《西湖游览志余》。　武林：杭州之别称。

⑥ 菖蒲节：即端午节，因端午有悬菖蒲于门首驱邪避毒之风俗。

⑦ 周公谨：周密（1232—1298），字公谨，号草窗。原籍济南，后流寓吴兴（今属浙江）。宋末，曾任义乌令，宋亡不仕。著有《草窗词》、《武林旧事》、《齐东野语》、《癸辛杂识》等。

⑧ 以酒晞发：以酒湿发，然后披发使干。晞，干，干燥。

⑨ 箕踞：一种不拘礼仪，傲慢不敬的伸足而坐的姿势。

⑩ 舣舟：以舟附岸。

⑪ 洪谷子：五代后梁著名画家荆浩，字浩然，沁水（今属山西）人。隐居太行山洪谷，号洪谷子。擅画山水，创水晕墨章的表现技法，著有《笔法记》。董北苑：五代南唐著名画家董源，字叔远，钟陵（今江西进贤）人。南唐中主时，任北苑副使，人称董北苑。擅画水墨和淡着色的山水，平淡天真。

⑫ 油壁车：古代一种车壁涂饰油的坐车。一说是以油布覆盖车壁、四周有幔帐遮掩的华丽坐车。

⑬ 青骢马：青白杂色的马。见卷三《西湖中路·苏小小墓》所附苏小小诗。

⑭ 李流芳：字长蘅。见卷四《西湖南路·雷峰塔》注。李流芳与袁宏道均为晚明流连盘桓于杭州西湖、并多有诗文吟唱者。李流芳《题画为徐田仲》云："钱塘襟江带湖，山水映发，昏旦百变。出郭数武，耳目豁然，扁舟草履，随地得胜。天下佳山水可居可游、可以饮食寝兴其中而朝夕不厌者，无过西湖矣。余二十年来，无岁不至湖上，或一岁再至，朝花夕月，烟林雨嶂，徘徊吟赏，餍足而后归。"这是《梦寻》中李流芳诗文特多的原因。

⑮ 孟旸：程嘉燧。见卷五《西湖外景·云居庵》注。

⑯ 多宝峰：疑即宝石山顶峰。上有保俶塔，其地有寿星石、屯霞石。

⑰ 小筑：万历二十六年（1598），邹孟阳、仲锡兄弟与闻子将、子与兄弟等文人在邹氏兄弟的寓所小筑，成立文学团体"小筑社"，诗酒唱和。李流芳为其成员之一。

【评品】

作者写西泠桥，并不拘泥于“泠”与“陵”字的考证，而是引《西湖游览志余》卷十所记与之相关的赵孟坚其人其事，表达了自己游赏山水必得其真趣的审美理想。所录赵孟坚一段，可谓“传神写照，正在阿堵中”。

岳王坟①

岳鄂王死，狱卒隗顺负其尸②，逾城至北山以葬。后朝廷购求葬处，顺之子以告。及启棺如生，乃以礼服殓焉。隗顺，史失载。今之得以崇封祀享，肸蚃千秋③，皆顺力也。倪太史元璐曰④：“岳王祠，泥范忠武⑤，铁铸桧、卨⑥，人之欲不朽桧、卨也，甚于忠武。”按公之改谥忠武，自隆庆四年⑦。墓前之有秦桧、王氏⑧、万俟卨三像，始于正德八年⑨，指挥李隆以铜铸之，旋为游人挞碎。后增张俊一像⑩。四人反接⑪，跪于丹墀。自万历二十六年⑫，按察司副使范涞易之以铁，游人椎击益狠，四首齐落，而下体为乱石所掷，止露肩背。旁墓为银瓶小姐。王被害，其女抱银瓶坠井中死。杨铁崖乐府曰⑬：“岳家父，国之城；秦家奴，城之倾。皇天不灵，杀我父与兄。嗟我银瓶为我父，缇萦生不赎父死⑭，不如无生。千尺井，一尺瓶，瓶中之水精卫鸣⑮。”墓前有分尸桧。天顺八年⑯，杭州同知马伟锯而植之⑰，首尾分处，以示磔桧状⑱。隆庆五年⑲，大雷击折之。朱太史之俊曰⑳：“一秦桧耳，铁首木心，俱不能保至此。”天启丁卯㉑，浙抚造祠媚珰㉒，穷工极巧，徙苏堤第一桥于百步之外，数日立成，骇其神速。崇祯改元，魏珰败，毁其祠，议以木石修王庙。卜之王，王弗许㉓。

岳云㉔，王之养子，年十二从张宪战㉕，得其力，大捷，号曰“赢官人”，军中皆呼焉。手握两铁锤，重八十斤。王征伐，未尝不与，每立奇功，王辄隐之。官至左武大夫、忠州防御使。死年二十二，赠安远军承宣使。所用铁锤犹存。

张宪为王部将，屡立战功。绍兴十年，兀朮屯兵临颍，宪破其兵，追奔十五里，中原大振。秦桧主和，班师。桧与张俊谋杀岳飞，诱飞部曲能告飞事者[26]，卒无人应。张俊锻炼宪[27]，被掠无完肤，强辩不伏，卒以冤死。景定二年[28]，追封烈文侯。正德十二年[29]，布衣王大祐发地得碣石，乃崇封焉。郡守梁材建庙，修撰唐皋记之。

牛皋墓在栖霞岭上[30]。皋字伯远，汝州人，岳鄂王部将，素立战功。秦桧惧其怨己，一日大会众军士，置毒害之。皋将死，叹曰："吾年近六十，官至侍从郎，一死何恨，但恨和议一成，国家日削。大丈夫不能以马革裹尸报君父[31]，是为叹耳！"

张景元《岳坟小记》[32]：

岳少保坟祠，祠南向，旧在阛阓[33]。孙中贵为买民居[34]，开道临湖，殊惬大观。祠右衣冠葬焉。石门华表，形制不巨，雅有古色。

周诗《岳王坟》诗[35]：

将军埋骨处，过客式英风[36]。
北伐生前烈，南枝死后忠。
干戈戎马异，涕泪古今同。
目断封丘上，苍苍夕照中。

高启《岳王坟》诗[37]：

大树无枝向北风，千年遗恨泣英雄。
班师诏已成三殿[38]，射虏书犹说两宫[39]。
每忆上方谁请剑，空嗟高庙自藏弓[40]。
栖霞岭上今回首，不见诸陵白雾中[41]。

唐顺之《岳王坟》诗[42]：

国耻犹未雪，身危亦自甘。
九原人不返[43]，万壑气长寒。
岂恨藏弓早，终知借剑难。

吾生非壮士，于此发冲冠。

蔡汝南《岳王墓》诗[44]：

谁将三字狱[45]，堕此一长城[46]。
北望真堪泪，南枝空自荣。
国随身共尽，君恃相为生。
落日松风起，犹闻剑戟鸣。

王世贞《岳坟》诗[47]：

落日松杉覆古碑，英风飒飒动灵祠。
空传赤帝中兴诏[48]，自折黄龙大将旗[49]。
三殿有人朝北极，六陵无树对南枝。
莫将乌喙论勾践[50]，鸟尽弓藏也不悲。

徐渭《岳坟》诗[51]：

墓门惨淡碧湖中，丹雘朱扉射水红[52]。
四海龙蛇寒食后[53]，六陵风雨大江东。
英雄几夜乾坤博，忠孝传家俎豆同。
肠断两宫终朔雪，年年麦饭隔春风[54]。

张岱《岳王坟》诗：

西泠烟雨岳王宫，鬼气阴森碧树丛。
函谷金人长堕泪[55]，昭陵石马自嘶风[56]。
半天雷电金牌冷[57]，一族风波夜壑红[58]。
泥塑岳侯铁铸桧，只令千载骂奸雄。

董其昌《岳坟柱对》[59]：

南人归南，北人归北，小朝廷岂求活耶。
孝子死孝，忠臣死忠，大丈夫当如是矣。

张岱《岳坟柱铭》：

呼天悲铁像，此冤未雪，常闻石马哭昭陵。
拓地饮黄龙，厥志当酬，尚见泥兵湿蒋庙[60]。

【注释】

① 岳王坟：在杭州栖霞岭下，《西湖游览志》卷九：“岳武穆王墓，王名飞，字鹏举，相州汤阴人……宋高宗时，以战伐功，历官都统，屡陈恢复大计。高宗虑钦宗之返而攘己也，阳奖而阴撼之。丞相秦桧揣知帝旨，遂力主和议。会兀术寇拱亳，诏飞往援。金人大败，追及朱仙镇，中原响应。谓其部下曰：‘直抵黄龙，与诸君痛饮耳。’方指日渡河，而桧欲割淮以北弃之，仍诏张俊、杨沂中先归。言飞孤军不可久留，以金牌十二召之班师。”后为桧以“莫须有”的罪名处死，子岳云，部将张宪同时遇难。“孝宗时，诏复飞官，谥武穆，改葬栖霞岭。云祔其旁。……嘉定四年，封鄂王。”

② 隗顺：《西湖游览志》卷九：“狱卒隗顺负飞尸逾城，至九曲丛祠，潜瘗之。以玉环殉，树双橘识焉。”

③ 肸蚃（xī xiǎng）：灵感通微，联绵不绝。

④ 倪太史元璐：倪元璐，字玉汝，号鸿宝，明末上虞（今属浙江）人。天启进士，授编修，累迁国子祭酒。抗疏斥魏阉余党祸国，仕至户部尚书。李自成破京，自缢死，谥文贞。

⑤ 泥范：泥塑。范，模型。

⑥ 桧：秦桧，字会之，南宋江宁（今南京）人，政和进士。因上书反对金帅立张邦昌，被俘至金。为完颜昌所信用，并放归为内奸，而诈称杀金兵夺船逃归。绍兴元年任相，前后逐贬张浚、赵鼎，独相十七年。收岳飞、韩世忠、张俊三员大将的兵权。以“莫须有”的罪名杀害岳飞父子，订绍兴和议，向金纳币称臣，遗臭万年。　卨：万俟卨（mò qí xiè），字元忠，阳武（今河南原阳）人，政和进士。绍兴初，官提点湖北刑狱，迎合秦桧意，谮岳飞，构陷成狱，害死岳飞父子和张宪。官至尚书右仆射。

⑦ 隆庆四年：1570 年。

⑧ 王氏：秦桧妻。《西湖游览志》卷九载：秦桧与万俟卨构陷岳飞父子，“会岁暮，狱无佐证。桧一日独居书室，食柑玩皮，若有思者。其妻王氏窥笑曰：‘老汉一何无决，擒虎易，纵虎难也。’桧犁然当心，致片纸狱中，即日报飞死矣。盖摺杀之，年三十九。”

⑨ 正德八年：1513 年。

⑩ 张俊：字伯英，成纪（今甘肃天水）人，南宋四大名将之一。曾败金兵，镇压各地义军，讨伐叛将李成，挫败伪齐刘猊。后迎合高宗、秦桧旨意，力主和议，请纳兵权，排挤刘锜，参与谋害岳飞，为后人唾弃。

⑪ 反接：反绑。

⑫ 万历二十六年：1598 年。

⑬ 杨铁崖：杨维桢（1296—1370），字廉夫，号铁崖、东维子，诸暨（今属浙江）人。元代文学家，长于乐府。泰定进士，官至建德路总管府推官。有《铁崖乐府》。引诗为《银瓶女》。

⑭ 缇萦：汉太仓令淳于意的少女。汉文帝四年，意获罪。缇萦上书，请入身为官婢，以赎父刑。帝悲其意，为除肉刑，意得免。

⑮ 精卫：传说为炎帝之少女，名女娃，游于东海而溺死，化为精卫鸟。常衔西山之木石，以填东海。

⑯ 天顺八年：1464 年。

⑰ 同知：府州军的副贰之职。

⑱ 磔（zhé）：分裂肢体。

⑲ 隆庆五年：1571 年。

⑳ 朱太史之俊：字沧起，汾阳（今属山西）人。天启进士，官至翰林院侍讲。

㉑ 天启丁卯：1627 年。

㉒ 媚珰：此指讨好取媚魏忠贤之流的太监，为其立生祠。珰为汉代武官的冠饰，后演变成太监的代称。

㉓ "魏珰败"五句：据作者《琅嬛文集 · 募修岳鄂王祠墓疏》载："崇祯戊辰（元年，1628）拆毁逆珰魏忠贤生祠，议以木石修葺王墓，卜之王，王弗许。以此蹉跎。"

㉔ 岳云：宋相州汤阴（今属河南）人，岳飞长子，一说养子。十二岁入伍抗金，在张宪部下转战立功。绍兴十年，从岳飞北伐。颍昌之捷，亲领背嵬军浴血奋战，身被创百余处，击败兀术主力。后与飞、宪同时遇害。

㉕ 张宪：为岳家军前军统制、同提举一行事务。绍兴四年，参加收复襄、汉六郡之战。收复郢州后，与牛皋等军进克随州，擒伪齐将王嵩。又与王贵进兵，大败金将和伪齐联军数万，复邓州。十年，随岳飞北伐，夺取颍昌、淮宁，在临颍重创金军。屡立战功，官至观察使。被诬谋反，与飞、云同时遇害。

㉖ 部曲：古代军队编制单位。《续汉书 · 百官志》："将军领军，皆有部曲，大将军营五部，部校尉一人。部下有一曲，曲有军候一人。"

㉗ 锻炼：罗织罪名。

㉘ 景定二年：1261 年。

㉙ 正德十二年：1517 年。

㉚ 牛皋：字伯远，汝州鲁山（今属河南）人。南宋初，率众抗金，后归岳家军，参与复襄、汉六郡之战。后两度北上攻金，进兵至开封附近。屡立战功，官至承宣使。岳飞被害后，他仍反对和议，被秦桧令田师中毒死。墓在杭州栖霞岭紫云洞剑门关。

㉛ 马革裹尸：谓战死沙场。《后汉书·马援传》："援曰：'男儿要当死于边野，以马革裹尸还葬耳，何能卧床上，在儿女子手中耶？'"

㉜ 张景元：应为张京元，江苏泰兴人。万历甲辰（1604）进士。天启间由江西按察司佥事迁云南提学参议。著有《删注楚辞》二卷（焦竑为之序）、《寒灯随笔》一卷、《湖上小记》等。

㉝ 阛阓（huán huì）：阛，市垣；阓，市之外门。古代市道在垣与门间，故称市肆为阛阓。

㉞ 孙中贵：孙隆。见卷一《西湖总记·明圣二湖》注。中贵，中官、宦官。古代亦泛指皇帝宠幸的近臣。

㉟ 周诗：字以言，明昆山（今属江苏）人。为人倜傥，精医术，以诗游公卿间。朝廷将以尚医官之，拂袖而去。游杭州，寓僧寺。有《虚岩山人集》。

㊱ 式：效法。

㊲ 高启（1336—1374），字季迪，号青丘子，长洲（今江苏苏州）人。明初著名诗人。受诏与修《元史》，授翰林院编修。明太祖授其户部右侍郎，固辞不赴。返乡授徒，后被朱元璋借故腰斩。高诗雄劲奔放，富有才情。

㊳ 三殿：宫中的三大殿，借指皇宫。

㊴ 射虏书：指岳飞《乞出师札》之类的请战抗金书。　两宫：指被金兵所掳的徽、钦二宗，岳飞《五岳祠盟记》有"蹀血虏廷，尽屠夷种，迎二圣，归京阙，取故地"云云。

㊵ 高庙：指宋高宗。　藏弓："高鸟尽，良弓藏"，出于《文子·上德》。高宗苟安，则是高鸟未尽，良弓先藏。

㊶ 诸陵：即下文之"六陵"。指南宋六个皇帝的陵寝，在绍兴青龙山、攒宫山之间。后为元僧杨琏真伽盗掘。

㊷ 唐顺之（1507—1560）：字应德，一字义修，号荆川，武进（今属江苏常州）人。嘉靖八年（1529）会试第一，官翰林编修，兵部主事。督师浙江，重创倭寇。文武全才，倡唐宋散文，是唐宋派的领袖人物。有《荆川先生文集》。

㊸ 九原：九州。

㊹ 蔡汝南：当为蔡汝楠（1516—1565），字子木，号白石，浙江德清人。明嘉靖十一年（1532）进士，诗名早著，官至南京工部右侍郎。著有《自知堂集》等。

㊺ 三字狱：即秦桧加于岳飞的“莫须有”罪名。

㊻ 长城：指岳飞。

㊼ 王世贞：见卷一《西湖北路·六贤祠》注。

㊽ 赤帝：中国古代传说中五帝之一。赤帝是南方之神，此喻宋高宗。中兴诏：此指绍兴二年（1132）殿试，高宗赵构以《问中兴之本》为题。

㊾ 黄龙大将旗：岳飞北伐，誓捣金人巢穴黄龙府（在今东北吉林长春农安县一带）。

㊿ 勾践：春秋越国君王，他卧薪尝胆，经过十年生聚、十年教训，终灭吴王夫差，报了亡国之恨。范蠡、文种出谋划策，功劳卓著。功成之后，范蠡坚辞勾践的封赏，去了齐国，并写信劝告文种：“‘蜚鸟尽，良弓藏；狡兔死，走狗烹。’越王为人长颈鸟喙，可与共患难，不可与共乐，子何不去？”尽管文种之后称病不朝，还是被勾践逼至自尽。

51 徐渭：见卷二《西湖西路·岣嵝山房》注。

52 雘（huò）：赤石脂之类，古代作为上等颜料，以饰宫室。

53 寒食：每年四月四日，禁烟火，只吃冷食，故称“寒食节”。相传春秋时介之推助晋文公复国后，不受封赏，遁入山中。文公焚山求之，之推坚不下山，抱树而死。文公厚葬之，并下令之推忌日禁火寒食，以寄哀思。

54 麦饭：祭祀用的饭食。此指钦、徽二宗远囚金国无法享用。

55 金人：汉武帝在长安建章宫前，铸十二铜仙人，托金盘承甘露，以求长生。魏明帝于景初元年（237）派人前来拆迁，临载，仙人潸然泪下。

56 昭陵石马：昭陵是唐太宗李世民的陵寝，在陕西礼泉县东北九嵕山。墓前有六石马，为唐太宗平生征伐的六匹坐骑之雕像。《安禄山事迹》载，安史之乱时，唐军与贼将崔乾祐战不胜，忽有数百黄旗军前来助战败贼。后有昭陵宫员奏，陵前石人马皆汗湿。

57 金牌：传岳飞厉兵秣马准备大举北伐，连接朝廷十二块金牌严令回师班朝。

58 风波：风波亭，杭州南宋大理寺（最高审判衙门）狱中亭名。岳飞被害于此。

59 董其昌：见卷三《西湖中路·关王庙》注。

⑩ 泥兵湿蒋庙：张岱《夜航船》卷十《兵刑部·军旅》"蒋庙泥兵"条："南京钟山，有汉秣陵尉蒋子文庙，盖因子文逐盗死此，孙权为立庙，封蒋侯，(孙)权避祖讳钟，改名蒋山。后孙权与敌人战，夜大雨，蒋侯助之，次日，见庙中泥兵皆湿。"

【评品】

"青山有幸埋忠骨，白铁无辜铸佞臣"，这是岳王墓阙上的楹联。作者颂武穆，而详述岳云、张宪、牛皋的事迹，以见岳家军个个忠烈，义贯长虹；鞭奸佞，则详述秦桧、王氏、万俟卨三像即便"铁首木心，俱不能保"的经过，以示奸佞人人切齿，恨不得食肉寝皮。巧以魏阉衬秦桧，妙在以魏祠之木石修庙，岳王不受。此类奸佞真真是遗臭万年了。

紫云洞

紫云洞在烟霞岭右①。其地怪石苍翠，劈空开裂，山顶层层，如厦屋天构。贾似道命工疏剔建庵，刻大士像于其上②。双石相倚为门，清风时来，谽谺透出③，久坐使人寒栗。又有一坎突出洞中，蓄水澄洁，莫测其底。洞下有懒云窝，四山围合，竹木掩映，结庵其中④。名贤游览至此，每有遗世之思⑤。洞旁一壑幽深，昔人凿石，闻金鼓声而止，遂名"金鼓洞"。洞下有泉，曰"白沙"。好事者取以瀹茗⑥，与虎跑齐名⑦。

王思任诗⑧：

笋舆幽讨遍⑨，大壑气沉沉。
山叶逢秋醉，溪声入午喑⑩。
是泉从竹护，无石不云深。
沁骨凉风至，僧寮絜碧阴。

【注释】

① 紫云洞：在杭州岳王庙后山栖霞岭上。分前后洞，前洞较宽敞，光线从半掩半复的悬岩峭壁间透入，岩石略带紫色，洞由此得名。 烟霞岭：在南高峰下。 右：此指西。

② 贾似道：见卷一《西湖总记·明圣二湖》注。 大士：指观世音菩萨。

③ 谽谺（hān xiā）：山谷空阔貌。

④ 结庵：建草庐。

⑤ 遗世：遗弃世俗之累。

⑥ 瀹（yuè）茗：烹茶。

⑦ 虎跑：在西湖西南大慈山下，号称“天下第三泉”，与龙井茶合称“双绝”。

⑧ 王思任（1574—1646）：字季重，号谑庵，山阴（今浙江绍兴）人。万历进士，历知兴平、当涂、青浦三县。鲁王监国时任礼部尚书。清兵破绍兴，绝食而死。为文善谑善讽，为张岱挚友。详《琅嬛文集·王谑庵先生传》。

⑨ 笋舆：竹滑竿之类的轿子。 幽讨：寻访幽雅的胜境。

⑩ 喑（yīn）：缄默无声。

【评品】

寥寥数笔，即刻画出紫云洞之绝胜：其石苍翠，清风寒栗，蓄水澄洁，竹木掩映，洞壑幽深。览之令人顿生“遗世之思”。

卷　二

西湖西路

玉泉寺

玉泉寺为故净空院①。南齐建元中②，僧昙起说法于此③，龙王来听，为之抚掌出泉，遂建龙王祠。晋天福三年④，始建净空院于泉左⑤。宋理宗书"玉泉净空院"额。祠前有池亩许，泉白如玉，水望澄明，渊无潜甲⑥。中有五色鱼百余尾，投以饼饵，则奋鬐鼓鬣⑦，攫夺盘旋，大有情致。泉底有孔，出气如橐籥⑧，是即神龙泉穴。又有细雨泉，晴天水面如雨点，不解其故。泉出可溉田四千亩。近者曰鲍家田，吴越王相鲍庆臣采地也⑨。万历二十八年⑩，司礼孙东瀛于池畔改建大士楼居⑪。春时，游人甚众，各携果饵到寺观鱼，喂饲之多，鱼皆餍饫⑫，较之放生池⑬，则侏儒饱欲死矣⑭。

道隐《玉泉寺》诗⑮：

在昔南齐时，说法有昙起。
天花堕碧空⑯，神龙听法语。
抚掌一赞叹，出泉成白乳。
澄洁更空明，寒凉却酷暑。
石破起冬雷，天惊逗秋雨⑰。
如何烈日中，水纹如碎羽。
言有橐籥声，气孔在泉底。
内多海大鱼，狰狞数百尾。
饼饵骤然投，要遮全振旅。
见食即忘生，无怪盗贼聚。

【注释】

① 玉泉寺：在仙姑山之西。本文自“玉泉寺”至“宋理宗”句，均采自《西湖游览志》卷九。

② 建元：南朝齐高帝萧道成年号(479—482)。

③ 僧昙起：《西湖游览志》、《西湖游览志余》均作“昙超”。《西湖游览志余》卷十四：“玉泉寺者，昙超遗迹也。僧史称其居灵苑山，一定累日，忽见一人来礼曰：‘弟子赤亭山土神也。村民凿山，坏龙室，群龙忿，誓三百日不雨。今已百日，田池枯涸，欲屈救苍生。’超许之，乃至赤亭，为龙祝愿。龙亦悔悟，化人见礼于超。明日大雨。”所载与本文不同，盖所本传说不同。

④ 晋天福三年：938 年。

⑤ 泉左：泉东。

⑥ 渊无潜甲：水深而澄明，故无能隐蔽的鱼鳖。

⑦ 鬐(qí)：此指鱼脊鳍。 鬣(liè)：原指兽类颈上的长毛，此指鱼胸鳍。

⑧ 橐籥(tuó yuè)：古代冶炼时用以鼓风的设备，犹今之风箱。橐，外面的箱子；籥，里面的送风管。

⑨ 鲍庆臣：鲍君福，字庆臣，余姚人。胆勇绝伦，从吴越王征伐有功，官至检校太尉，同平章事，兼侍中。天福五年卒。 采地：亦作食邑，采邑，封地。其地的租入，为受封卿大夫的俸禄。

⑩ 万历二十八年：1600 年。

⑪ 司礼：司礼监。孙东瀛：太监孙隆。见卷一《西湖总记·明圣二湖》注。

⑫ 餍饫(yàn yù)：饱足。

⑬ 放生池：指西湖。《西湖游览志》卷八：“宋天禧四年，王钦若请以西湖为放生池，禁民采捕。郡守王随为之记，有碑存焉。”

⑭ 侏儒饱欲死：《汉书·东方朔传》载：东方朔曾对武帝曰：“侏儒长三尺余，奉一囊粟，钱二百四十；臣朔长九尺余，亦奉一囊粟，钱二百四十。侏儒饱欲死，臣朔饥欲死。”侏儒，身材特别矮小的人。文中喻玉泉及泉中鱼。

⑮ 道隐：明末杭州僧。曾为张岱的《西湖梦寻》作序，作者曾以西湖大小为题问法于道隐。

⑯ 天花堕碧空：佛教传说，佛祖说法，感动天神，诸天雨各色香花，缤纷乱坠。

⑰ “石破”二句：李贺《李凭箜篌行》：“女娲炼石补天处，石破天惊逗秋雨。”

【评品】

玉泉寺以寺中之泉色白如玉而得名，更以泉中之鱼见赏于世。作者所记，重点正在泉和鱼。尤以鱼群见食则“奋鬐鼓鬣，攫夺盘旋”的描写最为传神，大有情致。由“较之放生池，则侏儒饱欲死矣”的衬比，可见世事之不公和作者之善讽善谑。

集庆寺①

九里松②，唐刺史袁仁敬植③。松以达天竺，凡九里，左右各三行，每行相去八九尺。苍翠夹道，藤萝冒塗④，走其下者，人面皆绿。行里许，有集庆寺，乃宋理宗所爱阎妃功德院也⑤。淳祐十一年建造⑥。阎妃，鄞县人⑦，以妖艳专宠后宫。寺额皆御书，巧丽冠于诸刹。经始时，望青采斫，勋旧不保，鞭笞追逮，扰及鸡豚⑧。时有人书法堂鼓云⑨：“净慈灵隐三天竺⑩，不及阎妃好面皮。”理宗深恨之，大索不得。此寺至今有理宗御容两轴⑪。六陵既掘⑫，冬青不生，而帝之遗像竟托阎妃之面皮以存，何可轻诮也⑬。元季毁，明洪武二十七年重建⑭。

张京元《九里松小记》⑮：

九里松者，仅见一株两株，如飞龙劈空，雄古奇伟。想当年万绿参天，松风声壮于钱塘潮⑯，今已化为乌有。更千百岁，桑田沧海，恐北高峰头有螺蚌壳矣，安问树有无哉！

陈玄晖《集庆寺》诗⑰：

玉钩斜内一阎妃，姓氏犹传真足奇。
宫嫔若非能佞佛，御容焉得在招提⑱。

布地黄金出紫薇，官家不若一阎妃。
江南赋税凭谁用，日纵平章恣水嬉⑲。

开荒筑土建坛壝，功德巍峨在石碑。
集庆犹存宫殿毁，面皮真个属阎妃。

昔日曾传九里松，后闻建寺一朝空。
放生自出罗禽鸟，听信阇黎说有功⑳。

【注释】

① 集庆寺：在集庆山，全称显慈集庆教寺。

② 九里松：《西湖游览志》卷十："仙姑山之西南，为驼巘岭，过行春桥，入九里松。……宋有一字门，吴说书"九里松"三字。高宗欲易己书，以黼黻湖山。命笔数十幅，叹曰：'无以易吴所书也。'遂以金饰旧额，重揭之。今亡。""行春桥"即今洪春桥，为九里松起点，止于下天竺。"九里云松"为"钱塘八景"之一。

③ 袁仁敬：《唐诗纪事》卷二"明皇"条载："开元十六年，帝自择廷臣为诸州刺史，……袁仁恭杭州，……凡十一人。"《册府元龟》卷六百七十一、《资治通鉴》卷二百一十二也有类似记载，唯"开元十六年"作"十三年"(725)，当以《册府元龟》、《资治通鉴》为是。其中袁仁恭即袁仁敬，因避宋讳而改。

④ 冒：覆盖。

⑤ 功德院：布施建造的寺院。功德，佛教语，指念佛、诵经、布施诸事。

⑥ 淳祐十一年：1251 年。

⑦ 鄞县：今属浙江宁波。

⑧ "经始时"五句：《西湖游览志》卷十："经始之辰，内司分市材木于郡县。旁缘为奸，望青采斫，鞭笞追逮，鸡犬不宁。虽勋臣旧辅之墓，皆不得自保。"经始，开始营建。望青采斫，乱采滥伐。豚，猪。

⑨ 法堂：演说佛法的大堂。

⑩ 净慈灵隐三天竺：皆寺名。净慈寺、灵隐寺分别在杭州南屏山慧日峰下和灵隐山麓；三天竺分别为上天竺法喜寺、中天竺法净寺、下天竺法镜寺。

⑪ 御容两轴：据《西湖游览志》卷十，一幅为其画像，另一为其燕游图。

⑫ 六陵：指南宋高、孝、光、宁、理、度六宗的陵墓。元世祖至元年间，胡僧杨琏真伽任江南释教都总统，掌江南佛教事。与宰相桑哥勾结，盗发宋陵。截理宗顶为饮器，得金玉宝器无数。事在至元十五年，详《续资治通鉴·元纪

二》。

⑬ 轻诮:轻易、轻薄地加以讥讽。

⑭ 洪武二十七年:1394 年。

⑮ 张京元:见卷一《西湖北路 · 岳王坟》注。

⑯ 钱塘潮:由于杭州湾喇叭口的地形及月球和太阳引潮力的作用,每年农历八月十八钱塘江入海口都会发生特大潮涌。潮头高达数米,犹如万马奔腾,排山倒海,蔚为壮观。

⑰ 陈玄晖:浙江海盐人,天启二年(1622)进士。官翰林院编修,升兵部都给事。

⑱ 招提:寺庙,此专指集庆寺。

⑲ 平章恣水嬉:见卷一《西湖北路 · 大佛头》:"后因贾平章……系缆石桩也。"

⑳ 阇(shé)黎:梵语。指高僧。

【评品】

清雍正《西湖志》卷三:"唐刺史袁仁敬植松于行春桥(即今洪春桥),西达灵竺,路左右各三行,每行相去八九尺,苍翠夹道,阴霭如云,日光穿漏,若碎金屑玉,人行其间,衣袂尽绿。今旧松多不存,而新植者已渐如偃盖,时时与灵山白云相接,故曰云松。"所记可与本文相发明。集庆寺为宋理宗所宠阎妃的功德院。建功德院,而"望青采斫,勋旧不保,鞭笞追逮,扰及鸡豚",则何功何德之有? 作者引时人之诗,固为讽刺;而"帝之遗像竟托阎妃之面皮以存,何可轻诮也",何尝不是皮里春秋的讥嘲,不可皮相之。

飞 来 峰

飞来峰①,棱层剔透②,嵌空玲珑,是米颠袖中一块奇石③。使有石癖者见之,必具袍笏下拜④,不敢以称谓简亵⑤,只以石丈呼之也。深恨杨髡⑥,遍体俱凿佛像,罗汉世尊⑦,栉比皆是⑧,如西子以花艳之肤⑨,莹白之体,刺作台池鸟兽,乃以黔墨涂之也。奇格天成，妄遭锥凿，思之骨痛。翻恨其不匿影西方，轻出灵鹫，受人戮辱；亦犹士君子生不逢时，不束身隐遁，以才华杰出，反受摧残，郭璞、祢衡并受此惨矣⑩。慧理一叹，谓其何事飞来，盖痛之也，亦惜之也。且杨髡沿溪所刻罗汉，皆貌己像，骑狮骑象，侍女皆裸体献花，不一而足。田公汝成锥碎其一⑪；余少年读书岣嵝，亦碎其一⑫。闻杨髡当日住德藏寺⑬，专发古冢，喜与僵尸淫媾。知寺后有来提举夫人与陆左丞化女⑭，皆以色夭，用水银灌殓⑮。杨命发其冢。有僧真谛者，性呆戆，为寺中樵汲，闻之大怒，嗥呼诟谇⑯。主僧惧祸，锁禁之。及五鼓，杨髡起，趣众发掘⑰，真谛逾垣而出，抽韦驮木杵⑱，奋击杨髡，裂其脑盖。从人救护，无不被伤。但见真谛于众中跳跃，每逾寻丈⑲，若隼撇虎腾⑳，飞捷非人力可到。一时灯炬皆灭，櫌锄畚插都被毁坏㉑。杨髡大惧，谓是韦驮显圣，不敢往发，率众遽去，亦不敢问。此僧也，洵为山灵吐气㉒。

袁宏道《飞来峰小记》：

湖上诸峰，当以飞来峰为第一。峰石逾数十丈，而苍翠玉立。渴虎奔猊，不足为其怒也；神呼鬼立，不足为其怪也；秋水暮烟，不足为其色也；颠书吴画㉓，不足为其变幻诘曲也。石上多异木，不假土壤，根生石外。前后大小洞四五，窈窕通明，溜乳作花㉔，若刻若镂。壁间佛像，皆杨髡所为，如美人面上瘢痕，奇丑可厌。余前后登飞来者五：初次与黄道元、方子公同登㉕，单衫短后，直穷莲花峰顶。每遇一石，无不发狂大叫。次与王闻溪同登㉖；次为陶石篑、周海宁㉗；次为王静虚㉘、陶石篑兄弟；次为鲁休宁㉙。每游一次，辄思作一诗，卒不可得。

又《戏题飞来峰》诗：

试问飞来峰，未飞在何处。
人世多少尘，何事飞不去。
高古而鲜妍，扬、班不能赋㉚。

白玉簇其颠，青莲借其色。
惟有虚空心，一片描不得。
平生梅道人，丹青如不识。

张岱《飞来峰》诗：

石原无此理，变幻自成形。
天巧疑经凿，神功不受型。
搜空或洚水，开辟必雷霆。
应悔轻飞至，无端遭巨灵㉛。

石意犹思动，蹲踞势若撑㉜。
鬼工穿曲折，儿戏斫玲珑。
深入营三窟，蛮开倩五丁㉝。
飞来或飞去，防尔为身轻。

【注释】

① 飞来峰：一名灵鹫峰，在灵隐寺前。东晋咸和初，印度高僧慧理登此山，说："此天竺灵鹫山之小岭，不知何以飞来？"因名飞来峰，海拔 168 米。

② 棱层：同"崚嶒"，山势高峻貌。

③ 米颠：见卷一《西湖总记·明圣二湖》注。

④ 袍：此指官员朝觐时的礼服。　笏：朝臣手板。

⑤ 简亵：简慢无礼。

⑥ 杨髡（kūn）：指元僧杨琏真伽，元唐兀人。世祖时，任江南释教都总统，掌江南佛教事十余年，贪赃肆虐，掠财占地。发宋陵取珍宝，以陵地建寺，后被问罪。髡，古代剃发之刑，此为对杨琏真伽的贱称。

⑦ 罗汉：阿罗汉的略称，佛陀得道弟子修行的最高果位。有十六人，后增至十八、一百零八、以至五百之数。　世尊：对佛祖释迦牟尼的尊称。

⑧ 栉比：像梳齿一样整齐细密地排列着。《西湖游览志》卷十谓：飞来峰"壁间布镌佛像，皆元浮屠杨琏真伽所为也。"

⑨ 西子：春秋时越国的美女西施。

⑩ 郭璞（276—324）：字景纯，河东闻喜（今属山西）人。晋代文学家、训诂

学家。东晋时任王敦的记室参军，敦欲谋反，命其卜筮，璞谓其必败，为敦所杀。　祢衡(173—198)：字正平，平原(今山东临邑)人。恃才傲物，曹操欲见之，称病不往。操召为鼓史，大会宾客，欲当众辱衡，反为衡所辱。操怒，遣送荆州刺史刘表，复不合，转送江夏太守黄祖，终被杀。

⑪ 田公汝成：田汝成，字叔禾，钱塘(今杭州)人。嘉靖五年进士，历官至福建提学副使。《西湖游览志》、《西湖游览志余》的作者。

⑫ "余少年"二句：据作者《陶庵梦忆》卷二《岣嵝山房》载："岣嵝山房，逼山，逼溪，逼韬光路，故无径不梁，无屋不阁。……天启甲子，余键户其中者七阅月，……一日，缘溪走看佛像，口口骂杨髡。见一波斯坐龙象，蛮女四五献花果，皆裸形，勒石志之，乃真伽像也。余椎落其首，并碎诸蛮女，置溺溲处以报之。"

⑬ 德藏寺：旧址在浙江平湖市，始建于唐会昌二年(842)，俗称北寺，今废。

⑭ 来提举夫人：据元姚桐寿《乐郊私语》载，"来"当作"朱"，下文"化女"当作"爱女"。

⑮ 用水银灌殓：用水银灌注尸体(内脏俱空)，然后入殓，以防腐。

⑯ 嗃呼诟谇：大声辱骂。

⑰ 趣：同"驱"。

⑱ 韦驮：佛教护法神名。

⑲ 寻：古代长度单位，一般为八尺。

⑳ 隼：又称鹘，猛禽，驯养后可作猎禽。

㉑ 耰：古代碎土平地的农具。　畚：撮土的工具。　插：同"锸"，掘土的工具。

㉒ 洵：确实。

㉓ 颠书：唐代张旭，善草书。常酣醉后，呼叫狂走，落笔成书，甚至以发蘸墨书写，故有"张颠"之号。　吴画：唐代著名画家吴道子的画。

㉔ 溜乳：光滑的石钟乳。

㉕ 黄道元：黄国信，字道元，浙江永嘉人。著有《拙迟集》、《合缶斋集》。方子公：见卷一《西湖北路·西泠桥》注。

㉖ 王闻溪：王禹声，字文溪，又字闻溪，吴县人，万历十七年(1589)进士。官至湖广承府总府。因劾贪官被罢免。

㉗ 陶石篑：见卷一《西湖北路·昭庆寺》注。　周海宁：周廷参，茶陵州

人，万历二十三年（1595）进士，次年授海宁知县。

㉘ 王静虚：王赞化，山阴人。崇佛居士。

㉙ 鲁休宁：鲁点，字子舆，号乐同，南漳人。万历十一年（1583）进士，二十四年（1596）知休宁县。

㉚ 扬、班：扬雄，班固，分别为西汉、东汉著名辞赋家。

㉛ 巨灵：传说中守天门的神将。力大无穷，可举高山、劈巨石。

㉜ 躨跜：盘曲蠕动貌。

㉝ 倩：请人代做代办。　五丁：古代传说中蜀国的五位力士，曾开蜀道。

【评品】

飞来峰传说系有天竺灵鹫峰飞来而得名。作者以西子遭墨黥、才士被惨祸为喻，对灵山"妄遭锥凿"痛惜不已，反恨其"不匿影西方，轻出灵鹫"，可见作者爱之笃，惜之深。对于亵渎灵鹫的元僧杨琏真伽，作者深恶痛绝，文集中屡加鞭笞。本文则以真谛奋击杨髡的神异故事，泄心头之恨。故事见载于元姚桐寿《乐郊私语》，可参。

冷泉亭

冷泉亭在灵隐寺山门之左①。丹垣绿树，翳映阴森②。亭对峭壁，一泓泠然③，凄清入耳。亭后西栗十余株④，大皆合抱，冷飔暗樾⑤，遍体清凉。秋初栗熟，大若樱桃，破苞食之，色如蜜珀⑥，香若莲房⑦。天启甲子⑧，余读书岣嵝山房⑨，寺僧取作清供⑩。余谓鸡头实无其松脆⑪，鲜胡桃逊其甘芳也。夏月乘凉，移枕簟就亭中卧月⑫，涧流淙淙，丝竹并作⑬。张公亮听此水声⑭，吟林丹山诗⑮："流向西湖载歌舞，回头不似在山时。"言此水声带金石，已先作歌舞矣，不入西湖安入乎！余尝谓住西湖之人，无人不带歌舞，无山不带歌舞，无水不带歌舞，脂粉纨绮，即村妇山僧，亦所不免。因忆眉公之言曰⑯："西湖有名山，无处士；有古刹，无高僧；有红粉，无佳人；有花朝，无月夕。"曹娥雪亦有诗嘲之曰⑰："烧鹅羊肉石灰汤，先到湖心次岳王。斜日未曛客未醉，齐抛明月进钱塘。”余在西湖，多在湖船作寓，夜夜见湖上之月，而今又避嚣灵隐，夜坐冷泉亭，又夜夜对山间之月，何福消受。余故谓西湖幽赏，无过东坡，亦未免遇夜入城。而深山清寂，皓月空明，枕石漱流，卧醒花影，除林和靖、李岣嵝之外[18]，亦不见有多人矣。即慧理、宾王[19]，亦不许其同在卧次[20]。

袁宏道《冷泉亭小记》：

灵隐寺在北高峰下[21]，寺最奇胜，门景尤好。由飞来峰至冷泉亭一带，涧水溜玉，画壁流青，是山之极胜处。亭在山门外，尝读乐天记有云[22]：“亭在山下水中，寺西南隅，高不倍寻[23]，广不累丈，撮奇搜胜[24]，物无遁形。春之日，草薰木欣[25]，可以导和纳粹[26]；夏之日，风泠泉渟[27]，可以蠲烦析酲[28]。山树为盖，岩石为屏，云从栋生，水与阶平。坐而玩之，可濯足于床下；卧而狎之，可垂钓于枕上。潺湲洁澈，甘粹柔滑，眼目之嚣，心舌之垢，不待盥涤，见辄除去。”观此记，亭当在水中，今依涧而立。涧阔不丈余，无可置亭者。然则冷泉之景，比旧盖减十分之七矣。

【注释】

① 冷泉亭：在冷泉池中，后移岸上。《西湖游览志》卷十：“唐刺史元藇建，旧在水中，今依涧而立。冷泉二字，乃白乐天所书。亭字乃苏子瞻续书，今亦亡矣。”白居易有《冷泉亭记》，可参。冷泉池在灵隐寺前，飞来峰下。　左：东。

② 翳映：掩映。

③ 一泓：一片清水。

④ 西栗：据《灵隐小志》卷一，西栗树今称莎罗树，乃慧理祖师从印度携来种，实大小如胡桃，可以入药。

⑤ 飔：凉风。　樾：树荫。

⑥ 蜜珀：指蜜腊，琥珀之一种，色淡，一名金珀。

⑦ 莲房：莲蓬。

⑧ 天启甲子:1624 年。

⑨ 岣嵝山房:见卷二《西湖西路·岣嵝山房》注。

⑩ 清供:指清雅的供品,如松、竹、梅、鲜花、香火和素的食物等。旧时民间过节常用供品来敬奉神佛、祖宗。

⑪ 鸡头:芡之别名,水生植物,种子芡实可食用,或入药。

⑫ 簟:竹席。

⑬ 丝竹:指民乐中的弦乐器和管乐器。

⑭ 张公亮:见卷一《西湖北路·六贤祠》注。

⑮ 林丹山:林稹,号丹山,长洲(今江苏苏州)人。神宗熙宁九年(1076)进士。有《宫词》百首。其《冷泉诗》曰:"一泓清可浸诗牌,冷暖年来只自知。流向西湖载歌舞,回头不似在山时。"

⑯ 眉公:见卷一《西湖北路·六贤祠》"陈眉公"注。

⑰ 曹娥雪:晚明文人。王思任《午午集》有《赠曹娥雪》诗二首。 曛:日落的余光。

⑱ 林和靖:见卷一《西湖北路·六贤祠》注。 李岣嵝:李茇,明杭州人。住灵隐韬光山下,造山房数间,号岣嵝。与徐渭相友善,自垒生圹,死即埋之。有《岣嵝山人诗集》四卷。

⑲ 慧理:印度高僧,晋咸和初建灵隐禅寺。 宾王:骆宾王,初唐四杰之一。曾助李敬业讨伐武则天。传说他兵败后,隐居灵隐寺。宋之问夜吟灵隐时,他曾以"楼观沧海日,门对浙江潮"句启示之问。孟棨《本事诗·征异》等均载此事,系谬传。

⑳ "亦不许"句:宋开宝八年,兵围金陵。南唐主李煜遣徐铉朝请缓兵。太祖曰:"不须多言,江南有何罪?但天下一家,卧榻之侧,岂可许他人鼾睡?"见杨亿《谈苑》。此作"不得同列"之意。

㉑ 灵隐寺:见卷二《西湖西路·灵隐寺》注。 北高峰:见卷二《西湖西路·北高峰》注。

㉒ 乐天记:指白居易《冷泉亭记》。袁氏所录,乃其概要,而非全文。

㉓ 寻:八尺。

㉔ 撮:摘取,聚集。

㉕ 薰:花草的芳香。

㉖ 导和纳粹:容纳纯净新鲜之气,导引心平气顺。

㉗ 渟:水止不动。

㉘ 蠲(juān)烦析醒(chéng)：去除烦恼，解脱酒后的困惫。蠲，除，免。

【评品】

作者对深山空寂，皓月空明，枕石漱流，卧醒花影的审美佳境心驰神往，所以夏夜在冷泉亭枕簟纳凉，卧月听泉，并借眉公之言、娥雪之诗，对世俗向往西湖的歌舞尘嚣，予以嘲讽。

灵隐寺①

明季昭庆寺火②，未几而灵隐寺火，未几而上天竺又火③，三大寺相继而毁。是时唯具德和尚为灵隐住持④，不数年而灵隐早成。盖灵隐自晋咸和元年⑤，僧慧理建，山门匾曰“景胜觉场”⑥，相传葛洪所书。寺有石塔四，钱武肃王所建⑦。宋景德四年⑧，改景德灵隐禅寺，元至正三年毁⑨。明洪武初再建⑩，改灵隐寺。宣德七年⑪，僧昙赞建山门，良玠建大殿。殿中有拜石，长丈余，有花卉鳞甲之文，工巧如画。正统十一年⑫，玹理建直指堂，堂额为张即之所书⑬，隆庆三年毁⑭。万历十二年⑮，僧如通重建⑯；二十八年司礼监孙隆重修，至崇祯十三年又毁⑰。具和尚查如通旧籍，所费八万，今计工料当倍之。具和尚惨淡经营，咄嗟立办⑱。其因缘之大，恐莲池金粟所不能逮也⑲。具和尚为余族弟，丁酉岁⑳，余往候之，则大殿、方丈尚未起工㉑，然东边一带，闳阁精蓝凡九进㉒，客房僧舍百什余间，棐几藤床㉓，铺陈器皿，皆不移而具。香积厨中㉔，初铸三大铜锅，锅中煮米三担，可食千人。具和尚指锅示余曰：“此弟十余年来所挣家计也。”饭僧之众，亦诸刹所无。午间方陪余斋，见有沙弥持赫蹄送看㉕，不知何事，第对沙弥曰：“命库头开仓。”沙弥去。及余饭后出寺门，见有千余人蜂拥而来，肩上担米，顷刻上禀，斗斛无声，忽然竟去。余问和尚，和尚曰：“此丹阳施主某㉖，岁致米五百担，水脚挑钱㉗，纤悉自备，不许饮常住勺水㉘，七年于此矣。”余为嗟叹。因问大殿何时可成，和尚对以：

"明年六月，为弟六十[29]，法子万人[30]，人馈十金，可得十万，则吾事济矣。"逾三年而大殿、方丈俱落成焉。余作诗以记其盛。

张岱《寿具和尚并贺大殿落成》诗：

飞来石上白猿立[31]，石自呼猿猿应石[32]。
具德和尚行脚来[33]，山鬼啾啾寺前泣。
生公叱石同叱羊[34]，沙飞石走山奔忙。
驱使万灵皆辟易，火龙为之开洪荒。
正德初年有簿对[35]，八万今当增一倍。
谈笑之间事已成，和尚功德可思议。
黄金大地破悭贪[36]，聚米成丘粟若山。
万人团族如蜂蚁，和尚植杖意自闲[37]。
余见催科只数贯[38]，县官敲扑加锻炼。
白粮升合尚怒呼，如坻如京不盈半[39]。
忆昔访师坐法堂，赫蹄数寸来丹阳。
和尚声色不易动，第令侍者开仓场。
去不移时阶戺乱[40]，白粲驮来五百担[41]。
上仓斗斛寂无声，千百人夫顷刻散。
米不追呼人不系，送到座前犹屏气。
公侯福德将相才，罗汉神通菩萨慧。
如此工程非戏谑，向师颂之师不诺。
但言佛自有因缘，老僧只怕因果错。
余自闻言请受记，阿难本是如来弟[42]。
与师同住五百年，挟取飞来复飞去。

张祜《灵隐寺》诗[43]：

峰峦开一掌，朱槛几环延。
佛地花分界，僧房竹引泉。
五更楼下月，十里郭中烟。
后塔耸亭后，前山横阁前。

溪沙涵水静，洞石点苔鲜。
好是呼猿父，西岩深响连。

贾岛《灵隐寺》诗㊹：

峰前峰后寺新秋，绝顶高窗见沃洲。
人在定中闻蟋蟀㊺，鹤于栖处挂猕猴。
山钟夜度空江水，汀月寒生古石楼。
心欲悬帆身未逸，谢公此地昔曾游㊻。

周诗《灵隐寺》诗㊼：

灵隐何年寺，青山向此开。
涧流原不断，峰石自飞来。
树覆空王苑，花藏大士台。
探冥有玄度，莫遣夕阳催。

【注释】

① 灵隐寺：亦名云林禅寺，我国佛教禅宗十大名刹之一。在西湖西北灵隐山麓，前临冷泉，面对飞来峰。东晋咸和初，印度僧慧理见飞来峰，叹曰："此乃中天竺国灵鹫山之小岭，不知何以飞来？仙灵隐窟，今复尔否？"遂面山建寺，名"灵隐"。

② 昭庆寺：见卷一《西湖北路·昭庆寺》。

③ 上天竺：法喜寺。建于五代。

④ 具德和尚：为作者族弟，名弘礼，又作宏礼，字具德。于普陀寺出家，为临济宗僧。后谒汉月法藏于安隐寺，在窥镜、担粪时豁然大悟，自此机用横出。1636年住持云门光孝寺，刀耕火种，有古德之风。未久，即迁径山，又移灵隐寺，晚年住持天宁寺。有具德禅师语录三十卷。文中张岱自引诗又名《具德和尚灵隐寺落成刚值初度作诗寿之》。　住持：寺院的主管僧人。

⑤ 晋咸和元年：326年。

⑥ 景胜觉场：《西湖游览志》卷十作"绝胜觉场"，或云宋之问所书。

⑦ 钱武肃王：见卷一《西湖北路·昭庆寺》注。

⑧ 宋景德四年：1007年。

⑨ 元至正三年：1343年。

⑩ 洪武：明太祖朱元璋的年号（1368—1398）。

⑪ 宣德七年:1432 年。

⑫ 正统十一年:1446 年。

⑬ 张即之(1186—1263):宋代书法家,字温夫,号樗寮,历阳(今安徽和县)人,为参知政事张孝伯之子,爱国词人张孝祥之侄。其书法深受唐人影响,初学欧阳询、褚遂良和颜真卿,后转师米芾,参以汉隶及晋唐经书。《宋史》本传称其"以能书闻天下","大字古雅遒劲,细书尤俊健不凡"。

⑭ 隆庆三年:1569 年。

⑮ 万历十二年:1584 年。

⑯ 如通:万历十年(1582)任灵隐寺住持,其间兴建仿唐大雄宝殿、三藏殿和直指堂。

⑰ 崇祯十三年:1640 年。

⑱ 咄嗟立办:即言一出口,就立即办到。咄嗟,呼吸之间。

⑲ 莲池:沈袾宏(1535—1615),字佛慧,号莲池。出家居杭州云栖寺。净土宗高僧,为明代四大名僧之一。　金粟:佛名,即维摩诘居士,前身为金粟如来。

⑳ 丁酉岁:1657 年。

㉑ 方丈:禅宗寺院住持长老的住所。后用以指代寺院住持。

㉒ 阒阁:幽室。　精蓝:通"精兰",佛寺。

㉓ 棐:通"榧"。木名,可制几。故也称几为棐。

㉔ 香积厨:《维摩诘经·香积佛品》:"有国名众香,佛号香积……苑园皆香,其食香气。"后以香积厨称僧厨。

㉕ 沙弥:和尚。　赫蹏:西汉末流行的一种小幅薄纸。

㉖ 丹阳:今属江苏。

㉗ 水脚挑钱:水夫挑夫的佣钱。

㉘ 常住:僧、道称寺舍、田地、什物等为常住物,简称"常住"。

㉙ 为弟:徒弟。

㉚ 法子:对入佛门而依法修行者的称呼。

㉛ 飞来:见卷二《西湖西路·飞来峰》注。

㉜ 呼猿:见卷二《西湖西路·呼猿洞》注。

㉝ 行脚:此指僧侣云游。

㉞ 生公:见卷二《西湖西路·呼猿洞》注。　叱石同叱羊:牧羊童黄初平,入金华山修炼成仙,能叱石成羊。详葛洪《神仙传·黄初平》。

㉟ 正德：明武宗朱厚照年号（1506—1521）。 簿对：对簿。此指核对旧账簿（见正文“查如通旧籍”）。

㊱ 黄金大地：古代中印度富商，梵名“须达多”，好施孤独贫贱者，中文译名“善施”，别号“给孤独”。欲购太子祇多的园林，赠释迦牟尼，请其说法。太子戏言，能以黄金布地即出让。须达多以金布地，太子以园中树施之，园因名“祇树给孤独园”。

㊲ 植杖：依杖。

㊳ 催科：催租。

㊴ 如坻如京：《诗经·小雅·甫田》：“曾孙之庾，如坻如京。”指谷米堆积如山，丰收。坻，水中高地。京，高丘。

㊵ 戺（shì）：堂前阶石的两端。

㊶ 白粲：白米。

㊷ 阿难：是释迦牟尼的堂弟，也是他的十大弟子之一。

㊸ 张祜：字承吉，邢台清河人，唐代著名诗人。常往来扬州、杭州之间，题咏山水寺院。

㊹ 贾岛（779—843）：字阆（一作浪）仙，河北范阳人。曾栖佛门，法名无本，后还俗。与韩愈、孟郊、张籍等酬唱，以苦吟著称。唐文宗开成二年（837）任遂州长江县（今四川蓬溪西）主簿，世称“贾长江”。

㊺ 定中：坐禅入定时。

㊻ 谢公：东晋著名山水诗人谢灵运。曾任永嘉（今浙江温州）太守。

㊼ 周诗：见卷一《西湖北路·岳王坟》注。

【评品】

灵隐寺初建于东晋，后五代吴越王钱镠，命请永明延寿大师重兴开拓，新建石幢、佛阁、法堂及百尺弥勒阁，并赐名灵隐新寺。鼎盛时曾有九楼、十八阁、七十二殿堂，僧房一千三百间，僧众多达三千余人。南宋建都杭州，高宗与孝宗常幸驾灵隐，主理寺务，挥洒翰墨。宋宁宗嘉定年间被誉为江南禅宗“五山”第一。清顺治年间，禅宗巨匠具德和尚住持灵隐，立志重建，广筹资金，仅建殿堂时间前后历十八年之久，梵刹庄严，古风重振，其规模之宏伟跃居“东南之冠”。清康熙二十八年（1689）南巡时，赐灵隐为“云林禅寺”。本文历述灵隐寺的兴废，重点陈述作者族弟具德和尚惨淡经营，突出丹阳施主的虔诚、施舍的慷慨，称颂他们重修寺院的功德。

北高峰

北高峰在灵隐寺后①，石磴数百级，曲折三十六湾。上有华光庙②，以祀五圣③。山半有马明王庙④，春日祈蚕者咸往焉。峰顶浮屠七级⑤，唐天宝中建⑥，会昌中毁⑦；钱武肃王修复之⑧，宋咸淳七年复毁⑨。此地群山屏绕，湖水镜涵，由上视下，歌舫渔舟，若鸥凫出没烟波，远而益微，仅规其影⑩。西望罗刹江⑪，若匹练新濯，遥接海色，茫茫无际。张公亮有句⑫：“江气白分海气合，吴山青尽越山来。”诗中有画。郡城正值江湖之间，委蛇曲折，左右映带，屋宇鳞次，竹木云蓊，郁郁葱葱，凤舞龙盘，真有王气蓬勃。山麓有无著禅师塔⑬。师名文喜，唐肃宗时人也，瘗骨于此⑭。韩侂胄取为葬地⑮，启其塔，有陶龛焉。容色如生，发垂至肩，指爪盘屈绕身，舍利数百粒⑯，三日不坏，竟荼毗之⑰。

苏轼《游灵隐高峰塔》诗：

言游高峰塔，蓐食始野装⑱。
火云秋未衰，及此初旦凉。
雾霏岩谷暗，日出草木香。
嘉我同来人，又便云水乡。
相劝小举足⑲，前路高且长。
古松攀龙蛇，怪石坐牛羊。
渐闻钟磬音，飞鸟皆下翔。
入门空无有，云海浩茫茫。
惟见聋道人，老病时绝粮。
问年笑不答，但指穴梨床。
心知不复来，欲归更彷徨。

赠别留匹布，今岁天早霜。

【注释】

① 北高峰：在杭州灵隐寺后，与南高峰相对峙，海拔314米。有石磴数百级，经三十六弯，通至山顶。本文自开头至“茫茫无际”，取自《西湖游览志》卷十，仅个别字词有出入。

② 华光庙：即灵顺寺，创建于公元326年（东晋咸和年间），为杭州最早的名刹，印度高僧慧理禅师创建“五灵”（灵鹫、灵隐、灵峰、灵顺、灵山）之一。北宋年间，因寺庙内供奉“五显财神”始称“财神庙”。明代因设殿别名“华光”故又称“华光庙”。

③ 五圣：《西湖游览志》卷十作“五显之神”，神仙名。亦称“五通”、“五显灵公”、“五郎神”，明清两代吴中民间多祀之。

④ 马明王：民间所祀蚕神，亦称马头娘。明王，神之通称。

⑤ 浮屠：佛塔。

⑥ 天宝：唐玄宗李隆基的年号（742—756）。

⑦ 会昌：唐武宗李炎的年号（841—846）。

⑧ 钱武肃王：见卷一《西湖北路·昭庆寺》注。

⑨ 宋咸淳七年：1271年。

⑩ 觌：相见。

⑪ 罗刹江：钱塘江因风涛险恶，又名罗刹江。

⑫ 张公亮：见卷一《西湖北路·六贤祠》注。本文所引乃其所题楹联。

⑬ 无著禅师：名文喜，唐玄宗肃宗时人。七岁常乐寺出家，于参谒大慈山性空禅师后，周游天下，五台山礼文殊菩萨。涅后塔建于灵隐山西坞。

⑭ 瘗：埋葬。

⑮ 韩侂胄（1152—1207）：字节夫，相州（今属河南）人。南宋宁宗朝因册立有功，累迁少师，封平原郡王，除平章军国事，执政十三年，后因北伐失利，被杨皇后与史弥远密谋杀害。

⑯ 舍利：相传佛祖遗体火化后，结成珠状物，称舍利。后也指高僧死后烧剩的骨头。

⑰ 荼毗：梵语谓火葬。

⑱ 蓐食：晨起在床席上早餐。

⑲ 举足：徒步而行。

【评品】

北高峰上远眺俯瞰，远江近湖，诗情画意，有张公亮诗句为证，最是西湖胜景，尽现于作者笔底。

韬光庵

韬光庵在灵隐寺右之半山①，韬光禅师建。师，蜀人，唐太宗时，辞其师出游，师嘱之曰："遇天可留，逢巢即止。"师游灵隐山巢沟坞，值白乐天守郡，悟曰："吾师命之矣。"遂卓锡焉②。乐天闻之，遂与为友，题其堂曰"法安"。内有金莲池、烹茗井③，壁间有赵阅道、苏子瞻题名④。庵之右为吕纯阳殿⑤，万历十二年建⑥，参政郭子章为之记⑦。骆宾王亡命为僧⑧，匿迹寺中。宋之问自谪所还至江南⑨，偶宿于此。夜月极明，之问在长廊索句，吟曰："鹫岭郁岧峣⑩，龙宫锁寂寥。"后句未属，思索良苦。有老僧点长明灯，同曰："少年夜不寐，而吟讽甚苦，何耶？"之问曰："适欲题此寺，得上联而下句不属。"僧请吟上句，宋诵之。老僧曰："何不云'楼观沧海日，门对浙江潮'？"之问愕然，讶其遒丽⑪，遂续终篇。迟明访之⑫，老僧不复见矣。有知者曰：此骆宾王也。

袁宏道《韬光庵小记》：

韬光在山之腰，出灵隐后一二里，路径甚可爱。古木婆娑⑬，草香泉渍，淙淙之声，四分五络，达于山厨。庵内望钱塘江，浪纹可数。余始入灵隐，疑宋之问诗不似，意古人取景，或亦如近代词客捃拾帮凑⑭。及登韬光，始知"沧海"、"浙江"、"扪萝"、"刳木"数语⑮，字字入画，古人真不可及矣。宿韬光之次日，余与石篑、子公同登北高峰⑯，绝顶而下。

张京元《韬光庵小记》：

韬光庵在灵鹫后⑰，鸟道蛇盘，一步一喘。至庵，入坐一小室，峭壁如削，泉出石罅⑱，汇为池，蓄金鱼数头。低窗曲槛，相向啜茗[19]，真有武陵世外之想[20]。

萧士玮《韬光庵小记》[21]：

初二，雨中上韬光庵。雾树相引[22]，风烟披薄[23]，木末飞流，江悬海挂。倦时踞石而坐，倚竹而息。大都山之姿态，得树而妍；山之骨格，得石而苍；山之营卫，得水而活；惟韬光道中能全有之。初至灵隐，求所谓"楼观沧海日，门对浙江潮"，竟无所有。至韬光，了了在吾目中矣[24]。白太傅碑可读，雨中泉可听，恨僧少可语耳。枕上沸波[25]，竟夜不息，视听幽独，喧极反寂。益信声无哀乐也[26]。

受肇和《自韬光登北高峰》诗：

高峰千仞玉嶙峋[27]，石磴攀跻翠蔼分。
一路松风长带雨，半空岚气自成云[28]。
上方楼阁参差见，下界笙歌远近闻。
谁似当年苏内翰[29]，登临处处有遗文。

白居易《招韬光禅师》诗：

白屋炊香饭，荤膻不入家。
滤泉澄葛粉[30]，洗手摘藤花。
青菜除黄叶，红姜带紫芽。
命师相伴食，斋罢一瓯茶。

韬光禅师《答白太守》诗：

山僧野性爱林泉，每向岩阿倚石眠。
不解栽松陪玉勒[31]，惟能引水种青莲。
白云乍可来青嶂，明月难教下碧天。
城市不能飞锡至，恐妨莺啭翠楼前。

杨蟠《韬光庵》诗[32]：

寂寂阶前草，春深鹿自耕。
老僧垂白发，山下不知名。

王思任《韬光庵》诗[33]：

云老天穷结数楹，涛呼万壑尽松声。

鸟来佛座施花去，泉入僧厨漉菜行。
一捺断山流海气，半株残塔插湖明。
灵峰占绝杭州妙，输与韬光得隐名。

又《韬光涧道》诗：

灵隐入孤峰，庵庵叠翠重。
僧泉交竹驿，仙屋破云封。
绿暗天俱贵，幽寒月不浓。
涧桥秋倚处，忽一响山钟。

【注释】

① 韬光庵：在北高峰南，灵隐山半腰，灵隐寺西北的巢沟坞。本文自“韬光禅师建”至“苏子瞻题名”取自《西湖游览志》卷十，略去白居易与韬光禅师往还赠答的诗。

② 卓锡：卓，植立。锡，锡杖，僧人出行时所拄，故称僧人居止为卓锡。

③ 金莲池：在韬光庵东，为韬光引水种金莲之处。

④ 赵阅道：见卷一《西湖北路·六贤祠》注。

⑤ 吕纯阳：名岩，即吕洞宾。相传为唐京兆人，咸通中及第，两为县令。后修道终南山，不知所终。元明以来，列为八仙之一。道家正阳派号为纯阳祖师。今存吕洞宾炼丹台。

⑥ 万历十二年：1584 年。

⑦ 郭子章：字相奎，号青螺，自号蠙衣生，泰和（今属江西）人。明隆庆进士，以功累官太子少保、兵部尚书。著述颇丰。

⑧ 骆宾王：字观光，义乌（今属浙江）人，七岁能诗，有神童名。初为道王府属，后曾从军西北、西南，历任武功主簿、长安主簿。数次上书武后言事，被诬以赃罪，系狱一年，贬为临海丞。徐敬业起兵讨伐武则天，为其幕府，作檄文，声讨武后，兵败不知所终。本文所载，后人已从宋之问的行状，证其为杜撰的故事。

⑨ 宋之问：一名少连，字延清，汾州（今山西汾阳）人。上元二年进士，为武后之文学词臣。因张易之案贬为泷州参军，不久逃回洛阳，官修文馆学士。又因贿贬为越州长史。睿宗时流放钦州，玄宗先天年间赐死。所引诗句，出自其《灵隐寺》诗。

⑩ 岧峣：高峻，高耸。

⑪ 遒丽：遒劲，清丽。

⑫ 迟明：黎明。迟，比及，等到。

⑬ 婆娑：盘旋舞蹈的样子。此指枝叶飘拂舞动貌。

⑭ 捃拾帮凑：此指拼凑、拾拣（文辞）。

⑮ 扪萝、刳（kū）木：出自宋之问《灵隐寺》诗，原句为："扪萝登塔远，刳木取泉遥。"扪萝，摸攀藤萝类植物。刳木，剖竹木为引水管。

⑯ 石篑、子公：见卷一《西湖北路·昭庆寺》注。

⑰ 灵鹫：峰名，此指飞来峰。

⑱ 罅（xià）：裂缝。

⑲ 啜茗：饮茶。

⑳ 武陵：指陶渊明的《桃花源记》。

㉑ 萧士玮：万历四十四年（1616）进士，官至南京吏部考功司郎中。明亡返故里著述，有《春浮园集》十卷。

㉒ 雾树：雾霭轻笼的树。　相引：接引，导引。

㉓ 披薄：弥漫。

㉔ 了了（liǎo liǎo）：明白、清楚。此指一路所有佳景，皆已亲历。

㉕ 沸波：指风涛。

㉖ 声无哀乐：西晋嵇康的《声无哀乐论》，探讨音乐的本体与本质问题，声与情的关系和音乐的功能问题。

㉗ 仞：古代以八尺（一说七尺）为一仞。　嶙峋：凹凸不平貌。

㉘ 岚气：山林间的雾气。

㉙ 苏内翰：苏轼。其曾任翰林学士，故称。

㉚ 葛粉：葛根制成的粉末，食之消渴解毒。

㉛ 陪玉勒：喻陪侍权贵。玉勒，以玉装饰的马缰。

㉜ 杨蟠：字公济，别号浩然居士，章安（今浙江临海）人，一说钱塘人。北宋仁宗庆历六年（1046）进士。元祐四年（1089）苏轼知杭州，蟠为通判。

㉝ 王思任：见卷一《西湖北路·紫云洞》注。

【评品】

韬光庵以韬光禅师栖止而得名，故本文前半述其卓锡的故事，禅师性本清净高洁，曾辞太守白居易招饮（详附诗）；后半则记駱宾王与宋之问的故事，虽系传说，并非史实，却也平添不少诗意。白居易另有一首七律《寄韬光禅师》："一山门作两山门，两寺原从一寺分。东涧水流西涧水，南山云起北山云。前台花发后台见，上界钟声下界闻。遥想吾师行道处，天香桂子落纷纷。"可参。

岣嵝山房

李茇号岣嵝①，武林人②，住灵隐韬光山下。造山房数楹③，尽驾回溪绝壑之上。溪声淙淙出阁下，高厓插天，古木蓊蔚，大有幽致。山人居此，孑然一身。好诗，与天池徐渭友善④。客至，则呼僮驾小舫，荡桨于西泠断桥之间，笑咏竟日。以山石自磥生圹⑤，死即埋之。所著有《岣嵝山人诗集》四卷。天启甲子⑥，余与赵介臣、陈章侯、颜叙伯、卓珂月、余弟平子读书其中⑦。主僧自超，园蔬山蔌⑧，淡薄凄清。但恨名利之心未净，未免唐突山灵⑨，至今犹有愧色。

张岱《岣嵝山房小记》：

岣嵝山房，逼山、逼溪、逼韬光路⑩，故无径不梁，无屋不阁⑪。门外苍松傲睨⑫，蓊以杂木⑬，冷绿万顷，人面俱失⑭。

石桥低磴，可坐十人。寺僧刳竹引泉⑮，桥下交交牙牙⑯，皆为竹节。天启甲子，余键户其中者七阅月⑰，耳饱溪声，目饱清樾⑱。山上下多西栗、边笋⑲，甘芳无比。邻人以山房为市⑳，蓏果、羽族日致之㉑，而独无鱼。乃潴溪为壑㉒，系巨鱼数十头。有客至，辄取鱼给鲜。日晡㉓，必步冷泉亭、包园、飞来峰㉔。一日，缘溪走看佛像，口口骂杨髡㉕。见一波斯胡坐龙象，蛮女四五献花果，皆裸形，勒石志之，乃真伽像也。余椎落其首，并碎诸蛮女，置溺溲处以报之㉖。寺僧以余为椎佛也，咄咄作怪事㉗，及知为杨髡，皆欢喜赞叹。

徐渭《访李岣嵝山人》诗：

岣嵝诗客学全真[28]，半日深山说鬼神。
送到涧声无响处，归来明月满前津。
七年火宅三车客[29]，十里荷花两桨人。
两岸鸥凫仍似昨，就中应有旧相亲[30]。

王思任《岣嵝僧舍》诗[31]：

乱苔膏古荫[32]，惨绿蔽新芊[33]。
鸟语皆番异[34]，泉心即佛禅[35]。
买山应较尺[36]，赊月敢辞钱[37]。
多少清凉界[38]，幽僧抱竹眠。

【注释】

① 李茇：张岱曾祖张元汴有《李元昭岣嵝山房记》，元昭，字用晦，杭州人，世袭千户，不就，喜好服食炼丹。与徐渭友善交游。元昭与李茇是一人或为父子，待考。

② 武林：即杭州，原为灵隐山之别名。

③ 楹：间，量词。

④ 徐渭（1521—1593）：字文长，明山阴（今浙江绍兴）人，别号天池山人，晚号青藤道人，诸生，有盛名。嘉靖三十六年，为总督胡宗宪幕府，知兵善谋，于平海盗徐海、王直多所策划。宗宪下狱，惧祸，佯狂，避走富阳。晚年游宣化、辽东、南北二京。工诗文戏曲，擅书画，文风画风俱放纵不拘绳墨。有《徐文长集》三十卷、《南词叙录》及杂剧《四声猿》。

⑤ 磥：石多貌。此同“垒”。　生圹：生前自造的墓穴。

⑥ 天启甲子：1624 年。

⑦ 赵介臣：作者友人，见《陶庵梦忆》卷三《禊泉》。据作者《快园道古》卷十四《戏谑部》载，其人清曾为教官，为人所讥。　陈章侯：陈洪绶（1598—1652），浙江诸暨人，字章侯，号老莲，明亡后自号老迟、悔迟、弗迟。张岱二叔张联芳之婿，受业于刘宗周、黄道周，崇祯时国子监生。授舍人，召为内供奉，不就。清兵陷浙东，出家云门寺，卖画为生，善绘人物、山水、花鸟，晚年归里，有《宝绘堂集》。作者有《与陈章侯书》，称其画笔墨精工。　卓珂月：卓人月，字珂月，仁和（今杭州）人。贡生，与孟称舜、袁于令相善。才情横溢，诗文词曲，莫不精工。有《寤歌词》、《蕊渊集》、《蟾台集》。

⑧ 蔌:菜蔬的总称。

⑨ 唐突:冒犯,亵渎。

⑩ 韬光路:在杭州北高峰南,灵隐寺西北的巢枸坞。据传因唐代高僧韬光在此结庵说法而得名。

⑪ "故无径"二句:没有路径不架设桥梁,没有房屋不建筑阁楼的。

⑫ 傲睨:傲然鄙视的样子,此指挺立不群。

⑬ 蓊:草木茂盛、丛聚貌。

⑭ "冷绿"二句:状绿荫浓密,以致看不到或看不清人面。

⑮ 刳竹引泉:剖竹作水管引泉。

⑯ 交交牙牙:交结错杂。

⑰ 键户:锁门。　七阅月:经七个月。

⑱ 清樾:绿荫。

⑲ 西栗:卷二《西湖西路·冷泉亭》:"……西栗十余株,大皆合抱,冷飔暗樾,遍体清凉。秋初栗熟,大若樱桃,破苞食之,色如蜜珀,香若莲房。"　边笋:又称鞭笋。宋吴自牧《梦粱录·竹之品》:"又有紫笋、边笋、秋笋、冬笋、天目笋等。"

⑳ 市:集市。

㉑ 蓏(luǒ):木实曰果,草实曰蓏。泛指瓜果。　羽族:禽鸟类。

㉒ 潴(zhū):水停聚的地方。此指水汇聚。

㉓ 晡(bū):下午三至五时。

㉔ 冷泉亭:在杭州西湖西北灵隐飞来峰下,灵隐寺前。唐刺史元萸建。旧传冷泉深广可通舟楫,亭在水中。宋郡守毛友移置岸上,亭依泉而立。南宋《武林旧事》卷五:"冷泉,有亭在泉上。'冷泉'二字,乃白乐天书,'亭'字乃东坡续书。诗匾充栋,不能悉录。"　包园:在飞来峰下。即"二梦"中的包衙庄。飞来峰:在杭州西湖灵隐寺对面。东晋咸和初年印度僧人慧理见此峰叹道:"此天竺灵鹫山之小岭,不知何年飞来?佛在世日,多为仙灵所隐。"遂面山建寺,取名"灵隐"。命北峰为飞来峰,又名灵鹫峰。

㉕ 杨髡(kūn):杨琏真伽,见卷二《西湖西路·飞来峰》注。

㉖ 溺溲:大小便。

㉗ 咄咄作怪事:形容出乎意外、令人惊异的事情。晋殷浩被桓温废免,一天到晚用手在空中写出"咄咄怪事"四字。见《世说新语·黜免》

㉘ 全真:全真道,道教后期两大派别之一。金初王嚞(号重阳子)为创始

人。先后收马钰、丘处机等七人为徒。元代因皇帝一再征召问道而臻于全盛。主张三教合一，尤其融合佛禅思想，以澄心遣欲为真功，以明心先性为务。主修内丹，不尚符箓。

㉙ 七年火宅：徐渭曾因精神一度失常，而杀死续室张氏，下狱七年。其本诗小序有"时被系七年暂放"句。火宅，佛教语，喻充满众多苦难的尘世。《妙法莲华经·譬喻品》："三界无安，犹如火宅。众苦充满，甚可怖畏。" 三车：佛教语，喻三乘。羊车喻小乘、鹿车喻中乘，牛车喻大乘。

㉚ "两岸"二句：徐渭本诗小序云："先是，寓杭，年少，暇则扁舟湖上，故有末句。"

㉛ 王思任：见卷一《西湖北路·紫云洞》注。

㉜ 膏：润泽，滋润。

㉝ 新芊：新草。

㉞ 番异：外邦人说话完全不同。

㉟ 泉心：心如流泉，即有禅悟。

㊱ 买山：喻贤士归隐。《世说新语·排调》："支道林因人就深公买印山，深公答曰：'未闻巢、由买山而隐。'"

㊲ 赊月：借月。李白《陪族叔刑部侍郎晔及中书贾舍人至游洞庭》："且就洞庭赊月色，将船买酒白云边。"

㊳ 清凉界：远离尘世垢污的清幽凉爽的境地。

【评品】

文章前半记岣嵝山房主人李茇的清高旷达，后半述自己曾读书其中，与李茇相形，自己功名心未净，并因此而愧恨。

青莲山房

青莲山房，为涵所包公之别墅也①。山房多修竹古梅，倚莲花峰，跨曲涧，深岩峭壁，掩映林峦间。公有泉石之癖，日涉成趣。台榭之美，冠绝一时。外以石屑砌坛，柴根编户，富贵之中，又着草野。正如小李将军作丹青界画②，楼台细画，虽竹篱茅舍，无非金碧辉煌也。曲房密室，皆储侍美人③，行其中者，至今犹有香艳。

当时皆珠翠团簇，锦绣堆成。一室之中，宛转曲折，环绕盘旋，不能即出。主人于此精思巧构，大类迷楼④。而后人欲如包公之声伎满前⑤，则亦两浙荐绅先生所绝无者也⑥。今虽数易其主，而过其门者必曰"包氏北庄"。

陈继儒《青莲山房》诗⑦：

造园华丽极，反欲学村庄。
编户留柴叶，磊坛带石霜。
梅根常塞路，溪水直穿房。
觅主无从入，裴回走曲廊⑧。

主人无俗态，筑圃见文心⑨。
竹暗常疑雨，松梵自带琴⑩。
牢骚寄声伎，经济储山林⑪。
久已无常主，包庄说到今。

【注释】

① 涵所包公：包应登，字涵所，官福建提学副使。故《陶庵梦忆》卷三《包涵所》称"包副使涵所"，灵隐寺西有包庄，即其别墅，其"穷奢极欲，老于西湖者二十年"。参见本书《包衙庄》。

② 小李将军：李昭道，唐宗室李思训之子，画家。官直集贤院，太子中舍子。擅金碧山水，并创制海景，画风工巧繁缛，变父之势，妙又过之，但笔力不及思训。父子并称大小李将军。

③ 偫（zhì）：贮备。

④ 迷楼：楼名。隋炀帝时，浙人项昇进新宫图。帝令扬州依图起造。经年始成。回环四合。上下金碧，工巧弘丽。人误入者，虽终日不能出。帝顾左右曰："使真仙游其中，亦当自迷也。可目之曰迷楼。"

⑤ 声伎满前：《陶庵梦忆》卷三《包涵所》："涵老声伎非侍妾比，仿石季伦（崇）、宋子京（祁）家法，都令见客。常靓妆走马，媻姗勃窣，穿柳过之，以为笑乐。明槛绮疏，曼讴其下，擫籥弹筝，声如莺试。"

⑥ 荐绅：即缙绅，指士大夫有官位的人。荐，通“缙”。

⑦ 陈继儒：见卷一《西湖北路 · 六贤祠》注。

⑧ 裴回：同“徘徊”。

⑨ 文心：文思，情致。

⑩ 松梵：松风。梵，《类篇》：“风行木上。”故下文曰“自带琴”。

⑪ 经济：经国济世之才志。

【评品】

包涵所为作者祖父张汝霖之友，其青莲山房“台榭之美，冠绝一时”，“富贵之中，又着草野”，“曲房密室”，“大类迷楼”，皆储美人，“声伎满前”。真可谓“穷奢极欲”。虽欲附庸清雅，故作“草野”，却“无非金碧辉煌”，难掩其奢靡。本篇可与《陶庵梦忆》卷三《包涵所》参看。

呼猿洞

呼猿洞在武林山①。晋慧理禅师，常畜黑白二猿，每于灵隐寺月明长啸，二猿隔岫应之②，其声清皦③。后六朝宋时，有僧智一仿旧迹而畜数猿于山，临涧长啸，则群猿毕集，谓之猿父。好事者施食以斋之，因建饭猿堂④。今黑白二猿尚在。有高僧住持，则或见黑猿，或见白猿。具德和尚到山间⑤，则黑白皆见。余于方丈作一对送之⑥：“生公说法⑦，雨堕天花，莫论飞去飞来，顽皮石也会点头。慧理参禅，月明长啸，不问是黑是白，野心猿都能答应。”具和尚在灵隐，声名大著。后以径山佛地，谓历代祖师多出于此，徙往径山⑧。事多格迕⑨，为时无几，遂致涅槃⑩。方知盛名难居，虽在缁流⑪，亦不可多取。

陈洪绶《呼猿洞》诗：⑫

慧理是同乡⑬，白猿供使令。

以此后来人，十呼十不应。

明月在空山，长啸是何意。
呼山山自来，麾猿猿不去⑭。

痛恨遇真伽⑮，斧斤残怪石。
山亦悔飞来，与猿相对泣。

洞黑复幽深，恨无巨灵力。
余欲锤碎之，白猿当自出。

张岱《呼猿洞》对：

洞里白猿呼不出，崖前残石悔飞来。

【注释】

① 呼猿洞：在飞来峰之西，冷泉亭东。　武林山：即灵隐山。

② 岫：山洞。

③ 清皦（jiǎo）：清澈响亮。

④ 饭猿堂：《西湖游览志》卷十作"饭猿台"。

⑤ 具德和尚：见卷二《西湖西路·灵隐寺》注。

⑥ 方丈：见卷二《西湖西路·灵隐寺》注。

⑦ 生公（335—434）：梁僧，名竺道生，巨鹿（今属河北）人。为罗什法师弟子。相传曾于苏州虎丘寺讲涅槃经，人皆不信，后聚石为徒，宣讲至理，石皆点头，有"生公说法，顽石点头"之说。

⑧ 径山：天目山的东北峰，有径通天目山，故名。在浙江余杭县西北。

⑨ 格迕：格忤，阻格不合。

⑩ 涅槃：佛教谓脱离一切烦恼，进入自由无碍的境界为涅槃。后亦用以称僧人之死。

⑪ 缁流：因僧服缁（黑）衣，故称僧徒为缁流。

⑫ 陈洪绶：见卷二《西湖西路·岣嵝山房》注。

⑬ 慧理：见卷二《西湖西路·冷泉亭》注。

⑭ 麾：古代指挥军队的旗帜。引申为指挥。

⑮ 真伽：杨琏真伽。见卷二《西湖西路·飞来峰》注。

【评品】

呼猿洞以高僧畜猿，每呼辄应而得名。故文章以畜猿为线索，贯穿古今，谓禅僧道行愈深，则猿现愈灵。结尾就族弟具德和尚慕名移徙，无几遂致涅槃之事，感慨“盛名难居，虽在缁流，亦不可多取”，盖洞烛古今，通观僧俗而致的彻悟之慨。

三生石

三生石在下天竺寺后。东坡《圆泽传》[①]曰：洛师惠林寺，故光禄卿李憕居第[②]。禄山陷东都[③]，憕以居守死之。子源，少时以贵游子豪侈善歌闻于时。及憕死，悲愤自誓，不仕，不娶，不食肉，居寺中五十余年。寺有僧圆泽，富而知音。源与之游甚密，促膝交语竟日，人莫能测。一日相约游蜀青城峨嵋山，源欲自荆州溯峡[④]，泽欲取长安斜谷路[⑤]。源不可，曰：“吾以绝世事，岂可复到京师哉！”泽默然久之，曰：“行止固不由人[⑥]。”遂自荆州路。舟次南浦[⑦]，见妇人锦裆负罂而汲者[⑧]，泽望而叹曰：“吾不欲由此者，为是也。”源惊问之。泽曰：“妇人姓王氏，吾当为之子。孕三岁矣，吾不来，故不得乳。今既见，无可逃之。公当以符咒助吾速生[⑨]。三日浴儿时[⑩]，愿公临我，以笑为信[⑪]。后十三年中秋月夜，杭州天竺寺外，当与公相见。”源悲悔，而为具沐浴易服。至暮，泽亡而妇乳。三日，往观之，儿见源果笑。具以语王氏，出家财葬泽山下。源遂不果行。返寺中，问其徒，则既有治命矣[⑫]。后十三年，自洛还吴，赴其约。至所约，闻葛洪川畔有牧童扣角而歌之曰[⑬]：“三生石上旧精魂，赏月吟风不要论。惭愧情人远相访，此身虽异性长存。”呼问：“泽公健否？”答曰：“李公真信士，然俗缘未尽[⑭]，慎弗相近，惟勤修不堕，乃复相见。”又歌曰：“身前身后事茫茫，欲话因缘恐断肠。吴越山川寻已遍，却回烟棹上瞿唐[⑮]。”遂去不知所之。后二年，李德裕奏源忠臣子[⑯]，笃孝，拜谏议大夫。不就，竟死寺中，年八十一。

王元章《送僧归中竺》诗：[17]

天香阁上风如水，千岁岩前云似苔。
明月不期穿树出[18]，老夫曾此听猿来[19]。
相逢五载无书寄，却忆三生有梦回[20]。
乡曲故人凭问讯[21]，孤山梅树几番开[22]。

苏轼《赠下天竺惠净师》诗：

予去杭十六年而复来，留二年而去[23]。平生自觉出处老少，粗似乐天[24]，虽才名相远，而安分寡求亦庶几焉[25]。三月六日，来别南北山诸道人，而下天竺惠净师以丑石赠，作三绝句：

当年衫鬓两青青，强说重来慰别情。
衰鬓只今无可白，故应相对说来生。

出处依稀似乐天，敢将衰朽较前贤。
便从洛社休官去，犹有闲居二十年。

在郡依前六百日[26]，山中不记几回来。
还将天竺一峰去，欲把云根到处栽[27]。

【注释】

①《圆泽传》：据《苏轼文集》传后注："此出袁郊所作《甘泽谣》。以其天竺故事，故书以遗寺僧。旧文烦冗，颇为删改。"本文全录苏轼所删改而成的《僧圆泽传》。其中有异文数处："复到"苏文作"复道"；"望而叹曰"苏文作"望而泣曰"；"无可逃之"，苏文作"无可逃者"；"自洛还吴"，苏文作"自洛适吴"；"慎弗"，苏文作"慎勿"；"年八十一"，苏文作"年八十"。余皆同。

② 光禄卿：唐以后专管皇家祭品膳食及宴会之官。　李憕：汶水人，举明经。唐玄宗天宝初任清河太守，迁广陵长史，民为立祠赛祝，徙河东太守。安禄山叛乱，攻城。憕缮城励卒，挫贼锋，擢礼部尚书。城陷，被害。谥忠懿。颇殖产伊川，广占膏腴，时称"地癖"。　居第：住处。

③ 东都：洛阳。

④ 荆州：今湖北襄樊。　溯：逆水而上。

⑤ 斜谷：山谷名，在陕西终南山，长四百七十里，为古陕蜀的通道。

⑥ 行止：行动的踪迹。

⑦ 南浦：县名。故城在今四川万县境。

⑧ 裆：坎肩，背心。　罂：大腹小口瓶。

⑨ 符咒：符箓和咒语的合称。僧道以为可以役使鬼神。

⑩ 三日浴儿：旧俗，婴儿生后三日或满月，有替婴儿洗身的习俗。宋孟元老《东京梦华录》卷五《育子》："至满月……大展洗儿会，亲宾盛集。煎香汤于盆中，下菓子、彩钱、葱蒜等，用数丈彩绕之，名曰围盆；以钗子搅水，谓之搅盆；观者各撒钱于水中，谓之添盆。盆中枣子直立者妇人争取食之，以为生男之征。浴儿毕，落胎发，遍谢坐客。"

⑪ 信：凭信。

⑫ 治命：合理的遗言、遗命。《左传·宣公十五年》："初，魏武子有嬖妾，无子。武子疾，命颗曰：'必嫁是。'疾病则曰：'必以为殉。'及卒，颗嫁之，曰：'疾病则乱，吾从其治也。'及辅氏之役，颗见老人结草以亢杜回，杜回踬而颠，故获之。夜梦之曰：'余，而所嫁妇人之父也。尔用先人之治命，余是以报。'"治：理，合理。

⑬ 葛洪：字稚川，晋时人。博闻深洽，好神仙导养之术。结庐西湖，修真著述，号抱朴子。杭州有葛岭、葛井等遗迹。

⑭ 俗缘：世俗的人事关系。

⑮ 瞿塘：长江三峡之一，在重庆奉节县。

⑯ 李德裕(787—849)：字文饶，赵郡(今河北赵县)人。唐宰相李吉甫之子，历仕宪、穆、敬、文、武诸朝。武宗时，自淮南节度使入相，力主斥佛削藩。宣宗立，被贬崖州司马，死于贬所。

⑰ 王元章：王冕(1287—1359)，字元章，号煮石山农，诸暨(今浙江杭州)人。家贫嗜学，窃听学舍读书，至忘其牛。往依佛寺，夜坐佛膝，映长明灯苦读(故有"却忆三生有梦回"之句)，终成通儒，然屡试不第，遂将举业文章付之一炬。行事异于常人，人目之狂生。历游大都及名山大川，拒不入馆幕，卖画为生。一生好梅，尤工画梅(故诗中有"孤山梅树几番开"之问)。诗文同情民生，鄙薄功名，咏吟隐逸。有《竹斋诗集》行世。

⑱ 不期：未约定，不料。

⑲ 听猿：见卷二《西湖西路·呼猿洞》注。

⑳ 三生:佛教谓前生、今生、来生为“三生”。

㉑ 乡曲:此指乡亲。

㉒ 孤山:见卷三《西湖中路·孤山》注。

㉓ “予去杭”二句:苏轼于1071年至1074年通判杭州;1089年至1091年出知杭州。

㉔ 乐天:白居易。早年因直言敢谏,被贬,曾任杭州刺史。致仕后,居洛阳,号香山居士,笃信佛教。与诸逸老诗酒结社酬唱(故苏诗有“便从洛社休官去”之句)。有《醉吟先生传》自况。

㉕ 庶几:大致相近。

㉖ 六百日:知杭州二年。

㉗ 云根:此指云游僧歇脚的寺院。

【评品】

本文全引苏轼《圆泽传》所述下天竺寺三生石故事。故事虽旨在弘扬佛俗因缘,劝人“勤修不堕”,然颂扬圆泽、李源之生死交谊,诚信笃实,亦自凄婉动人。泽“默然久之”、“望而叹”,源“惊问之”、“悲悔”的描写,着墨无多,亦自传神。

上天竺

上天竺①,晋天福间②,僧道翊结茅庵于此③。一夕,见毫光发于前涧,俯视之,得一奇木,刻画观音大士像。后汉乾祐间④,有僧从勋自洛阳持古佛舍利来⑤,置顶上,妙相庄严,端正殊好,昼放白光,士民崇信。钱武肃王常梦白衣人求葺其居⑥,寤而有感,遂建天竺观音看经院。宋咸平中⑦,浙西久旱,郡守张去华率僚属具幡幢华盖迎请下山⑧,而澍雨沾足⑨。自是有祷辄应,而雨每滂薄不休,世传烂稻龙王焉。南渡时,施舍珍宝,有日月珠、鬼谷珠、猫睛等,虽大内亦所罕见⑩。嘉祐中⑪,沈文通治郡⑫,谓观音以声闻宣佛力⑬,非禅那所居⑭,乃以教易禅⑮,令僧元净号辩才者主之⑯。凿山筑室,几至万础⑰。治平中⑱,郡守蔡襄奏赐“灵感观音”殿额[19]。辩才乃益凿前山，辟地二十有五寻[20]，殿加重檐。建炎四年[21]，兀术入临安[22]，高宗航海。兀术至天竺，见观音像喜之，乃载后车，与《大藏经》并徙而北[23]。时有比丘知完者[24]，率其徒以从。至燕，舍于都城之西南五里，曰玉河乡，建寺奉之。天竺僧乃重以他木刻肖前像，诡曰[25]："藏之井中，今方出现。"其实并非前像也。乾道三年[26]，建十六观堂，七年，改院为寺，门匾皆御书。庆元三年[27]，改天台教寺[28]。元至元三年毁[29]。五年，僧庆思重建，仍改天竺教寺。元末毁。明洪武初重建[30]，万历二十七年重修[31]。崇祯末年又毁[32]，清初又建。时普陀路绝[33]，天下进香者皆近就天竺，香火之盛，当甲东南[34]。二月十九日[35]，男女宿山之多，殿内外无下足处，与南海潮音寺正等[36]。

张京元《上天竺小记》[37]：

天竺两山相夹，回合若迷[38]。山石俱骨立，石间更绕松篁。过下竺，诸僧鸣钟肃客[39]，寺荒落不堪入。中竺如之。至上竺，山峦环抱，风气甚固，望之亦幽致。

萧士玮《上天竺小记》[40]：

上天竺，叠嶂四周，中忽平旷，巡览迎眺，惊无归路。余知身之入而不知其所由入也。从天竺抵龙井[41]，曲涧茂林[42]，处处有之。一片云[43]、神运石，风气道逸，神明刻露。选石得此，亦娶妻得姜矣[44]。泉色绀碧[45]，味淡远，与他泉迥矣[46]。

苏轼《记天竺诗引》：

轼年十二，先君自虔州归[47]，谓予言："近城山中天竺寺[48]，有乐天亲书诗云[49]：'一山门作两山门，两寺原从一寺分。东涧水流西涧水，南山云起北山云。前台花发后台见，上界钟鸣下界闻。遥想吾师行道处，天香桂子落纷纷[50]。'笔势奇逸，墨迹如新。"今四十七年[51]，予来访之，则诗已亡，有刻石在耳。感涕不已，而作是诗。

又《赠上天竺辩才禅师》诗：

南北一山门，上下两天竺。
中有老法师，瘦长如鹳鹄[52]。
不知修何行，碧眼照山谷。
见之自清凉，洗尽烦恼毒[53]。
坐令一都会，方丈礼白足[54]。
我有长头儿，角颊峙犀玉。
四岁不知行，抱负烦背腹[55]。
师来为摩顶[56]，起走趁奔鹿[57]。
乃知戒律中[58]，妙用谢羁束[59]。
何必言法华[60]，佯狂啖鱼肉。

张岱《天竺柱对》：

佛亦爱临安，法像自北朝留住[61]。
山皆学灵鹫[62]，洛伽从南海飞来[63]。

【注释】

① 上天竺：在杭州灵隐寺南面山中，白云峰下。又名法喜寺、法西寺。本文自开端至“明洪武初重建”，除个别字句出入外皆录自《西湖游览志》卷十一。

② 天福：五代后晋高祖石敬瑭的年号(936—944)。

③ 道翊：结庐白云峰下，草衣木食，高行绝尘。因其得异木，命人刻为观音大士像，人称白云开山祖师。

④ 乾祐：后汉高祖刘暠及隐帝刘承祐的年号(948—950)。

⑤ 舍利：见卷二《西湖西路·北高峰》注。

⑥ 钱武肃王：见卷一《西湖北路·昭庆寺》注。　葺(qì)：修缮。

⑦ 咸平：宋真宗赵恒的年号(998—1003)。

⑧ 张去华(938—1006)：字信臣，开封襄邑(今河南睢县)人。宋太祖建隆二年(961)进士，拜秘书郎，直史馆，擢为右补阙，后知磁、乾二州，选为益州通判，迁起居舍人，知凤翔府。太宗朝为京东转运使，历左司员外郎、礼部郎中。真宗朝复拜右谏议大夫，迁给事中，历知杭州、苏州，以工部侍郎致仕。有集十五卷，已佚。《宋史》卷三〇六有传。　幡幢：旗帜。　华盖：伞盖。多用于古

代帝王、官吏出行仪仗。

⑨ 澍:及时雨。

⑩ 大内:皇宫的别称。

⑪ 嘉祐:宋仁宗赵祯的年号(1056—1063)。

⑫ 沈文通:沈遘(1028—1067),字文通,钱塘(今浙江杭州)人。仁宗皇祐元年(1049)进士,曾出知杭州。与从叔括、弟辽,合称"沈氏三先生"。有《西溪文集》十卷。

⑬ "谓观音"句:《妙法莲花经·观世音菩萨普门品》:"若有无量百千万亿众生受苦恼,闻是观世音菩萨,一心称名,观世音菩萨即时观其音声,皆得解脱……以是因缘,名观世音。"

⑭ 禅那:梵语,省作"禅"。禅定,静思息虑之意。谓坐禅时,住心于一境,冥想妙理,参悟佛理。

⑮ 以教易禅:以教化取代禅悟。

⑯ 元净:徐元净,字无象,杭州於潜人。生十年而出家。受戒于天竺慈云师,学行精进,住持上天竺,说法二十年。神宗赐紫衣及辩才之号,学徒万人。退居龙井,燕居行道十年。元祐六年卒。生前多为人治病,杭人尊事之。与苏轼兄弟、秦观多有往还交游。

⑰ 万础:万级。

⑱ 治平:宋英宗赵曙的年号(1064—1067)。

⑲ 蔡襄(1012—1067):字君谟,仙游(今属福建)人。天圣八年进士,庆历三年知谏院,尝知福、泉、杭三州。北宋书法四大名家之一。

⑳ 寻:古代以八尺为寻。

㉑ 建咸四年:当为建炎四年(1130)。

㉒ 兀朮:完颜宗弼(? —1148),金太祖第四子。率金兵南侵,任都元帅,取越、湖、杭三州逼宋高宗入海。集军事民政大权于一身,为太师,领三省事,都元帅。卒封梁王。

㉓《大藏经》:佛教典籍汇编而成的总集。

㉔ 比丘:佛教称谓。指出家后受过具足戒的男僧。

㉕ 诡曰:谎称。

㉖ 乾道三年:1167 年。

㉗ 庆元三年:1197 年。

㉘ 天台教:即天台宗,中国佛教宗派之一。由隋天台山国清寺智觊法师

创建,故名。以《法华经》为主要教义,又称法华宗。《西湖游览志余》卷十四:“杭州禅教,皆宗天台。”

㉙ 元至元三年:1337 年。

㉚ 洪武:明太祖朱元璋的年号(1368—1398)。

㉛ 万历二十七年:1599 年。

㉜ 崇祯:明毅宗朱由检的年号(1628—1644)。

㉝ 普陀:山名,在浙江普陀县。为中国佛教四大名山之一,观音显灵说法的道场。

㉞ 甲:居首位。

㉟ 二月十九日:相传为观音菩萨诞辰,时间上紧临花朝节,故作者《陶庵梦忆》卷七《西湖香市记》载:“西湖香市,起于花朝,尽于端午。山东进香普陀者日至,嘉湖进香天竺者日至。”

㊱ 南海潮音寺:未详。史书记载,全国潮音寺共三座:分别为宜兴潮音寺、天津潮音寺和海南潮音寺,俱非本文所指。或为普陀山潮音洞右之普济寺。

㊲ 张京元:见卷一《西湖北路 · 岳王坟》注。

㊳ 回合:盘旋,环绕。

㊴ 肃客:迎客。

㊵ 萧士玮:见卷二《西湖西路 · 韬光庵》注。

㊶ 龙井:见卷四《西湖南路 · 龙井》注。

㊷ 曲涧:见卷四《西湖南路 · 九溪十八涧》注。

㊸ 一片云:见卷四《西湖南路 · 一片云》注。

㊹ 娶妻得姜:姜指齐国(姜姓)公主,卫庄公夫人,庄姜。《诗经 · 卫风 · 硕人》即描写其美貌。朱熹认为其为史上第一位女诗人。

㊺ 绀碧:深蓝色。

㊻ 迥:迥然不同。

㊼ 先君:轼父苏洵。据《苏轼年谱》载,1047 年,苏洵游庐山东西二林,然后游虔州(今江西赣州)。秋八月,因父苏序去世而返家。

㊽ “近城”句:此城指虔州,山指万松山。天竺寺,指虔州修吉寺。唐代高僧韬光大师自杭州天竺寺移锡修吉寺,改名天竺寺。所以张岱系误将苏轼此段与杭州天竺寺无关的诗文置于《上天竺》之后。诗中白居易赞赏韬光大师慧眼移锡修吉,并改名天竺寺,赋《寄韬光禅师》诗以赠。故此诗所咏乃虔州天竺

寺，而非杭州天竺。

㊾ 诗云：所引为白居易《寄韬光禅师》诗。

㊿ “天香”句：化用宋之问《灵隐寺》中“桂子月中落，天香云外飘”两句，赞颂韬光大师的道行德性。

51 四十七年：苏轼1094年于被贬赴惠州途中，经虔州，访天竺寺，回首往事，感慨万千，遂赋《天竺寺》诗云：“香山居士留遗迹，天竺禅师有故家。空咏连珠吟叠壁，已亡飞鸟失惊蛇。林深野桂寒无子，雨浥山姜病有花。四十七年真一梦，天涯流落涕横斜。”而本文即诗之小引。可见此诗系张岱误置于此。

52 鹳鹄：均为水鸟，瘦长颈，善飞。

53 “洗尽”句：除尽心中烦恼对心灵的荼毒。

54 “坐令”二句：致使城中民众都来顶礼膜拜。

55 “四岁”二句：四岁尚不能行走，累人背或抱。

56 摩顶：《妙法莲华经·嘱累品》谓，释迦牟尼以大法付嘱大菩萨时，用右手摩其顶。后为佛教戒授传法时的仪轨。

57 “起走”句：能走和奔跑，追逐奔鹿。

58 戒律：宗教禁止教徒某些不当行为的法规。

59 谢羁束：摆脱各种束缚。

60 法华：《妙法莲华经》的简称。谓三乘终归于一佛乘，一切众生凡与佛法结缘者皆可成佛。

61 法像：南北朝时，北朝佛教盛行，寺院佛像遍地。详《洛阳伽蓝记》。

62 灵鹫：见卷二《西湖西路·飞来峰》注。

63 洛伽：浙江普陀山东南的一座小岛。相传为观音大士修行之所。

【评品】

佛寺之兴废，往往与人间世事之盛衰有关。上天竺兴隆于北宋嘉祐、治平间，毁于元明之末，重建于明洪武年间和清初；观音像被劫于南渡之时，皆其明证。

卷　三

西湖中路

秦　楼

秦楼初名水明楼，东坡建，常携朝云至此游览①。壁上有三诗②，为坡公手迹。过楼数百武③，为镜湖楼，白乐天建。宋时宦杭者，行春则集柳洲亭④，竞渡则集玉莲亭⑤，登高则集天然图画阁⑥，看雪则集孤山寺⑦，寻常宴客则集镜湖楼。兵燹之后⑧，其楼已废，变为民居。

苏轼《水明楼》诗：

黑云翻墨未遮山，白雨跳珠乱入船。
卷地风来忽吹散，望湖楼下水连天⑨。

放生鱼鸟逐人来，无主荷花到处开。
水浪能令山俯仰，风帆似与月裴回。

未成大隐成中隐⑩，可得长闲胜暂闲。
我本无家更焉往，故乡无此好湖山。

【注释】

① 朝云：苏轼之妾，姓王，钱塘人。1094 年苏轼贬惠州，朝云相随，1096 年卒于惠州，年方三十四。

② 三诗：即文后所附三首绝句。

③ 武：古代以半步为武。

④ 柳洲亭：在杭州涌金门北，北宋初为丰乐楼。详卷四《西湖南路·柳洲亭》。

⑤ 玉莲亭：详卷一《西湖北路·玉莲亭》。

⑥ 天然图画阁：在宝石山崇寿院一勺泉北。

⑦ 孤山寺：即孤山广化寺。

⑧ 兵燹（xiǎn）：战火。

⑨ 望湖楼：为五代吴越王钱氏所建，又名看经楼、先德楼，在今断桥东少年宫广场西侧。

⑩ 大隐：晋王康琚《反招隐诗》："小隐隐陵薮，大隐隐朝市。"白居易《中隐》诗有"不如作中隐，隐在留司官。"后世遂有"大隐隐于朝，中隐隐于市，小隐隐于野"之说。

【评品】

"行春"四句概括了西湖四季的游赏之乐。

片石居

由昭庆缘湖而西[①]，为餐香阁，今名片石居。闳阁精庐[②]，皆韵人别墅[③]。其临湖一带，则酒楼茶馆，轩爽面湖[④]，非惟心胸开涤，亦觉日月清朗。张谓"昼行不厌湖上山，夜坐不厌湖上月[⑤]"，则尽之矣。再去则桃花港，其上为石函桥[⑥]，唐刺史李邺侯所建[⑦]，有水闸泄湖水以入古荡。沿东西马塍、羊角埂，至归锦桥，凡四派焉[⑧]。白乐天记云[⑨]："北有石函，南有笕[⑩]，决湖水一寸，可溉田五十余顷。"闸下皆石骨磷磷，出水甚急。

徐渭《八月十六片石居夜泛》词[⑪]：

月倍此宵多，杨柳芙蓉夜色蹉[⑫]。鸥鹭不眠如昼里，舟过，向前惊换几汀莎[⑬]。　　筒酒觅稀荷，唱尽塘栖《白苎歌》[⑭]。天为红妆重展镜，如磨，渐照胭脂奈褪何。

【注释】

① 昭庆:见卷一《西湖北路·昭庆寺》注。

② 阏阁:幽室。　精庐:精致的房舍。

③ 韵人:雅士。

④ 轩爽:高敞,舒畅。

⑤ 张谓:唐代诗人。字正言,河南人,天宝二年进士。乾元中,为尚书郎,大历间,官至礼部侍郎,三典贡举。所引诗句出自《湖上对酒行》。

⑥ “其上”以下十一句:采自《西湖游览志》卷八。　石函桥:下有过水涵洞的石桥。

⑦ 李邺侯:李泌,唐代宗时任杭州刺史。见卷一《西湖北路·六贤祠》“四贤祠”注。

⑧ 凡四派:共四条支流。

⑨ 白乐天记:指白居易《钱塘湖石记》。

⑩ 笕:引水的长竹管。

⑪ 徐渭:见卷二《西湖西路·岣嵝山房》注。

⑫ 芙蓉:荷花别名。　蹉:把时光耽误了。

⑬ 汀:水边平地。　莎:莎草。

⑭ 塘栖:古镇名。地处京杭大运河南端,元明清时商贾云集,富甲一方,今属杭州余杭区。　《白苎歌》:即《白纻歌》。乐府吴舞曲名。

【评品】

本文不仅述片石居揽胜之佳,“非惟心胸开涤,亦觉日月清朗”,而且叙古人泄湖溉田之功。故邺侯、乐天、东坡之辈,民于今德之。

十锦塘

十锦塘,一名孙堤,在断桥下①。司礼太监孙隆于万历十七年修筑②。堤阔二丈,遍植桃柳,一如苏堤③。岁月既多,树皆合抱。行其下者,枝叶扶苏,漏下月光,碎如残雪。意向言断桥残雪,或言月影也。苏堤离城远,为清波孔道,行旅甚稀。孙堤直达西泠④,车马游人,往来如织。兼以西湖光艳,十里荷香⑤,如入山阴道上⑥,使人应接不暇。湖船小者,可入里湖,大者缘堤倚徙,由锦带桥循至望湖亭⑦,亭在十锦塘之尽。渐近孤山⑧,湖面宽广。孙东瀛修葺华丽,增筑露台⑨,可风可月,兼可肆筵设席。笙歌剧戏,无日无之。今改作龙王堂,旁缀数楹⑩,咽塞离披⑪,旧景尽失。再去,则孙太监生祠⑫,背山面湖,颇极壮丽。近为卢太监舍以供佛,改名卢舍庵,而以孙东瀛像置之佛龛之后。孙太监以数十万金钱装塑西湖,其功不在苏学士之下,乃使其遗像不得一见湖光山色,幽囚面壁,见之大为鲠闷⑬。

袁宏道《断桥望湖亭小记》⑭:

湖上由断桥至苏公堤一带,绿烟红雾,弥漫二十余里。歌吹为风,粉汗为雨,罗绔之盛⑮,多于堤畔之柳,艳冶极矣。然杭人游湖,止午、未、申三时⑯,其实湖光染翠之工,山岚设色之妙,全在朝日始出、夕舂未下⑰,始极其浓媚。月景尤为清艳,花态柳情,山容水意,别是一种趣味。此乐留与山僧游客受用,安可为俗士道哉!望湖亭即断桥一带,堤甚工致,比苏公堤犹美。夹道种绯桃、垂柳、芙蓉、山茶之属二十余种。堤边白石砌如玉,布地皆软沙如茵。杭人曰:"此内使孙公所修饰也⑱。"此公大是西湖功德主⑲。自昭庆、天竺、净慈、龙井及山中庵院之属⑳,所施不下数十万。余谓白、苏二公,西湖开山古佛,此公异日伽蓝也㉑。"腐儒,几败乃公事㉒!"可厌!可厌!

张京元《断桥小记》㉓:

西湖之胜,在近;湖之易穷,亦在近。朝车暮舫,徒行缓步,人人可游,时时可游。而酒多于水,肉高于山,春时肩摩趾错,男女杂沓,以挨簇为乐㉔。无论意不在山水,即桃容柳眼,自与东风相倚,游者何曾一着眸子也㉕。

李流芳《断桥春望图题词》㉖:

往时至湖上,从断桥一望,便魂消欲死。还谓所知,湖之潋滟熹微[27]，大约如晨光之着树，明月之入庐。盖山水映发，他处即有澄波巨浸，不及也。壬子正月[28]，以访旧重至湖上，辄独往断桥，裴回终日，翌日为杨谶西题扇云[29]："十里西湖意，都来到断桥。寒生梅萼小，春入柳丝娇。乍见应疑梦，重来不待招。故人知我否，吟望正萧条。"又明日作此图。小春四月，同孟旸、子与夜话[30]，题此。

谭元春《湖霜草序》[31]：

予以己未九月五日至西湖[32]，不寓楼阁，不舍庵刹，而以琴尊书札，托一小舟。而舟居之妙，在五善焉。舟人无酬答，一善也。昏晓不爽其候[33]，二善也。访客登山，恣意所如，三善也。入断桥，出西泠，午眠夕兴，四善也。残客可避，时时移棹，五善也。挟此五善，以长于湖。僧上凫下，觞止茗生[34]，篙楫因风[35]，渔筊聚火[36]。盖以朝山夕水，临涧对松，岸柳池莲，藏身接友，早放孤山，晚依宝石，足了吾生，足济吾事矣。

王叔杲《十锦塘》诗[37]：

横截平湖十里天，锦桥春接六桥烟[38]。
芳林花发霞千树，断岸光分月两川。
几度觞飞堤外景，一清棹发镜中船。
奇观妆点知谁力，应有歌声被管弦。

白居易《望湖楼》诗：

尽日湖亭卧，心闲事亦稀。起因残醉醒，坐待晚凉归。
松雨飘苏帽[39]，江风透葛衣[40]。柳堤行不厌，沙软絮霏霏。

徐渭《望湖亭》诗[41]：

亭上望湖水，晶光淡不流。镜宽万影落，玉湛一矶浮[42]。
寒入沙芦断[43]，烟生野鹜投[44]。若从湖上望，翻羡此亭幽。

张岱《西湖七月半记》：

西湖七月半[45]，一无可看，止可看看七月半之人。看七月半之人，以五类看之。其一，楼船箫鼓[46]，峨冠盛筵[47]，灯火优傒[48]，声光相乱，名为看月而实不见月者，看之。其一，亦船亦楼，名娃闺秀[49]，携及童娈[50]，笑啼杂之，环坐露台[51]，左右盼望，身在月下而实不看月者，看之。其一，亦船亦声歌，名妓闲僧[52]，浅酌低唱，弱管轻丝[53]，竹肉相发[54]，亦在月下，亦看月，而欲人看其看月者，看之。其一，不舟不车，不衫不帻[55]，酒醉饭饱，呼群三五，挤入人丛，昭庆、断桥[56]，嘄呼嘈杂[57]，装假醉，唱无腔曲[58]，月亦看，看月者亦看，不看月者亦看，而实无一看者[59]，看之。其一，小船轻幌[60]，净几暖炉，茶铛旋煮[61]，素瓷静递，好友佳人，邀月同坐，或匿影树下，或逃嚣里湖[62]，看月而人不见其看月之态，亦不作意看月者，看之。杭人游湖，巳出酉归[63]，避月如仇，是夕好名，逐队争出，多犒门军酒钱[64]，轿夫擎燎[65]，列俟岸上[66]。一入舟，速舟子急放断桥[67]，赶入胜会。以故二鼓以前[68]，人声鼓吹，如沸如撼，如魇如呓[69]，如聋如哑，大船小船一齐凑岸，一无所见，止见篙击篙，舟触舟，肩摩肩，面看面而已。少刻兴尽，官府席散，皂隶喝道去[70]，轿夫叫船上人，怖以关门，灯笼火把如列星，一一簇拥而去。岸上人亦逐队赶门，渐稀渐薄，顷刻散尽矣。吾辈始舣舟近岸[71]，断桥石磴始凉，席其上，呼客纵饮。此时，月如镜新磨，山复整妆，湖复颒面[72]。向之浅斟低唱者出，匿影树下者亦出，吾辈往通声气[73]，拉与同坐。韵友来[74]，名妓至，杯箸安[75]，竹肉发。月色苍凉，东方将白，客方散去。吾辈纵舟，酣睡于十里荷花之中[76]，香气拍人，清梦甚惬。

【注释】

① 断桥：见本书《自序》注。

② 孙隆：即下文之孙东瀛，见卷一《西湖总记·明圣二湖》注。　万历十七年：1589 年。

③ 苏堤：为苏轼元祐四年知杭州时，浚湖取湖泥葑草筑成。南起南屏路，

北接“曲院风荷”，全长2.8公里。夹植花柳，中为六桥，各有亭覆之。

④ 西泠：西泠桥，又名西陵桥。见卷一《西湖北路·西泠桥》。

⑤ 十里荷香：句出自柳永《望海潮》，见卷一《西湖总记·明圣二湖》注。

⑥ 山阴道上：《世说新语·言语》：“王子敬（献之）云：‘从山阴道上行，山川自相映发，使人应接不暇。’”谓一路山水秀丽美不胜收。

⑦ 望湖亭：《西湖游览志》卷二：“唐时在孤山之趾，宋时徙宝石峰……国初，复徙故址。四面玲珑，夏饮最快。”

⑧ 孤山：孤峙在里外西湖之间，海拔38米，地广约20公顷。

⑨ 露台：露天台榭。

⑩ 楹：间。

⑪ 离披：散乱貌。

⑫ 生祠：为活人而立的祠庙。

⑬ 鲠闷：郁闷。鲠，通“梗”。

⑭ 袁宏道：见卷一《西湖总记·明圣二湖》注。

⑮ 罗绔：绫罗质地的裤。此指代男子。

⑯ 午：午时，十一时至十三时。　未：未时，十三时至十五时。　申：申时，十五时至十七时。

⑰ 夕舂：夕阳。

⑱ 内使孙公：太监孙隆。见卷一《西湖总记·明圣二湖》注。

⑲ 功德主：供养佛、法、僧三宝的施主、檀越和接引他人入佛门，热心佛教发展者。

⑳ 昭庆：见卷一《西湖北路·昭庆寺》注。　净慈：见卷四《西湖南路·净慈寺》注。　龙井：见卷四《西湖南路·龙井》注。

㉑ 伽蓝：寺庙。

㉒ “腐儒”句：《汉书·高帝纪上》载，郦食其建议刘邦分封六国之后，刘邦同意，并刻了封印。询问张良，良对以“八不可”，“汉王辍饭吐哺，曰：‘竖儒几败乃公事！’”此处“乃公”，即“你老子”。

㉓ 张京元：见卷一《西湖北路·岳王坟》注。

㉔ 挨簇：挨挤。

㉕ 一着眸子：看上一眼。

㉖ 李流芳：见卷一《西湖北路·西泠桥》注。

㉗ 熹微：光线（多指晨光）淡弱。

㉘ 壬子：明万历四十年（1612）。

㉙ 杨谶西：天启三年（1623）曾刊刻《须溪先生记钞》八卷。

㉚ 孟旸：程嘉燧，见卷五《西湖外景·云居庵》注。　子与：闻启祥，字子将，与其弟子与均为明末杭州文学团体小筑社的成员。

㉛ 谭元春（1586—1637）：字友夏，湖广竟陵（今湖北天门市）人，明代文学家。天启间乡试第一。与同里钟惺同为"竟陵派"创始人，论文重视性灵，反对模拟，提倡幽深孤峭的风格，诗文流于僻奥冷涩。有《谭友夏合集》等。

㉜ 己未：万历四十七年（1619）。

㉝ 爽：失。

㉞ 觞止茗生：酒停则品茶。

㉟ 篙楫因风：撑篙划船均借风。

㊱ 渔筊聚火：停船起灶。

㊲ 王叔杲（1517—1600）：字阳德、旸谷，浙江温州永昌堡人。嘉靖四十一年（1562）进士。曾与兄长修建永昌堡以抗倭。官至湖广按察使司副使，整饬苏、松、常、镇兵备，十五年间任内外官职、政绩卓著。有《三吴水利考》、《五介园存稿》。

㊳ 六桥：见卷三《西湖中路·苏公堤》注。

㊴ 苏帽：饰有流苏的帽子。"苏"一作"藤"。

㊵ 葛衣：布衣。

㊶ 徐渭：见卷二《西湖西路·岣嵝山房》注。

㊷ 矶：水边石滩或突出的岩石。

㊸ 沙芦：泥沙里的芦草。

㊹ 野鹜：野鸭。

㊺ 七月半：农历七月十五为中元节，又称鬼节。白天祭祀，夜晚赏月。

㊻ 楼船：有叠层的大船。

㊼ 峨冠：高帽。峨冠博带为士大夫的服饰。

㊽ 优傒：优伶奴仆。

㊾ 名娃：名门小姐。　闺秀：本指有才的女子。后专指大户人家的未婚女儿。

㊿ 童娈：容貌姣好的小童。

51 露台：楼船上的平台。

52 闲僧：据吴自牧《梦粱录》，七月十五日，僧尼放假，称解制日。是日，官家富户在寺庙大做佛事，不做佛事的僧侣称"闲僧"。

⑤③ 弱管轻丝:轻吹管乐,柔抚丝弦。

⑤④ 竹肉相发:箫笛声伴着歌唱声。竹,指管乐器。肉,指歌喉。《晋书·孟嘉传》:“丝不如竹,竹不如肉。”

⑤⑤ 不帻:不戴头巾。

⑤⑥ 昭庆:见卷一《西湖北路·昭庆寺》。 断桥:见本书《自序》注。

⑤⑦ 嘄(jiào):大声呼叫。

⑤⑧ 无腔曲:不成腔调、随便吟唱的曲子。

⑤⑨ “月亦看”四句:这些是既看月,又看赏月和不赏月的人,好像什么都看,实际是什么都不看的人。

⑥⓪ 轻幌:轻柔细薄的幔帐。

⑥① 茶铛(chēng):平底的煮茶锅。 旋煮:临时、即时煮。

⑥② 逃嚣:逃避喧嚣。 里湖:白堤以内的西湖。

⑥③ 巳:上午九时至十一时。 酉:下午五时至七时。

⑥④ 犒:用酒食钱财慰劳。 门军:守城门的军士。杭州旧有城墙,西湖在钱塘门、涌金门外。

⑥⑤ 擎燎:高举火把。

⑥⑥ 列俟:排列等候。

⑥⑦ 速:催促。 放:放舟,行船。

⑥⑧ 二鼓:二更。夜晚九时至十一时。

⑥⑨ 如魇如呓:像梦中发出的叫声,又像在说梦话。魇,梦魇,做噩梦惊叫。

⑦⓪ 皂隶:古指贱役之奴,后指衙役。

⑦① 舣舟:将船靠岸。

⑦② 颒(huì)面:洗脸。

⑦③ 往通声气:用言语沟通感情。

⑦④ 韵友:诗友,高雅的朋友。

⑦⑤ 箸:筷子。

⑦⑥ 十里荷花:用柳永《望海潮》句。

【评品】

本文描述孙堤景色颇可人意,然立论则承袭宏道,大谬不然。以“枝叶扶苏,漏下月光,碎如残雪”为“断桥残雪”得名之因,别有会意,也尚自成理;而以孙太监比苏学士,认为“其功不在苏学士之下”则殊为不伦，为“其遗像不得一见湖光山色”而鸣冤不平，更大可不必。据载，孙隆曾奉派提督苏杭织造，兼理税务。因肆意搜刮，万历二十九年，曾激起苏州民变，几被杀。逃至杭州，才得免。其于苏轼，奸贤本不相侔，而筑堤之本意，更相去甚远。孙隆筑堤，“修葺华丽，增筑露台”，“笙歌剧戏，无日无之”。而苏轼筑堤，乃兴利除弊，再造西湖，泽被一方，功惠万代，岂可相提并论哉！

孤　山[1]

《水经注》曰[2]：水黑曰卢，不流曰奴；山不连陵曰孤。梅花屿介于两湖之间，四面岩峦，一无所丽[3]，故曰孤也。是地水望澄明，皦焉冲照[4]，亭观绣峙，两湖反景[5]，若三山之倒水下[6]。山麓多梅，为林和靖放鹤之地[7]。林逋隐居孤山，宋真宗征之不就，赐号和靖处士。常畜双鹤，豢之樊中[8]。逋每泛小艇，游湖中诸寺，有客来，童子开樊放鹤，纵入云霄，盘旋良久，逋必棹艇遄归[9]，盖以鹤起为客至之验也。临终留绝句曰：“湖外青山对结庐，坟前修竹亦萧疏。茂陵他日求遗稿，犹喜曾无封禅书[10]。”绍兴十六年建四圣延祥观[11]，尽徙诸院刹及士民之墓，独逋墓诏留之，弗徙。至元、杨连真伽发其墓[12]，唯端砚一[13]、玉簪一。明成化十年[14]，郡守李端修复之。天启间[15]，有王道士欲于此地种梅千树。云间张侗初太史补《孤山种梅序》[16]。

袁宏道《孤山小记》[17]：

孤山处士，妻梅子鹤，是世间第一种便宜人。我辈只为有了妻子，便惹许多闲事，撇之不得[18]，傍之可厌，如衣败絮行荆棘中[19]，步步牵挂。近日雷峰下有虞僧儒，亦无妻室，殆是孤山后身[20]。所著《溪上落花诗》，虽不知于和靖如何，然一夜得百五十首，可谓迅捷之极。至于食淡参禅，则又加孤山一等矣，何代无奇人哉！

张京元《孤山小记》[21]：

孤山东麓，有亭翼然。和靖故址，今悉编篱插棘。诸巨家规种桑养鱼之利[22]，然亦赖其稍葺亭榭，点缀山容。楚人之弓[23]，何问官与民也。

又《萧照画壁》[24]：

西湖凉堂，绍兴间所构[25]。高宗将临观之。有素壁四堵[26]，高二丈，中贵人促萧照往绘山水[27]。照受命，即乞尚方酒四斗，夜出孤山，每一鼓即饮一斗，尽一斗则一堵已成，而照亦沉醉。上至，览之叹赏，宣赐金帛。

沈守正《孤山种梅疏》[28]：

西湖之上，葱蒨亲人[29]，亦爽朗易尽。独孤山盘郁重湖之间，水石草木皆有幽色。唐时楼阁参差，诗歌点缀，冠于两湖。读"不雨山常润，无云水自阴"之句[30]，犹可想见当时。道孤山者，不径西泠，必沿湖水，不似今从望湖折阛阓而入也[31]。此地尚有古梅偃蹇[32]，云是和靖故居。

李流芳《题孤山夜月图》[33]：

曾与印持诸兄弟醉后泛小艇[34]，从孤山而归。时月初上新堤，柳枝皆倒影湖中，空明摩荡，如镜中，复如画中。久怀此胸臆，壬子在小筑[35]，忽为孟旸写出[36]，真画中矣。

苏轼《书林逋诗后》：

吴侬生长湖山曲[37]，呼吸湖光饮山渌[38]。
不论世外隐君子，佣儿贩妇皆冰玉。
先生可是绝俗人，神清骨冷无由俗。
我不识见曾梦见，瞳子瞭然光可烛。
遗篇妙字处处有，步绕西湖看不足。
诗如东野不言寒[39]，书似西台差少肉[40]。
平生高节已难继，将死微言犹可录[41]。
自言不作封禅书，更肯悲吟白头曲。
我笑吴人不好事，好作祠堂傍修竹。

不然配食水仙王，一盏寒泉荐秋菊。

张祜《孤山》诗[42]：

楼台耸碧岑，一径入湖心。
不雨山常润，无云水自阴。
断桥荒藓合，空院落花深。
犹忆西窗月，钟声出北林。

徐渭《孤山玩月》诗[43]：

湖水淡秋空，练色澄初静。
倚棹激中流，幽然适吾性。
举酒忽见月，光与波相映。
西子拂淡妆，遥岚挂孤镜。
座客本玉姿，照耀几筵莹。
暇时吐高怀，四座尽倾听。
却言处士疏，徒抱梅花咏。
如以径寸鱼，蹄涔即成泳[44]。
论久兴弥洽，返棹堤逾迥。
自顾纵清谈，何嫌麈麈柄[45]。

卓敬《孤山种梅》诗[46]：

风流东阁题诗客[47]，潇洒西湖处士家。
雪冷江深无梦到，自锄明月种梅花。

王稚登《赠林纯卿卜居孤山》诗[48]：

藏书湖上屋三间，松映轩窗竹映关。
引鹤过桥看雪去，送僧归寺带云还。
轻红荔子家千里，疏影梅花水一湾[49]。
和靖高风今已远，后人犹得住孤山[50]。

陈鹤《题孤山林隐君祠》诗[51]：

孤山春欲半，犹及见梅花。
笑踏王孙草[52]，闲寻处士家。
尘心莹水镜，野服映山霞。

岩壑长如此，荣名岂足夸。

王思任《孤山》诗[53]：

淡水浓山画里开，无船不署好楼台。

春当花月人如戏，烟入湖灯声乱催。

万事贤愚同一醉，百年修短未须哀。

只怜逋老栖孤鹤，寂寞寒篱几树梅。

张岱《补孤山种梅叙》：

盖闻地有高人，品格与山川并重；亭遗古迹，梅花与姓氏俱香。名流虽以代迁，胜事自须人补。在昔西泠逸老[54]，高洁韵同秋水，孤清操比寒梅。疏影横斜，远映西湖清浅；暗香浮动，长陪夜月黄昏[55]。今乃人去山空，依然水流花放。瑶葩洒雪，乱飘冢上苔痕；玉树迷烟，恍堕林间鹤羽。兹来韵友[56]，欲步前贤，补种千梅，重修孤屿。凌寒三友[57]，早连九里松篁[58]；破腊一枝，远谢六桥桃柳[59]。伫想水边半树，点缀冰花；待将雪后横枝[60]，低昂铁干。美人来自林下，高士卧于山中[61]。白石苍崖，拟筑草亭招放鹤；浓山淡水，闲锄明月种梅花[62]。有志竟成，无约不践。将与罗浮争艳[63]，还期庾岭分香[64]。实为林处士之功臣，亦是苏长公之胜友[65]。吾辈常劳梦想，应有宿缘。哦曲江诗（曲江张九龄有《庭梅吟》），便见孤芳风韵[66]；读广平赋，尚思铁石心肠[67]。共策灞水之驴[68]，且向断桥踏雪[69]；遥瞻漆园之蝶[70]，群来林墓寻梅。莫负佳期，用追芳躅[71]。

张岱《林和靖墓柱铭》：

云出无心，谁放林间双鹤。

月明有意，即思冢上孤梅。

【注释】

① 孤山：山以孤峙在里外西湖之间而得名，海拔 38 米，地广约 20 公顷。又因多梅花，而名梅屿。

②《水经注》：书名。北魏郦道元对《水经》作了二十倍于原书的注释和补充，自成四十卷巨著。该书详尽记述了我国的江河水系及流域的概况，亦涉及相关的历史事件人物乃至神话传说，旁引博征，力求翔实。本篇引文四句见《水经注》卷十一《滱水》。

③ 丽：附丽，附着。

④ 皦（jiǎo）：明亮。　冲照：空澄可鉴。

⑤ 两湖：里外西湖。　反景：倒影。

⑥ 三山：传说中的海上三仙山：蓬莱、方丈、瀛洲。

⑦ 林和靖：见卷一《西湖北路・六贤祠》注。

⑧ 樊：笼。

⑨ 棹：桨。此用作动词"划（船）"。　遄：急。

⑩ "湖外青山"四句：《全宋诗》题作《自作寿堂因书一绝以志之》。诗中"坟前"《全宋诗》作"坟头"；"修竹"作"秋色"。茂陵，指汉武帝，其死后葬于茂陵。封禅书，《史记》有《封禅书》，记录帝王祭天地的封禅典礼。祭天之功称封；祭地之功称禅。此指为帝王歌功颂德之作。

⑪ 绍兴十六年：1146年。　四圣延祥观：《西湖游览志》卷二："绍兴间，韦太后还自沙漠建。以沉香刻四圣像，并从者二十人。饰以大珠，备极工巧。为园曰延祥，亭馆窈窕，丽若画图，水洁花寒，气象幽雅。"又同书卷八："四圣延祥观，旧在孤山。宋高宗为康王时，常使于金。夜见四巨人执仗卫行，询之方士，云：'紫微有大将四，名曰：天蓬、天猷、翊圣、真武。'王心异之。及即位，乃建观祀之。即今六一泉地是也。"同为一观，所载建观之由不同，殆传说不一也。

⑫ 杨琏真伽：见卷二《西湖西路・飞来峰》注。

⑬ 端砚：产于广东端州（今肇庆），故名。石质坚实、细润，发墨不损毫。书写流利生辉，且雕琢精美。唐代李贺、刘禹锡皆有诗咏之。

⑭ 成化十年：1474年。

⑮ 天启：明熹宗朱由校的年号（1621—1627）。

⑯ 云间：旧江苏松江府（今属上海市）的别称。西晋陆云，家在华亭（属松江），自称"云间陆士龙"，故名。　张侗初太史：张鼐，字世调，华亭人。万历三十二年进士，天启时擢南京礼部右侍郎，魏忠贤恶之，责以诈疾要名，削其籍。崇祯初，官吏部右侍郎。有《宝日堂集》。

⑰ 袁宏道：见卷一《西湖总记・明圣二湖》注。

⑱ 撇(piě):丢弃。

⑲ 衣:作动词,穿。　败絮:破棉絮衣。

⑳ 殆:恐怕,大概。　孤山:此指代林逋。

㉑ 张京元:见卷一《西湖北路·岳王坟》注。

㉒ 规利:谋求利益。

㉓ 楚人之弓:刘向《说苑·至公》:"楚共王出猎而遗其弓,左右请求(寻)之。共王曰:'止。楚人遗弓,楚人得之,又何求焉。'"

㉔ 萧照:山西阳城人,南宋高宗朝画院待诏。师从李唐,擅山水人物、舟车屋宇,尤长于奇松怪石,笔健墨浓,气势雄伟。传世之作有《中兴瑞应图》、《秋山红树图》、《山腰楼观图》等。

㉕ 绍兴:宋高宗年号(1131—1162)。

㉖ 素壁:无任何涂饰的墙壁。

㉗ 中贵人:太监。

㉘ 沈守正(1572—1623):字无回,钱塘人。文思敏捷,万历三十一年(1603)举于乡,任黄岩教谕,迁国子监博士,擢都察院司务。

㉙ 葱蒨:草木青翠茂盛。

㉚ "不雨"二句:见下引张祜《孤山》诗。

㉛ 阛阓(huán huì):街市、街道。

㉜ 偃蹇:高耸。

㉝ 李流芳:见卷四《西湖南路·雷峰塔》注。

㉞ 印持诸兄弟:严调御(印持)、严武顺、严敕三兄弟,作者之友,明末杭州文学社团小筑社的主要成员。

㉟ 壬子:万历四十年(1612)。　小筑:邹孟阳、邹方回兄弟在杭州的寓所,房院宽敞,有清晖阁、澄怀阁等,为文学社团小筑社的活动场所。

㊱ 孟旸:程嘉燧,见卷五《西湖外景·云居庵》注。

㊲ 吴侬:吴人。

㊳ 山渌:山中的清水。

㊴ 东野:唐代诗人孟郊,字东野,和诗人贾岛都以苦吟著称,有"郊寒岛瘦"之称。

㊵ 西台:此指代北宋书法家李建中(945—1013),字得中,京兆(今陕西西安)人。曾官西京留司御史台(通称西台),故有"李西台"之称。他兼擅草、隶、篆、籀、八分等,笔致丰腴肥厚,结体端庄稳健,风格丰肌秀骨。有《同年

帖》、《土母帖》、《贵宅帖》等传世。

㊶ 将死微言：见本文所引“临终留绝句”云云。

㊷ 张祜：见卷二《西湖西路·灵隐寺》注。

㊸ 徐渭：见卷二《西湖西路·岣嵝山房》注。

㊹ 蹄涔：牲口蹄印中的积水。形容体积容量微小。

㊺ 麈柄：古人清谈时执以驱虫的工具。麈（zhǔ），古代指鹿类动物，其尾称麈尾（即拂尘）。

㊻ 卓敬：字惟恭，瑞安卓岙人。洪武二十一年（1388）进士，廷对第二。博学多才，诗词宏丽。历官户部侍郎。因不事明成祖朱棣被杀，并夷三族。

㊼ 东阁：古代宰相款待宾客的场所。

㊽ 王稚登（1535—1612）：字伯穀，先世江阴人，后移居吴门（苏州）。江南才子，诗文书法俱有盛名。嘉靖末入太学，万历时曾召修国史。万历十四年与王世贞、屠隆等结“南屏社”。诗文剧作颇丰，有《王伯穀集》、《晋陵集》等。卜居：择地居住。

㊾ 疏影：林逋《山园小梅》诗有“疏影横斜水清浅，暗香浮动月黄昏”句。

㊿ 后人：指林纯卿。

51 陈鹤（？—1560）：字鸣野，一字九皋，号海樵，山阴（今浙江绍兴）人。袭祖荫得百户，后弃官。诗文词曲书画俱能名家。有《海樵先生集》。

52 王孙草：汉代淮南小山《招隐士》：“王孙游兮不归，春草生兮萋萋。”后以王孙草喻牵人乡思离愁的景色。

53 王思任：见卷一《西湖北路·紫云洞》注。

54 西泠逸老：指宋初隐士林逋。见卷一《西湖北路·六贤祠》注。

55 “疏影”四句：林逋《山园小梅》：“疏影横斜水清浅，暗香浮动月黄昏。”

56 韵友：诗友。诗社同仁。

57 凌寒三友：松、竹（即下文“篁”）、梅为岁寒三友。

58 九里：杭州九里松，在艮山门外。

59 六桥：在西湖苏堤上，分别名映波、锁澜、望山、压堤、东埔、跨虹。

60 雪后横枝：林逋《梅花》诗：“雪后园林才半树，水边篱落忽横枝。”

61 “美人”二句：明高启诗《梅花九首》之一云：“雪满山中高士卧，月明林下美人来。”

62 “闲锄”句：南宋刘翰《种梅》诗有句云：“自锄明月种梅花”。

63 罗浮：广东省山名。山跨博罗、龙门、增城三地，有大小峰峦四百三十二座，气象万千，道教称之为"第七洞天"、"第三十四福地"。有梅花村，人多植梅为生，牛羊所践，满蹊落梅。

㊹ 庾岭：大庾岭，一名梅岭，为五岭之一，在江西广东交界处。相传汉武帝时，有庾姓将军筑城岭下。岭上多植梅树。郑谷《咸通十四年府试木向荣》诗云："庾岭梅先觉，隋堤柳暗惊。"

㊺ 苏长公之胜友：苏轼于绍圣元年（1094）十月，责授宁远军节度副使惠州安置，过罗浮山，作《十一月二十六日松风亭下梅花盛开》，有"春风岭上淮南村，昔年梅花曾断魂……岂知流落复相见，蛮风蜒雨愁黄昏"云云。又有《再用前韵》："罗浮山下梅花村，玉雪为骨冰为魂……先生索居江海上，悄如病鹤栖荒园。天香国色肯相顾，知我酒熟诗清温。"梅花村遗址今犹存。胜友：良友，此指梅花。苏长公，苏轼原有一兄，于苏轼三岁时夭折，后人尊称苏轼为苏长公。

㊻ "哦曲江诗"二句：唐代诗人张九龄（673—740），字子寿，韶州曲江人。开元二十一年任中书侍郎同中书门下平章事。有《曲江集》，其《庭梅咏》："芳意何能早，孤荣亦自危。更怜花蒂弱，不受岁寒移。朝雪那相妒，阴风已屡吹。馨香虽尚尔，飘荡复谁知。"

㊼ "读广平赋"二句：宋璟（663—737），唐代邢州南和（今属河北）人，调露元年（679）年进士。武后时任御史中丞。睿宗时任宰相，因奏请太平公主出居东都，贬楚州刺史。玄宗开元初复为相，封广平郡公。为人刚直守正。其名作《梅花赋》，皮日休《桃花赋序》谓："余尝慕宋广平之为相，贞姿劲质，刚态毅状，疑其铁肠石心，不解吐婉媚辞，然睹其文而有《梅花赋》，清便富艳。得南朝徐、庾体，殊不类其为人也。"

㊽ 灞水之驴：孙光宪《北梦琐言》："或曰：'相国（郑綮）近有新诗否？'对曰：'诗思在灞桥风雪中驴子上。'"灞水，本作"霸水"，渭河支流，在陕西省中部。

㊾ 断桥：见本书《自序》注。

㊿ 漆园之蝶：庄子曾在漆园（地名）为吏。《庄子·齐物论》："昔庄周梦为蝴蝶，栩栩然蝴蝶也。自喻适志与，不知周也。俄然觉，则蘧蘧然周也。"后多用梦蝶喻生命无常。

㉛ 躅（zhú）：足迹。

【评品】

作者先引《水经注》之说，后述孤山之地理位置，点明孤山何以名孤。再以“水望澄明，皦焉冲照，亭观绣峙”，状孤山之景。“西湖反景，若三山之倒水下”，然则孤山不孤矣。孤山以“梅妻鹤子”的林逋而著称，而林逋又以孤山耸其风骨。绝命诗“犹喜曾无封禅书”，尤彰其清骨神韵。文章后半记其人其事，而梅则贯穿其中。

关王庙

北山两关王庙①。其近岳坟者②，万历十五年为杭民施如忠所建③。如忠客燕④，涉潞河⑤，飓风作，舟将覆，恍惚见王率诸河神拯救获免，归即造庙祝之，并祀诸河神。冢宰张瀚记之⑥。

其近孤山者，旧祠卑隘。万历四十二年⑦，金中丞为导首鼎新之⑧。太史董其昌手书碑石记之⑨，其词曰：“西湖列刹相望，梵宫之外⑩，其合于祭法者，岳鄂王、于少保与关神而三尔⑪。甲寅秋⑫，神宗皇帝梦感圣母中夜传诏，封神为伏魔帝君，易兜鍪而衮冕⑬，易大纛而九斿⑭。五帝同尊，万灵受职。视操、懿、莽、温偶奸大物⑮，生称贼臣，死堕下鬼，何啻天渊。顾旧祠湫隘⑯，不称诏书播告之意。金中丞父子爰议鼎新，时维导首，得孤山寺旧址⑰，度材垒土，勒墙墉，庄像设，先后三载而落成。中丞以余实倡议，属余记之。余考孤山寺，且名永福寺。

唐长庆四年⑱，有僧刻《法华》于石壁⑲。会元微之以守越州⑳，道出杭，而杭守白乐天为作记。有九诸侯率钱助工，其盛如此。

成毁有数㉑，金石可磨，越数百年而祠帝君。以释典言之，则旧寺非所谓现天大将军身，而今祠非所谓现帝释身者耶。至人舍其生而生在，杀其身而身存。孔曰成仁㉒，孟曰取义㉓，与《法华》一大事之旨何异也。彼谓忠臣义士犹待坐蒲团、修观行而后了生死者㉔，妄矣。然则石壁岿然，而石经初未泐也㉕。顷者四川歼叛，神为助力，事达宸聪[26]，非同语怪[27]。惟辽西黠卤尚缓天诛[28]，帝君能报曹而有不报神宗者乎[29]？左挟鄂王，右挟少保，驱雷部，掷火铃，昭陵之铁马嘶风[30]，蒋庙之塑兵濡露[31]，谅荡魔皆如蜀道矣。先是金中丞抚闽，藉神之告，屡歼倭夷，上功盟府[32]，故建祠之费，视众差巨，盖有夙意云[33]。"寺中规制精雅，庙貌庄严，兼之碑碣清华，柱联工确，一以文理为之，较之施庙[34]，其雅俗真隔霄壤。

董其昌《孤山关王庙柱铭》：

忠能择主，鼎足分汉室君臣。

德必有邻，把臂呼岳家父子[35]。

宋兆禴《关帝庙柱联》[36]：

从真英雄起家，直参圣贤之位。

以大将军得度[37]，再现帝王之身。

张岱《关帝庙柱对》：

统系让偏安[38]，当代天王归汉室。

春秋明大义[39]，后来夫子属关公。

【注释】

① 关王庙：关羽庙。宋徽宗大观二年，封武安王。元文宗加显灵威勇英济王。至明洪武中，复侯原封(蜀汉后主曾追谥其为壮缪侯)。万历二十二年，始从道师张通元请，进爵为帝，庙曰英烈。万历四十二年，又敕封三界伏魔大帝神威远镇天尊关圣帝君，自是相沿，有关帝之称。

② 岳坟：在杭州西湖边栖霞岭下。

③ 万历十五年：1587 年。

④ 燕：指今河北省境内。

⑤ 潞河：即今北京的潮白河。

⑥ 冢宰：原为周代六卿之一，后以称吏部尚书。　张瀚：字子文，仁和(今杭州)人。嘉靖进士，历官大名知府、右副都御使。万历初，擢吏部尚书。

⑦ 万历四十二年：1614 年。

⑧ 金中丞：金士忠，字元卿，宿松(今属安徽)人，万历二十年(1592)进士，

任江西乐平县令。1599 年,迁监察御史,后巡按黔、浙、豫、平倭有功,升都察院右佥都御史,巡抚延绥。所至多有建树,有《旭山集》十六卷。清朱书为撰《金中丞传》。　导首:首倡。　鼎新:更新。

⑨ 董其昌(1555—1637):字元宰,号思白、香光等。明松江华亭(今上海松江)人。万历进士,神宗朝历任庶吉士、编修、湖广副使等。熹宗朝,官至南京礼部尚书。毅宗朝,以太子太保致仕,谥文敏。为明代著名书画家,善诗文。有《容台集》、《画禅室随笔》、《画旨》等著述。

⑩ 梵宫:佛寺。

⑪ 岳鄂王:岳飞。宋宁宗时追封鄂王。　于少保:于谦(1398—1457),字廷益,号节庵,钱塘(今杭州)人。永乐进士。宣德初,授御史。随宣宗平汉王朱高煦叛乱,巡按江西、河南、山西等地,颂声满道。正统十一年,遭迫害下狱论死,藩王及百姓力请复任。十四年,土木之变,明英宗被瓦剌首领也先俘获,他力排南迁之议,监请固守,进尚书。破瓦剌军,加少保。也先挟英宗逼和,他以社稷为重,君为轻,不许。英宗既归复辟,石亨等诬其谋立襄王之子,被杀。万历中,追谥忠肃。

⑫ 甲寅:万历四十二年(1614)。

⑬ 兜鍪:将士戴的头盔。　衮冕:古代帝王和士大夫的礼服礼帽。

⑭ 大纛(dào):古代军队的大旗。　九斿(liú):同"九旒",天子之旗。

⑮ 操、懿、莽、温:指位极人臣、权势炙天、志在篡弒的曹操、司马懿、王莽、桓温。　偶奸大物:指加九锡。九锡原指皇帝赐予功臣的九种礼器。王莽篡汉前先加九锡,后来魏晋南北朝执政大臣夺取政权、建立新王朝前都加九锡,九锡遂成为"篡逆"的代称。

⑯ 湫隘:低湿狭窄。

⑰ 孤山寺:在西湖孤山上,又名广化寺。陈朝天嘉初,名永福。宋时改为广化。

⑱ 长庆四年:824 年。

⑲ 法华:《法华经》,全称《妙法莲华经》。经中宣扬三乘归一之旨,自以其法微妙,如莲华居尘不染,故名。

⑳ 元微之:元稹(779—831),字微之,河南人,唐代诗人。《嘉泰会稽志》卷二《太守》:"长庆三年八月,元稹自同州刺史授浙东观察使。"

㉑ 数:命运。

㉒ 孔曰成仁:《论语·卫灵公》:"志士仁人,无求生以害仁,有杀身以

求仁。”

㉓ 孟曰取义:《孟子·告子上》:“生,亦我所欲也;义,亦我所欲也。二者不可得兼,舍生而取义者也。”

㉔ 蒲团:用蒲编织成的圆垫。为僧人坐禅跪拜时所用。

㉕ 泐(lè):通“勒”,铭刻。

㉖ 宸聪:谓皇帝的听闻。

㉗ 语怪:《论语·述而》:“子不语怪力乱神。”

㉘ 辽西黠卤:指东北地区的女真族,明末成为北方边患。　天诛:上天的诛杀、惩罚。此指明朝的征讨。

㉙ 报曹:指关羽为报答当年被俘后曹操以礼诱降、千里放行之恩,在华容道放其一条生路。

㉚ 昭陵之铁马:见卷一《西湖北路·岳王坟》“昭陵石马”注。此处用以附会太宗显灵。

㉛ 蒋庙之塑兵:东汉广陵人蒋子文。常自言骨青,死当为神。汉末,为秣陵尉。逐贼至钟山,伤额而死。三国孙权为立庙封侯。至南朝齐,进号为蒋帝。据《南史·曹景宗传》载:梁武帝为求雨,曾亲率朝臣至庙修谒。“是时,魏军攻围钟离,蒋帝……许扶助。既而无雨水涨,遂挫敌人……。凯旋之后,庙中人马脚尽有泥湿。”

㉜ 上功盟府:功勋入载主持盟誓、典策的官府。

㉝ 夙意:本意。

㉞ 施庙:即上文所述施如忠斥资所建的关王庙。

㉟ 把臂:握着对方手臂,表示亲密。

㊱ 宋兆禴(yuè)(1600—1642);又名尔孚,号喜公,广东揭阳人。出身望族,崇祯戊辰(1628)科进士,任江西广昌县令、浙江仁和县令。以诗名。近人辑有《旧耕堂存辑》一册。

㊲ 得度:合乎法度。

㊳ 统系:旧指宗族谱系。此指刘备系刘汉皇裔之后。

㊴ 春秋:原为鲁史,传为孔子所撰。后指代历史。

【评品】

关羽本为蜀汉虎将,以其忠勇节义,博得民间尊崇,后人祀之;而历代帝王神之、帝之,则意在固其统治。本文所记两座关庙,近岳坟者略，而近孤山者详。董其昌所记昭陵铁马、蒋庙塑兵，固系小说家言；祈关帝助力，诛除“辽西黠卤”，更属作者的幻想。

苏小小墓①

苏小小者，南齐时钱塘名妓也。貌绝青楼②，才空士类③，当时莫不艳称④。以年少早卒，葬于西泠之坞⑤。芳魂不殁，往往花间出现。宋时有司马槱者⑥，字才仲，在洛下梦一美人搴帷而歌⑦，问其名，曰：西陵苏小小也。问歌何曲？曰：《黄金缕》⑧。后五年，才仲以东坡荐举，为秦少章幕下官⑨，因道其事。少章异之，曰：“苏小之墓，今在西泠，何不酹酒吊之。”才仲往寻其墓拜之。是夜，梦与同寝，曰：妾愿酬矣⑩。自是幽昏三载，才仲亦卒于杭，葬小小墓侧。

西陵苏小小诗：

妾乘油壁车⑪，郎跨青骢马⑫。
何处结同心，西陵松柏下⑬。

又词：

妾本钱塘江上住，花落花开，不管流年度。燕子衔将春色去，纱窗几阵黄梅雨。　　斜插玉梳云半吐，檀板轻敲，唱彻《黄金缕》。梦断彩云无觅处，夜凉明月生南浦。

李贺《苏小小》诗⑭：

幽兰露，如啼眼。无物结同心，烟花不堪剪。草如茵，松如盖。风为裳，水为珮。油壁车，久相待。冷翠烛，劳光彩。西陵下，风吹雨。

沈原理《苏小小歌》：

歌声引回波，舞衣散秋影。梦断别青楼，千秋香骨冷。青铜镜里双飞鸾，饥乌吊月啼勾栏⑮。风吹野火火不灭，山妖笑入狐狸穴。西陵墓下钱塘潮，潮来潮去夕复朝。墓前杨柳不堪折，春风自绾同心结[16]。

元遗山《题苏小像》[17]：

槐荫庭院宜清昼，帘卷香风透。美人图画阿谁留，都是宣和名笔内家收[18]。　莺莺燕燕分飞后，粉浅梨花瘦。只除苏小不风流，斜插一枝萱草凤钗头[19]。

徐渭《苏小小墓》诗[20]：

一抔苏小是耶非[21]，绣口花腮烂舞衣。
自古佳人难再得，从今比翼罢双飞。
薤边露眼啼痕浅[22]，松下同心结带稀。
恨不颠狂如大阮，欠将一曲恸兵闺[23]。

【注释】

① 苏小小墓：《西湖游览志余》卷十六："苏小小者，钱唐名娼也。盖南齐时人。其墓或云湖曲，或云江干。古词云：'妾乘油壁车，郎跨青骢马。何处结同心？西陵松柏下。'今西陵乃在钱唐江之西，则云江干者近是也。"

② 青楼：妓院。

③ 空：冠，绝。

④ 艳称：盛赞。

⑤ 西泠：桥名。在六一泉北，可通北山。

⑥ 司马槱（yǒu）：字才仲，由苏轼荐，应制举中等，为钱塘幕官。

⑦ 洛下：指洛阳。　搴（qiān）：提起，撩起。

⑧《黄金缕》：词牌名，《蝶恋花》的别称，双调六十字，仄韵。据《西湖游览志余》卷十六载，苏小小仅歌《黄金缕》（即文后所附又词）之前半阕，后半阕乃秦少章所续。

⑨ 秦少章：名觏，字少章，秦观之弟。

⑩ "是夜"四句：《西湖游览志余》卷十六："自是，每夕必来。才仲为同宷（疑当作"寮"）谈之，咸曰：'公廨后有苏小小墓，得无妖乎？'不逾年，而才仲得疾。所乘游舫，舣泊河塘，柁工遽见才仲携一丽人登舟，即前喏之，声断，火起舟尾，仓忙走报其衙，则才仲死，而家人已恸哭矣。"

⑪ 油壁车：见卷一《西湖北路·西泠桥》注。

⑫ 青骢马：见卷一《西湖北路·西泠桥》注。

⑬ 西陵：见卷一《西湖北路·西泠桥》注。

⑭ 李贺（790—816）：字长吉，祖籍陇西成纪，生于福昌昌谷（今河南宜阳）。唐宗室之后，家道中落。才华横溢，因父讳而不得举进士，仅官太常寺奉礼郎。以幽冷浓艳、虚幻荒诞的风格独标唐代诗坛。有《李长吉歌诗》传世。

⑮ 勾栏：古代戏曲歌舞的表演娱乐场所。

⑯ 绾：把长条形东西盘绕打结。

⑰ 元遗山：元好问（1190—1257），字裕之，号遗山，太原秀容（今山西忻县）人，其先为北魏鲜卑拓跋氏。金兴定五年（1221）进士，金亡不仕，工诗词，擅散文，为金元之际诗坛巨擘。其诗深刻反映国破家亡的现实，风格雄健苍凉。有《元遗山全集》行世。

⑱ 宣和：宋徽宗年号（1119—1125）。徽宗雅好书画，在宫内（即诗中“内家”）成立画院，收集编辑历代诗书名画，成《宣和画谱》、《宣和书谱》传世。

⑲ 萱草：有忘忧草、宜男草等别名。

⑳ 徐渭：见卷二《西湖西路·岣嵝山房》注。

㉑ 一抔（póu）：一捧，一捧黄土。此指坟土。

㉒ 薤（xiè）：多年生草本植物。鳞茎、嫩叶可食。《薤露》则为古代挽歌名。

㉓ “恨不”二句：阮籍（210—263），字嗣宗，陈留尉氏（今属河南）人。父阮瑀为“建安七子”之一，他本人为“竹林七贤”之一，其侄阮咸，亦为“七贤”之一，故称籍为“大阮”。籍生当乱世，纵酒谈玄，佯狂全身。闻步兵厨营人善酿，有贮酒三百斛，乃求为步兵校尉。人称“阮步兵”。兵家女有才色，未嫁而死。籍不识其父兄，径往哭之。此处徐渭自比阮籍，以兵家女比苏小小。

【评品】

钱塘名妓苏小小，才貌双绝，年少早夭，赚得后世文人才子无数诗词，并衍为众多传奇小说。本文所记，乃其中之一。才子佳人，打破阴阳之隔，生死相恋。其事其情，亦有凄恻动人处。

陆宣公祠

孤山何以祠陆宣公也①？盖自陆少保炳为世宗乳母之子②，

揽权怙宠[3]，自谓系出宣公，创祠祀之。规制宏厂[4]，吞吐湖山。台榭之盛，概湖无比。炳以势焰，孰有美产[5]，即思攫夺。旁有故锦衣王佐别墅壮丽[6]，其孽子不肖，炳乃罗织其罪[7]，勒以献产。捕及其母，故佐妾也。对簿时[8]，子强辩。母膝行前，道其子罪甚详。子泣，谓母忍陷其死也[9]。母叱之曰："死即死，尚何说！"指炳座顾曰："而父坐此非一日[10]，作此等事亦非一日，而生汝不肖子，天道也，汝死犹晚！"炳颊发赤，趣遣之出[11]，弗终夺。炳物故[12]，祠没入官，以名贤得不废[13]。隆庆间[14]，御史谢廷杰以其祠后增祀两浙名贤[15]，益以严光、林逋、赵忭、王十朋、吕祖谦、张九成、杨简、宋濂、王琦、章懋、陈选[16]。会稽进士陶允宜以其父陶大临自制牌版[17]，令人匿之怀中，窃置其旁。时人笑其痴孝。

祁彪佳《陆宣公祠》诗[18]：

东坡佩服宣公疏[19]，俎豆西冷蘋藻香[20]。
泉石苍凉存意气，山川开涤见文章。
画工界画增金碧[21]，庙貌巍峨见裔皇[22]。
陆炳湖头夸势焰，祟韬乃敢认汾阳[23]。

【注释】

① 陆宣公：陆贽（754—805），字敬舆，唐代嘉兴人。大历六年进士，德宗召为翰林学士。朱泚叛乱，扈从德宗避乱奉天，诏书多出贽手，时号内相。官至中书侍郎、门下同平章事。后为裴延龄所谗，贬忠州别驾。卒谥宣。有《翰苑集》。所作奏议数十篇，指陈时病，透辟曲尽，为后世所重。

② 陆少保炳：陆炳，平湖（今属浙江）人。母为明世宗乳母，炳从入宫。嘉靖中，授锦衣副千户。曾排闼，自失火行宫中背出世宗，由是得爱宠。又勾结夏言、严嵩，官至太保。权势倾天下，明世宗数起大狱，然炳多所保全。能折节士大夫。卒，谥武惠。

③ 怙宠：恃宠。

④ 宏厂：宏大。

⑤ 孰有：谁有。

⑥ 王佐:《明史·佞幸陆炳传》载:王佐"以兴邸(世宗)旧人掌锦衣卫。佐尝保持张鹤龄兄弟狱,有贤声。……未几擢署都督佥事,又以缉捕功,擢都督同知。"

⑦ 罗织:虚构罪名,陷害无辜。

⑧ 对簿:审问时,据状文核对事实。簿,诉状。

⑨ 忍陷其死:忍心置之死地。

⑩ 而父:你的父亲。

⑪ 趣(cù):催促。

⑫ 物故:死亡。

⑬ 以名贤得不废:因所祠是名相贤臣陆贽得以不废。

⑭ 隆庆:明穆宗朱载垕的年号(1567—1572)。

⑮ 谢廷杰:隆庆六年(1572)以监察御史巡抚两浙。曾辑刊《王文成公文集》,并重修浙江上虞东山的谢安(为其祖先)墓。

⑯ 严光:字子陵,会稽余姚人。少与汉光武帝同游学。光武即位,乃变名姓,隐而不见。帝令人寻访,遣使聘之,三返而后至。除谏议大夫,不屈,耕于富春山。后人名其钓处,为严陵濑。详《后汉书·逸民列传》。 林逋:见卷一《西湖北路·六贤祠》"林和靖"注。 赵抃:赵阅道,见卷一《西湖北路·六贤祠》注。 王十朋(1112—1171):字龟龄,南宋乐清(今属浙江)人。绍兴二十七年进士第一,历知饶、夔、湖、泉等州,以龙图阁学士致仕。 吕祖谦(1137—1181):字伯恭,南宋婺州(今浙江金华)人,学者称东莱先生。曾任著作郎,兼国史院编修官。为学主"明理躬行",为金华学派的主要代表。 张九成:字子韶,宋代钱塘人。绍兴廷对第一,官礼部侍郎。以与秦桧不和,谪居十四年。自号横浦居士。潜心经义,多有训解。卒赠太师,谥文忠。 杨简:字敬仲,慈溪(今属浙江)人。乾道进士,历任富阳主簿,知乐平县,有德政。绍熙中召为国子博士。嘉定初,授秘书郎,出知温州,为政廉俭。终仕宝谟阁学士,卒谥文元。 宋濂(1310—1381):字景濂,号潜溪,浦江(今属浙江)人。元代隐居不仕,明初应朱元璋召,任江南儒学提举,辅导太子十余年,奉命主修《元史》,官至翰林院学士承旨、知制诰,为明朝开国文臣之首。后因孙获罪牵连,全家谪茂州,病死途中。 王琦:字文进,宋代仁和(今杭州)人。历官四川副使,居官清介。致仕归,家贫,固辞赐金,竟冻饿而死。 章懋:字德懋,明代兰溪(今属浙江)人。成化进士第一,授编修。疏谏元夕张灯,廷杖谪官。累迁福建按察司佥事,颇有政绩。致仕,以读书讲学为事,不入城府,世称枫山先生。 陈

选：字士贤，明代临海（今属浙江）人。天顺进士，授御史，巡按江西，尽黜贪吏。宪宗初，疏劾马昂，救罗伦，一时惮其风采。历官按察使、广东左、右布政使。因忤宦官，被逮，卒于南昌。正德中，追谥忠愍。

⑰ 陶允宜：明万历二年（1574）进士，官至兵部员外郎，黄州同知。撰有《镜心堂草》。 陶大临，字虞臣，会稽（今浙江绍兴）人。嘉靖进士，授编修。吴时来劾严嵩，大临为定疏草；时来下诏狱，大临日饷之药物。万历初，官吏部侍郎，卒。谥文僖。 牌版：指灵牌。旧时丧礼所设的木主。

⑱ 祁彪佳：见卷四《西湖南路·柳洲亭》注。

⑲ “东坡”句：指苏轼《乞校正陆贽奏议上进札子》。

⑳ 俎豆：古代祭祀时盛供品的礼器。

㉑ 界画：中国画的一种门类。多以界笔直尺为工具，以宫室、楼台、屋宇为题材的绘画作品。

㉒ 裔皇：辉煌。一指神名。

㉓ “陆炳”二句：陆炳攀附陆贽，以自神身世，与五代后唐名将郭崇韬（曾随后唐李存勖征战灭后梁、前蜀，屡建大功，后死于宦官谗毁）比附唐代中兴名将郭子仪（封汾阳王）之后相类似。

【评品】

陆宣公“才本王佐，学为帝师”（苏轼《乞校正陆贽奏议上进札子》），身系天下之安危，力扶社稷于将倾。风节傥论，自足以为万世楷模，何假于人！陆炳祠之，不过攀附前贤，自神身世而已。其夺故锦衣王佐遗产一节，揭露时弊入木三分。官吏之产，尚肆意褫夺，其于民产，可想而知。王佐之妾斥儿骂座之言，一箭三雕，鞭辟入里，精彩之极。篇末所记，令人莞尔发笑。

六 一 泉

六一泉在孤山之南①，一名竹阁②，一名勤公讲堂③。宋元祐六年④，东坡先生与惠勤上人同哭欧阳公处也。勤上人讲堂初构，掘地得泉，东坡为作泉铭。以两人皆列欧公门下⑤，此泉方出⑥，适哭公讣，名以六一，犹见公也。其徒作石屋覆泉，且刻铭其上。

南渡高宗为康王时，常使金，夜行，见四巨人执殳前驱[7]。登位后，问方士，乃言紫薇垣有四大将[8]，曰：天蓬、天猷、翊圣、真武。帝思报之，遂废竹阁，改延祥观[9]，以祀四巨人。至元初，世祖又废观为帝师祠[10]。泉没于二氏之居二百余年[11]。元季兵火，泉眼复见，但石屋已圮，而泉铭亦为邻僧舁去[12]。洪武初[13]，有僧名行升者，锄荒涤垢，图复旧观。仍树石屋，且求泉铭，复于故处。乃欲建祠堂，以奉祀东坡、勤上人，以参寥故事，力有未逮[14]。教授徐一夔为作疏曰[15]："睠兹胜地[16]，实在名邦。勤上人于此幽栖，苏长公因之数至[17]。迹分缁素[18]，同登欧子之门；谊重死生，会哭孤山之下。惟精诚有感通之理，故山岳出迎劳之泉。名聿表于怀贤[19]，忱式昭于荐菊[20]。虽存古迹，必肇新祠。此举非为福田[21]，实欲共成胜事。儒冠僧衲[22]，请恢雅量以相成；山色湖光，行与高峰而共远。愿言乐助，毋诮滥竽[23]。"

苏轼《六一泉铭》：

欧阳文忠公将老，自谓六一居士[24]。予昔通守钱塘，别公于汝阴而南。公曰："西湖僧惠勤甚文而长于诗。吾昔为《山中乐》三章以赠之。子闲于民事[25]，求人于湖山间而不可得，则往从勤乎？"予到官三日，访勤于孤山之下，抵掌而论人物[26]，曰："六一公，天人也。人见其暂寓人间，而不知其乘云驭风，历五岳而跨沧海也。此邦之人，以公不一来为恨。公麾斥八极[27]，何所不至。虽江山之胜，莫适为主，而奇丽秀绝之气，常为能文者用。故吾以为西湖盖公几案间一物耳。"勤语虽怪幻，而理有实然者。明年公薨，予哭于勤舍。又十八年，予为钱塘守，则勤亦化去久矣。访其旧居，则弟子二仲在焉。画公与勤像，事之如生。舍下旧无泉，予未至数月，泉出讲堂之后，孤山之趾，汪然溢流，甚白而甘。即其地凿岩架石为室。二仲谓："师闻公来，出泉以相劳苦，公可无言乎？"乃取勤旧语，推本其意，名之曰"六一泉"。且铭之曰："泉之出也，去公数千里，后公之没十八年，而名之曰‘六一’，不几于诞乎？曰：君子之泽，岂独五世而已[28]，盖得其人，则可至于百传。常试与子登孤山而望吴越，歌山中之乐而饮此水，则公之遗风余烈，亦或见于此泉也。”

白居易《竹阁》诗：

晚坐松檐下，宵眠竹阁间。
清虚当服药，幽独抵归山。
巧未能胜拙，忙应不及闲。
无劳事修炼，只此是玄关[29]。

【注释】

① 六一泉：在孤山脚下，苏轼为纪念恩师、自号“六一居士”的欧阳修而命名。

② 竹阁：寺名，白居易作。旧在广化寺（即孤山寺）中，宋时徙建北山报恩院。

③ 勤公：《西湖游览志余》卷十四：“惠勤者，余杭人，居孤山。聪明才智，能诗文。庆历间，游京师二十年，请造公卿，声华歘起。欧阳永叔劝之使归，作《山中乐》三章，极道林泉间事，以动荡其心，而卒返之正。”归杭州后，与苏轼为方外交，同泛西湖，诗歌酬唱。

④ 元祐六年：1091 年。按作者所记，年代有误。据《苏轼年谱》，苏轼首任杭州在熙宁四年（1071）。行前，曾谒欧阳公。即苏轼《六一泉铭》所谓：“予昔通守钱塘，见公于汝阴而南。”次年（1072），欧阳修卒，《铭》所谓：“明年，公薨，予哭于勤所（即后来之六一泉）。”则两人同哭欧阳公，当系于熙宁五年（1072）。苏轼再知杭州在元祐四年（1089），即《铭》所谓：“又十八年，予为钱塘守，则勤亦化去久矣。”

⑤ “以两人”句：苏轼参加嘉祐二年礼部进士试，主考官即礼部侍郎、兼翰林侍读学士欧阳修。轼以《春秋对义》居第一。勤公或为欧阳公之私淑弟子，故苏轼《六一泉铭》记有其临别欧阳公时，公嘱其：“西湖僧惠勤甚文而长于诗，吾昔为《山中乐》三章以赠之。”

⑥ 此泉方出：据《六一泉铭》及《苏轼年谱》，泉出于元祐五年。

⑦ 执殳前驱：持戟开路。殳，戟柄，指代戟。

⑧ 紫薇垣:紫薇垣是以北极为中心,并以北极附近的一片星群为基础所构成的,它包括了北纬50度以北范围内的天区。

⑨ 延祥观:又称四圣延祥观,在孤山六一泉。元初,杨琏真伽改于武林门外,至正间,再迁葛岭。本文自"南渡高宗为康王时"至"真武"一段,以《西湖游览志》卷八为据。

⑩ 至元:元世祖忽必烈的年号(1264—1294)。 帝师祠:祭祀受元朝皇帝供奉的帝师,由乌思藏佛教萨斯迦派的高级喇嘛充任。元世祖至元六年始设,第一任为八思巴。

⑪ 二百余年:指南宋初至元末。《西湖游览志》卷二作"几三百年",以下行文,大致据该书所录徐一夔所作之《疏》。

⑫ 舁(yú):共同抬东西。

⑬ 洪武:明太祖朱元璋的年号(1368—1398)。

⑭ "以参寥故事"二句:参寥:即僧道潜,见卷一《西湖北路·智果寺》"道潜"注。苏轼守杭,参寥卜居智果寺,有泉出石罅,汲泉煮茗。苏轼自谓前身为寺中僧,参寥为塑苏轼像,供伽蓝之列。寺破败数百年,后得再葺。泉遂再出,仍名参寥泉,以志旧迹。《西湖游览志》卷二所录徐一夔《疏》云:"有僧曰行舁者,……欲建祠堂一区,如当时祠公与上人故事,而力有未逮。将持短疏,求之好施之家,与凡传宗之美、释门之老,助财成之。庶几欧苏二公与上人之流风雅韵,同不泯云。"上人指惠勤。

⑮ 徐一夔:字大章,天台(今属浙江)人。博学工文,洪武初,被征纂礼书。寻荐修元史,谢不往。后因荐为杭州教授,召修日历,书成,欲授翰林官,固辞。

⑯ 睠:同"眷",反顾,回视。

⑰ 苏长公:苏轼。长公为行次居长之意。苏轼为苏洵次子,其兄苏景先早卒,故人称其为长公。

⑱ 缁素:指僧与俗,分指惠勤与苏轼。僧徒衣缁(黑),故称缁流。

⑲ 聿:用于句首或句中的助词。

⑳ 忱:忠诚。 式:助词。 昭:显明。 荐:献。据《西湖游览志》卷二所录徐一夔《疏》,此句下还有"故渊源有永,幸与文派俱流;虽名号仅存,几逐劫灰共化"几句。

㉑ 福田:佛教谓积善行可得福报,犹如春种秋实,故喻善行为福田。

㉒ 僧衲:僧衣。僧著百衲衣,故亦以自称或指代。

㉓ 诮:讥讽。 滥竽:滥竽充数。《韩非子·内储说上》:"齐宣王使人吹

竽，必三百人，南郭处士请为王吹竽，宣王说之，廪食以数百人。宣王死，湣王立，好一一听之，处士逃。”

㉔ 六一居士：欧阳修自称藏一万卷书、三代以来金石遗文集录一千卷、有琴一张、棋一局、酒一壶，加上自己一老翁居其间，“岂不为六一乎？”（《六一居士传》）。

㉕ 闲：娴。娴熟，了解。

㉖ 抵（zhǐ）掌：击掌（表示高兴亲近）。

㉗ 麾斥：指挥。

㉘ “君子之泽”：二句：《孟子·离娄章句下》：“君子之泽，五世而斩。”意谓君子的品行家风经过三五代之后就断绝了。此处作者反其意用之。

㉙ 玄关：佛教入道之门。现也用以指厅堂外门。

【评品】

欧阳公于苏轼兄弟，奖掖擢拔，恩重如山；于勤上人，也谊兼师友。欧阳公仙逝，两人同哭于勤公讲堂。十八年后，东坡再守钱塘，重访旧迹，勤公涅槃，而有泉涌出。东坡名之曰“六一泉”，以昭欧阳公之遗风余泽。本文前段所记时与事，均有舛误，当与苏轼《六一泉铭》参读，以正其误。

葛　岭

葛岭者①，葛仙翁稚川修仙地也②。仙翁名洪，号抱朴子，句容人也。从祖葛玄③，学道得仙术，传其弟子郑隐。洪从隐学，尽得其秘。上党鲍玄妻以女④。咸和初⑤，司徒导招补主簿⑥，干宝荐为大著作⑦，皆同辞。闻交趾出丹砂⑧，独求为勾漏令⑨。行至广州，刺史郑岳留之，乃炼丹于罗浮山中⑩。如是者积年。一日，遗书岳曰：“当远游京师，克期便发⑪。”岳得书，狼狈往别，而洪坐至日中，兀然若睡⑫，卒年八十一。举尸入棺，轻如蝉蜕⑬，世以为尸解仙去⑭。智果寺西南为初阳台⑮，在锦坞上⑯，仙翁修炼于此。台下有投丹井⑰，今在马氏园。宣德间大旱⑱，马氏甃井得石匣一[19],石瓶四。匣固不可启。瓶中有丸药若芡实者,啖之,绝无气味,乃弃之。施渔翁独啖一枚,后年百有六岁。浚井后,水遂淤恶不可食,以石匣投之,清洌如故。

祁豸佳《葛岭》诗[20]:

抱朴游仙去有年,如何姓氏至今传。
钓台千古高风在[21],汉鼎虽迁尚姓严。

勾漏灵砂世所稀,携来烹炼作刀圭[22]。
若非渔子年登百[23],几使还丹变井泥[24]。

平章甲第半湖边[25],日日笙歌入画船。
循州一去如烟散,葛岭依然还稚川。

葛岭孤山隔一丘,昔年放鹤此山头[26]。
高飞莫出西山缺,岭外无人勿久留。

【注释】

① 葛岭:在杭州智果寺西,以有葛洪墓而得名。

② 葛仙翁:葛洪(281?—341)字稚川,晋句容(今属江苏)人,自号抱朴子。家贫好学,始以儒术知名,后好神仙导引之术。著有《抱朴子》,除言神仙外,论炼丹多涉及化学知识。

③ 从祖:堂房祖辈。

④ 上党:旧郡名治所,在今山西长治市。

⑤ 咸和:晋成帝司马衍的年号(326—334)。

⑥ 司徒导:王导,字茂弘,临沂(今属山东)人。历事晋元帝、明帝、成帝三朝,出将入相,官至太傅。

⑦ 干宝:字令升,新蔡(今属河南)人。勤学博览,好阴阳术数。晋元帝时,以著作郎领修国史,著《晋纪》,今佚,时称良史。又有《搜神记》,集神怪灵异故事。

⑧ 交趾:西汉所置十三刺史部之一,辖地相当今广东、广西大部和越南的

北部、中部。　丹砂：硃砂。

⑨ 勾漏：县名，在今广西北流县。

⑩ 罗浮山：在广东东江北岸，绵亘增城、博罗、河源诸县。

⑪ 克期：同"剋期"，限定、约定日期。

⑫ 兀然：昏沉的样子。

⑬ 蝉蜕：蚱蝉所蜕之壳，又名蝉衣。

⑭ 尸解：道教认为，修道者死后留下形骸，魂魄散去而成仙，称为尸解。

⑮ 智果寺：在杭州宝石山大佛寺西，宋时为参寥子驻锡之寺。　初阳台：《西湖游览志》卷八："在山巅，葛仙翁修真时，吸日月精华于此。高朗宜远眺，清晓烟消，日出海底，炯然奇观。"

⑯ 锦坞：《西湖游览志》卷八："在宝石山之东，宋时，此地花卉灿烂若锦，故名。"

⑰ 投丹井：即葛翁井。《西湖游览志》卷八："葛翁井，去智果寺西南可数十步，上方下圆，相传为葛稚川投丹之所。"下文均录自该书。

⑱ 宣德：明宣宗朱瞻基的年号（1426—1435）。

⑲ 甃（zhòu）：修砌井。

⑳ 祁豸佳：字止祥，号雪瓢，山阴（今浙江绍兴）人。彪佳之弟，天启七年（1627）举人，仕吏部司务。明亡，隐居不仕。与王雨谦（白岳山人），陈洪绶等结"云门十子"社，隐梅市卖画代耕。山水仿沈周，气势淋漓，笔力挺拔，间作花卉。有画作传世，诗、文、词皆有致。

㉑ "钓台"句：用东汉严光却光武帝之聘，隐居富春江钓台的故事。

㉒ 刀圭：中药量器名。葛洪《抱朴子·金丹》："服之三刀圭，三尸九虫皆即消坏，百病皆愈也。"此指药物。

㉓ 渔子：即文中"施渔翁"。

㉔ 还丹：服之能得道升仙的丹药，即文中"有丸药若芡实者"。

㉕ 平章：指南宋曾任军国平章事的贾似道。见卷一《西湖总记·明圣二湖》注。

㉖ 放鹤：指北宋林逋"梅妻鹤子"的故事。

【评品】

葛岭传为葛洪修炼处，故本文于其人其事均神异之，为道教张目耳。

苏公堤[1]

杭州有西湖，颍上亦有西湖[2]，皆为名胜，而东坡连守二郡。其初得颍，颍人曰："内翰只消游湖中，便可以了公事[3]。"秦太虚因作一绝云[4]："十里荷花菡萏初[5]，我公身至有西湖。欲将公事湖中了，见说官闲事亦无。"后东坡到颍，有谢执政启云[6]："入参两禁[7]，每玷北扉之荣[8]；出典二邦[9]，迭为西湖之长。"故其在杭，请浚西湖，聚葑泥[10]，筑长堤，自南之北，横截湖中，遂名苏公堤。夹植桃柳，中为六桥[11]。南渡之后，鼓吹楼船，颇极华丽。后以湖水漱啮[12]，堤渐凌夷[13]。入明，成化以前[14]，里湖尽为民业[15]，六桥水流如线。正德三年[16]，郡守杨孟瑛辟之[17]，西抵北新堤为界，增益苏堤，高二丈，阔五丈三尺，增建里湖六桥，列种万柳，顿复旧观。久之，柳败而稀，堤亦就圮[18]。

嘉靖十二年[19]，县令王釴令犯罪轻者种桃柳为赎，红紫灿烂，错杂如锦。后以兵火，砍伐殆尽。万历二年[20]，盐运使朱炳如复植杨柳[21]，又复灿然。迨至崇祯初年[22]，堤上树皆合抱。太守刘梦谦与士夫陈生甫辈时至[23]。二月，作胜会于苏堤[24]。城中括羊角灯[25]、纱灯几万盏，遍挂桃柳树上，下以红毡铺地，冶童名妓[26]，纵饮高歌。夜来万蜡齐烧，光明如昼。湖中遥望堤上万蜡，湖影倍之。箫管笙歌，沉沉昧旦[27]。传之京师，太守镌级[28]。

因想东坡守杭之日，春时每遇休暇，必约客湖上，早食于山水佳处。饭毕，每客一舟，令队长一人，各领数妓，任其所之。晡后鸣锣集之[29]，复会望湖亭或竹阁[30]，极欢而罢。至一、二鼓[31]，夜市犹未散，列烛以归。城中士女夹道云集而观之。此真旷古风流[32]，熙世乐事[33]，不可复追也已。

张京元《苏堤小记》[34]：

苏堤度六桥，堤两旁尽种桃柳，萧萧摇落。想二三月，柳叶桃花，游人阗塞[35]，不若此时之为清胜。

李流芳《题两峰罢雾图》[36]：

三桥龙王堂，望西湖诸山，颇尽其胜。烟林雾障，映带层叠；淡描浓抹[37]，顷刻百态。非董、巨妙笔[38]，不足以发其气韵。余在小筑时[39]，呼小舟桨至堤上，纵步看山，领略最多。然动笔便不似甚矣，气韵之难言也。予友程孟旸《湖上题画》诗云[40]："风堤露塔欲分明，阁雨萦阴两未成。我试画君团扇上，船窗含墨信风行[41]。"此景此诗，此人此画，俱属可想。癸丑八月清晖阁题[42]。

苏轼《筑堤》诗：

六桥横截天汉上，北山始与南屏通。
忽惊二十五万丈，老葑席卷苍烟空。
昔日珠楼拥翠钿[43]，女墙犹在草芊芊[44]。
东风第六桥边柳，不见黄鹂见杜鹃。

又诗：

惠勤、惠思皆居孤山。苏子倅郡[45]，以腊日访之[46]，作诗云：

天欲雪时云满湖，楼台明灭山有无。
水清石出鱼可数，林深无人鸟相呼。
腊月不归对妻孥，名寻道人实自娱。
道人之居在何许，宝云山前路盘纡[47]。
孤山孤绝谁肯庐，道人有道山不孤。
纸窗竹屋深自暖，拥褐坐睡依团蒲[48]。
天寒路远愁仆夫，整驾催归及未晡。
出山回望云水合，但见野鹤盘浮屠[49]。
兹游淡泊欢有余，到家恍如梦蘧蘧[50]。
作诗火急追亡逋，清景一失后难摹[51]。

王世贞《泛湖度六桥堤》诗[52]：

拂幰莺啼出谷频[53]，长堤夭矫跨苍旻[54]。

六桥天阔争虹影，五马飙开散曲尘[55]。
碧水乍摇如转盼，青山初沐竞舒颦[56]。
莫轻杨柳无情思，谁是风流白舍人？[57]

李鉴龙《西湖》诗：

花柳曾闻暗六桥，近来游舫甚萧条。
折残画阁堤边失，倒入山光波上摇。
秋水湖心眸一点，夜潭塔影黛双描。
兰亭感慨今移此[58]，痴对雷峰话寂寥。

【注释】

① 苏公堤：见卷三《西湖中路·十锦塘》注。

② 颍上：县名，属安徽省阜阳市，以地处颍水上游得名。颍上西湖，在城西，唐宋时，与杭州西湖齐名，有会老堂、清涟阁、画舫斋、湖心亭、宜远桥等十数处建筑，并有菱荷十里，杨柳盈岸，为憩游胜境。与杭州并称"杭颍"。

② "颍人"三句：见《王直方诗话》，句意"言其讼简"。内翰，苏轼于元祐六年知颍州，而在元祐四年，他曾以翰林学士知制诰兼侍读出知杭州，故称内翰。

④ 秦太虚：秦观（1049—1100），字太虚、少游，号淮海居士，高邮（今属江苏）人，苏门四学士之一，诗词俱佳，有《淮海集》，与苏轼谊兼师友。据《王直方诗话》，此诗当系其弟秦觏少章所作。

⑤ 菡萏：荷花的别名。

⑥ 启：旧时文体之一，泛指奏疏、公文、书函。

⑦ 两禁：北宋时，翰林学士直舍在皇宫北门（即文中"北扉"。）两侧，因以"两禁"指代翰林院。禁，宫禁。

⑧ 玷：此为自谦之词。　北扉：学士院（翰林院）的代称。沈括《梦溪笔谈·故事一》："唐制……又学士院北扉者，为其在浴堂之南，便于应召。"

⑨ 出典二邦：指苏轼出守杭、颍两州。

⑩ 葑泥：水塘沼泽干涸后的泥土。

⑪ 六桥：苏堤上有映波、锁澜、望山、压堤、东浦、跨虹六桥。

⑫ 漱啮：水的侵蚀。

⑬ 凌夷：同"陵夷"，由强而衰。此指平塌。

⑭ 成化：明宪宗朱见深的年号（1465—1487）。

⑮ 里湖：西湖上有苏白二堤，将湖面分为外湖、里湖、岳湖、西里湖、小南湖五个部分。

⑯ 正德三年：1508 年。

⑰ 杨孟瑛：见卷一《西湖北路·六贤祠》注。

⑱ 圮（pǐ）：倒塌。

⑲ 嘉靖十二年：1533 年。

⑳ 万历二年：1574 年。

㉑ 朱炳如：字稚文，衡阳（今属湖南）人，嘉靖进士，由御史出守泉州，好奖拔士类。历两浙运使、陕西布政使，以不附张居正罢官。

㉒ 崇祯：明毅宗朱由检的年号（1628—1644）。

㉓ 刘梦谦：罗山（今河南信阳）人，崇祯七年进士，十三年任杭州太守。其在任时"乡里抽丰者多寓西湖，日以民词馈送。有轻薄子改古诗诮之曰：'山不青山楼不楼，西湖歌舞一时休。暖风吹得死人臭，还把杭州送汴州。'可作西湖实录"（《陶庵梦忆·西湖香市》），他因此贬官。

㉔ 胜会：盛会。

㉕ 羊角灯：用羊角或牛蹄，经复杂工序制成，透明度仅次于玻璃灯。

㉖ 冶童：模样娇好的少年儿童。

㉗ 昧旦：天未全明之时。

㉘ 镌级：削减官阶。

㉙ 晡：申时，即午后三至五时。

㉚ 望湖亭：《西湖游览志》卷二："唐时在孤山之趾。宋时徙宝石峰，伪周平章张士信所建也。国初（明），复徙故趾。四面玲珑，夏饮最快。" 竹阁：见《西湖梦寻·六一泉》注。

㉛ 一鼓：晚七时至九时。 二鼓：晚九时至十一时。

㉜ 旷古：古来所无，空前。

㉝ 熙世：太平盛世。

㉞ 张京元：见卷一《西湖北路·岳王坟》注。

㉟ 阗塞：人满为患。

㊱ 李流芳：见卷一《西湖北路·西泠桥》注。

㊲ 淡描浓抹：化用苏轼《饮湖上初晴后雨》中"欲把西湖比西子，淡妆浓抹总相宜"句。

㊳ 董、巨：董源、巨然，五代两位开宗立派的山水画大师。

㊴ 小筑：杭州邹孟阳的寓所，为文学社团小筑社的活动场所，内有清晖阁。

㊵ 程孟旸：程嘉燧。见卷五《西湖外景·云居庵》注。

㊶ 信风：随时令变化，定期定向而来的风，即季候风。

㊷ 癸丑：万历四十一年(1613)。

㊸ 翠钿：翠玉打制的首饰，此指代妇女。

㊹ 女墙：矮墙。

㊺ 倅：任州府的副官，此指苏轼任杭州通判。

㊻ 腊日：农历十二月初八，俗称腊八节。祭祀祖先和诸神，祈求丰收吉祥。

㊼ 宝云：山名。在杭州葛岭初阳台东北，海拔118米。

㊽ 团蒲：亦作"蒲团"，蒲草编织的圆垫，多为僧人坐禅、跪拜所用。后亦作坐具。

㊾ 浮屠：此指佛塔。

㊿ 梦蘧蘧：用庄子梦蝶的典故。表示如梦似幻，亦梦亦真的境界。

(51) "作诗"二句：是苏轼关于诗歌创作要善于捕捉瞬息即逝的灵感的主张，与"兔起鹘落，少纵则逝"(《文与可画筼筜谷偃竹记》)的论述可互参。

(52) 王世贞：见卷一《西湖北路·六贤祠》注。

(53) 幰(xiǎn)：车上的帷幔。

(54) 夭矫：伸展屈曲而有气势。　苍旻(mín)：苍天。

(55) 飙开：此指狂奔。

(56) 颦：蹙眉、锁眉。

(57) 白舍人：白居易曾官中书舍人，故称。

(58) 兰亭：在浙江绍兴市西南兰渚山下，因东晋王羲之撰书的《兰亭集序》记述永和九年(353)三月三日与好友在此修禊的盛况而著称。

【评品】

鲁迅先生曾以陶渊明为例，说论人要全面，"倘有取舍，即非全人；更加抑扬，更离真实"(《且介亭杂文二集·"题未定"草·六》)。对苏轼亦当如是观。作者对其为人之狂放纵乐，心仪神往，故于文中津津乐道；而对其筑堤疏淤、捍潮溉田之惠民初衷则涉笔未多。据苏辙《亡兄子瞻端明墓志铭》:“公始至,浚茅山、盐桥二河,……复造堰闸以为湖水畜泄之限,然后潮不入市。且以余力复完六井,民稍获其利矣。公间至湖上,周视良久,曰:‘……若取葑田,积之湖中为长堤,以通南北,则葑田去,而行者便矣。’……乃取救荒之余,得钱粮以贯石数者万。复请于朝,得百僧度牒以募役者。堤成,植芙蓉杨柳其上,望之如图画,杭人名之苏公堤。”其守徐州,洪水将没城,“城不沉者三板。公庐于城上,过家不入,使官吏分堵而守,卒完城以闻”。因此他离任之际,“家有画像,饮食必祝,又作生祠以报”。不然,如刘梦谦辈,只知纵饮高歌,箫管笙歌,沉沉昧旦,则削职降级,犹嫌其轻,何足道哉。又古人重视绿化美化环境,“令犯罪轻者种桃柳为赎”不失为一举两得的德政。

湖心亭

湖心亭旧为湖心寺①,湖中三塔,此其一也。明弘治间②,按察司佥事阴子淑秉宪甚厉③。寺僧怙镇守中官④,杜门不纳官长。阴廉其奸事⑤,毁之,并去其塔。嘉靖三十一年,太守孙孟寻遗迹⑥,建亭其上。露台亩许,周以石栏,湖山胜概,一览无遗。数年寻圮⑦。万历四年⑧,佥事徐廷祼重建⑨。二十八年⑩,司礼监孙东瀛改为清喜阁⑪,金碧辉煌,规模壮丽,游人望之如海市蜃楼⑫。烟云吞吐,恐滕王阁、岳阳楼俱无甚伟观也⑬。春时,山景、睺罗、书画、古董⑭,盈砌盈阶,喧阗扰嚷⑮,声息不辨。夜月登此,阒寂凄凉⑯,如入鲛宫海藏⑰。月光晶沁,水气滃之⑱,人稀地僻,不可久留。

张京元《湖心亭小记》⑲:

湖心亭雄丽空阔。时晚照在山,倒射水面,新月挂东,所不满者半规⑳,金盘玉饼,与夕阳彩翠重轮交网,不觉狂叫欲绝。恨亭中四字匾、隔句对联，填楣盈栋，安得借咸阳一炬[21]，了此业障[22]。

张岱《湖心亭小记》：

崇祯五年十二月[23]，余住西湖。大雪三日，湖中人鸟声俱绝。是日更定矣[24]，余拏一小舟，拥毳衣炉火[25]，独往湖心亭看雪。雾凇沆砀[26]，天与云、与山、与水，上下一白。湖上影子，惟长堤一痕[27]，湖心亭一点，与余舟一芥[28]，舟中人两三粒而已。到亭上，有两人铺毡对坐，一童子烧酒，炉正沸。见余大惊喜，曰："湖中焉得更有此人！"拉余同饮。余强饮三大白而别[29]。问其姓氏，是金陵人[30]，客此。及下船，舟子喃喃曰："莫说相公痴，更有痴似相公者。"

胡来朝《湖心亭柱铭》：

四季笙歌，尚有穷民悲夜月。

六桥花柳，深无隙地种桑麻。

郑烨《湖心亭柱铭》：

亭立湖心，俨西子载扁舟，雅称雨奇晴好。

席开水面，恍东坡游赤壁[31]，偏宜月白风清。

张岱《清喜阁柱对》：

如月当空，偶似微云点河汉。

在人为目，且将秋水剪瞳神。

【注释】

① 湖心亭：《西湖游览志》卷二："湖中旧有三塔、湖心寺，并废。三塔俱在外湖，三坻鼎立。"则湖心寺并非三塔之一，与本文所说不一。又据《名胜词典》："湖心亭，在西湖中，初名振鹭亭，又称清熹阁，始建于明嘉靖三十一年，明万历后才称湖心亭。"

② 弘治：明孝宗朱祐樘的年号(1488—1505)。

③ 按察司：分查各级官吏，纠弹不法的衙门。　佥事：官名。协理司事。阴子淑：字宗孟，湖北崇阳县人，徙居四川内江。成化壬辰(1472)进士，十五年(1479)知荆门州。性情耿直，刚正不阿，爱民如子。州人有《循良十咏》诗赞

美他。后升任江西宪司、贵州按察使司副使。《西湖游览志》卷二:“皇明弘治间,佥事阴子淑者,秉宪甚厉。时湖心寺僧倚怙镇守中官,不容官长以酒肴入。阴公大怒,廉其奸事,立毁之,并去其塔。” 秉宪甚厉:执法颇严。

④ 怙:仗恃。 中官:太监。

⑤ 廉:考察,查访。

⑥ “太守孙孟”句:明嘉靖三十一年(1552),杭州知府孙孟在西湖三塔中的北塔遗址建“振鹭亭”,后改“清喜阁”,即现湖中三岛之一的“湖心亭”。

⑦ 寻圮:不久便坍塌。

⑧ 万历四年:1576 年。

⑨ 徐廷祼:字士敏,号少浦,江苏太仓人,明嘉靖三十八年(1559 年)进士,授浚县知县,擢升议曹,出为浙江布政司参议,致仕,历任皆有政声。晚年购长洲文定公吴宽东庄废址治之,另起名“选乐园”,以后遂举家迁往长洲定居。

⑩ 二十八年:1600 年。

⑪ 孙东瀛:太监孙隆。见卷一《西湖总记·明圣二湖》注。

⑫ 海市蜃楼:海中因日光折射、水气蒸发等原因而形成的幻景。

⑬ 滕王阁:在今江西南昌赣江边,系唐永徽四年,太宗李世民之弟、滕王李元婴都督洪州(今南昌)时营建,因以为名。后屡毁屡建。 岳阳楼:在洞庭湖畔岳阳市西门城楼上,相传为三国吴鲁肃的阅兵台遗址。宋滕子京谪守巴陵郡,于庆历五年重修,由范仲淹撰《岳阳楼记》。

⑭ 睺罗:即摩睺罗。宋元习俗,七夕供一孩童土偶,名摩睺罗。吴自牧《梦粱录》卷四《七夕》云:“内廷与贵宅皆塑卖磨喝乐,又名摩睺罗孩儿。悉以土木雕塑,更以造彩装襕座,用碧纱罩笼之,下以桌面架之,用青绿销金桌衣围护。或以金玉珠翠装饰尤佳。”周密《武林旧事》卷三《乞巧》:“七夕节物,多尚果食、茜鸡,及泥孩儿号摩睺罗,有极精巧,饰以金珠者。”

⑮ 喧阗:喧闹声。

⑯ 阒寂:寂静。

⑰ 鲛:通“蛟”,传说中的龙。

⑱ 滃:腾涌弥漫貌。

⑲ 张京元:见卷一《西湖北路·岳王坟》注。

⑳ 半规:半圆。

㉑ 咸阳一炬:指西楚霸王项羽攻占秦都咸阳后,将阿房宫付诸一炬。

㉒ 业障:佛教指妨碍修行的罪恶。

㉓ 崇祯五年:1632 年。

㉔ 更定:古时将一夜分成五更,每更约两小时。此指初更(晚七点时分)。

㉕ 毳(cuì)衣:皮衣。毳,鸟兽的细毛。

㉖ 雾淞:冬季或初春,雾或细雨附着于地表或物体表面的冻结物,似雾似雪,色白,质松脆。"淞"同"凇"。　沆砀(hàng dàng):白色之貌。

㉗ 一痕:一道,一条。

㉘ 芥:小草。引申为细微的事物。

㉙ 大白:大酒杯。

㉚ 金陵:今江苏南京市。

㉛ "恍东坡游赤壁"二句:苏轼《后赤壁赋》:"有客无酒,有酒无肴,月白风清,如此良夜何?"

【评品】

本文记述湖心亭之兴废变迁。谓"游人望之如海市蜃楼,烟云吞吐,恐滕王阁、岳阳楼俱无甚伟观也",形容夸张,昼夜闹静的对比,相得益彰。

放生池

宋时有放生碑①,在宝石山下②。盖天禧四年,王钦若请以西湖为放生池③,禁民网捕,郡守王随为之立碑也④。今之放生池,在湖心亭之南⑤。外有重堤,朱栏屈曲,桥跨如虹,草树蓊翳,尤更岑寂。古云三潭印月⑥,即其地也。春时游舫如鹜⑦,至其地者,百不得一。其中佛舍甚精,复阁重楼,迷禽暗日,威仪肃洁,器钵无声。但恨鱼牢幽闭,涨腻不流⑧,刿鬐缺鳞⑨,头大尾瘠,鱼若能言,其苦万状。以理揆之⑩,孰若纵壑开樊,听其游泳,则物性自遂,深恨俗僧难与解释耳。昔年余到云栖⑪,见鸡鹅豚羖⑫,共牢饥饿,日夕挨挤,堕水死者不计其数。余向莲池师再四疏说⑬,亦谓未能免俗,聊复尔尔⑭。后见兔鹿猢狲亦受禁锁,余曰:"鸡凫豚羖，皆藉食于人，若兔鹿猢狲，放之山林，皆能自食，何苦锁禁，待以胥縻[15]。"莲师大笑，悉为撤禁，听其所之，见者大快。

陶望龄《放生池》诗[16]：

介卢晓牛鸣，冶长识雀哕[17]。
吾愿天耳通，达此音声类。
群鱼泣妻妾，鸡鹜呼弟妹。
不独死可哀，生离亦可慨。
闽语既嘤咿，吴听了难会[18]。
宁闻闽人肉，忍作吴人脍。
可怜登陆鱼，唅喁向人诉[19]。
人曰鱼口喑[20]，鱼言人耳背。
何当破网罗，施之以无畏。

昔有二勇者，操刀相与酤。
曰子我肉也，奚更求食乎。
互割还互啖，彼尽我亦屠。
食彼同自食，举世嗤其愚。
还语血食人[21]，有以异此无？

吴越王钱镠于西湖上税渔[22]，名"使宅渔"。一日，罗隐入谒[23]，壁有磻溪垂钓图[24]，王命题之。题云："吕望当年展庙谟[25]，直钩钓国又何如？假令身住西湖上，也是应供使宅鱼。"王即罢渔税。

放生池柱对：

天地一网罟[26]，欲度众生谁解脱。
飞潜皆性命，但存此念即菩提[27]。

【注释】

① 放生碑：《西湖游览志》卷八："放生亭，在宝石山麓。宋天禧四年

(1020),王钦若请以西湖为放生池,禁民采捕,郡守王随为之记,有碑存焉。”

② 宝石山:《西湖游览志》卷八:“本名巨石山,高六十三丈,周一十三里。钱王封为寿星宝石山,罗隐为之记。”

③ 王钦若(962—1025):字定国,宋临江军新喻(今江西新余)人。真宗、仁宗朝曾任相,天禧三年出判杭州,为人奸邪、险伪,与丁谓等人交结,时人目为“五鬼”。

④ 王随(约975—1033):字子正,北宋河阳(今河南孟县)人。宋真宗时,以给事中知杭州,往兴教寺谒小寿禅师,机语契合,竟明大法。曾为长水子璇禅师之首楞严义疏注经作序,并删次《景德传灯录》三十卷为《传灯玉英集》十五卷行世。

⑤ 湖心亭:在西湖中,初名振鹭亭,又称清熹阁。始建于明嘉靖三十一年,明万历后才称湖心亭。

⑥ 三潭印月:三潭印月石塔在西湖中的小瀛洲前。苏轼守杭州时,开浚西湖在西湖上立三石塔为标志,禁止在此范围内种茭植菱以防淤积。旧传湖中有三深潭,故名。

⑦ 鹜:野鸭。

⑧ 涨腻:杜牧《阿房宫赋》:“渭水涨腻,弃脂水也。”状水中脂垢厚重,混浊不堪。

⑨ 刿(guì):刺伤。

⑩ 揆:思量,揣度。

⑪ 云栖:寺名。袁宏道《云栖小记》:“云栖,在五云山(按在城南二十里)。”本书卷五《云栖》:“云栖,宋熙宁间,有僧志逢者居此,能伏虎,世称伏虎禅师。天僖中,赐‘真济院’额。”而《西湖游览志》卷二十四云:“真际院,梁时普觉禅师结庵。天福中,赐额‘真际’。”未知孰是。

⑫ 羖(gǔ):黑色公羊。

⑬ 莲池师:见卷二《西湖西路·灵隐寺》“莲池”注。

⑭ “亦谓”二句:晋代习俗,七月七日晒衣。阮咸家贫,用竹竿挂大布衣、短裤,晒于庭中。对人说:“未能免俗,聊复尔耳。”见《世说新语·任诞》 免俗:言语行为不同于世俗。

⑮ 胥縻:即“胥靡”,古代服劳役的刑徒。一说刑名。

⑯ 陶望龄:见卷一《西湖北路·昭庆寺》注。

⑰ “介卢”二句:介卢,春秋时介国国君葛卢,能通牛语。冶长,春秋时齐

国人,孔子弟子、女婿,能通鸟语。《韩湘子全传》第二十五回“吕纯阳崔家托梦,张二妈韩府求亲”记韩夫人道:“我不是公冶长能辨鸟语,又不是葛介庐识得驴鸣。”

⑱ 吴听:此指吴语。　了:全然。　难会:难听懂。

⑲ 唵喁(yǎn yóng):鱼在水面张口呼吸的样子。　谇(suì):进谏。

⑳ 喑:不能说话。

㉑ 血食:宰生食肉。

㉒ 钱镠:见卷一《西湖北路·昭庆寺》注。

㉓ 罗隐(833—909):字昭谏,新城(今浙江富阳)人。屡试不第,后依钱镠,先后任钱塘令、节度判官、司勋郎中等。诗文善讽善谑,尖锐辛辣。有《罗昭谏集》。　入谒:拜见。

㉔ 磻溪:溪名,在今陕西宝鸡市东南,相传是姜太公吕尚垂钓的地方。传说他用直钩,不置鱼饵,声称不为钩鱼,专钓王侯。后受周文王礼聘,辅助文王灭纣建周。

㉕ 庙谟:庙谋。有关国家大计的谋略。

㉖ 网罟(gǔ):捕鱼捉鸟的工具。

㉗ 菩提:此指豁然开悟,臻于超凡脱俗的境界。

【评品】

名曰“放生池”,实则“鱼牢幽闭”,“鱼若能言,其苦万状”,无怪作者要一恨再恨。作者“以理揆之”,主张“纵壑开樊”,听凭鱼儿自由游泳;放兔鹿猢狲于山林,皆能自食,使“物性自遂”。此中颇有发人深思的哲理:“纵壑开樊”使“物性自遂”,自然界、人类社会的和谐之理寓于其中。

醉白楼

杭州刺史白乐天啸傲湖山时①,有野客赵羽者②,湖楼最畅,乐天常过其家,痛饮竟日,绝不分官民体③。羽得与乐天通往来,索其题楼,乐天即颜之曰“醉白”④,在茅家埠⑤,今改吴庄。一松苍翠,飞带如虬⑥,大有古色,真数百年物。当日白公,想定盘礴其下⑦。

倪元璐《醉白楼》诗⑧：

金沙深处白公堤，太守行春信马蹄⑨。
冶艳桃花供祇应⑩，迷离烟柳藉提携。
闲时风月为常主，到处鸥凫是小傒⑪。
野老偶然同一醉，山楼何必更留题。

【注释】

① 白乐天：白居易于长庆二年（822）至四年任杭州刺史。
② 野客：隐士。
③ 不分官民体：不拘官宦与庶民的礼仪体统。
④ 颜：门楣，匾额。此作动词“题额”讲。
⑤ 茅家埠：在大麦岭旁花家山。见《西湖游览志》卷四。
⑥ 虬：龙之无角者。
⑦ 盘礴：徘徊，流连。
⑧ 倪元璐：见卷一《西湖北路·岳王坟》注。
⑨ “太守”句：用白居易《钱塘湖春行》诗意。
⑩ 祇应：供奉、当差。
⑪ 小傒：童仆。

【评品】

白乐天曾作《醉吟先生传》自况，可与本文相参。其人之旷放乐天，不仅在“啸傲湖山”，“痛饮竟日”，而且在其“绝不分官民体”。

小青佛舍

小青①，广陵人②。十岁时遇老尼，口授《心经》③，一过成诵。尼曰：“是儿早慧福薄，乞付我作弟子。”母不许。

长好读书，解音律，善奕棋。误落武林富人④，为其小妇⑤。

大妇奇妒,凌逼万状。一日携小青往天竺⑥,大妇曰:“西方佛无量,乃世独礼大士⑦,何耶?”小青曰:“以慈悲故耳。”大妇笑曰:“我亦慈悲若⑧。”乃匿之孤山佛舍⑨,令一尼与俱。小青无事,辄临池自照,好与影语,絮絮如问答,人见辄止。故其诗有“瘦影自临春水照,卿须怜我我怜卿”之句⑩。后病瘵⑪,绝粒⑫,日饮梨汁少许,奄奄待尽。乃呼画师写照⑬,更换再三,都不谓似。

后画师注视良久,匠意妖纤⑭,乃曰:“是矣。”以梨酒供之榻前,连呼:“小青! 小青!”一恸而绝⑮,年仅十八。遗诗一帙⑯。

大妇闻其死,立至佛舍,索其图并诗焚之,遽去。

小青《拜慈云阁》诗:

稽首慈云大士前,莫生西土莫生天。
愿将一滴杨枝水,洒作人间并蒂莲⑰。

又《拜苏小小墓》诗:

西泠芳草绮粼粼⑱,内信传来唤踏青。
杯酒自浇苏小墓,可知妾是意中人⑲。

【注释】

① 小青:相传为明末杭州(与本文异)人冯玄玄,字小青。能诗,解音律。十六为冯千秋妾,受大妇妒斥,迁居孤山,抑郁而死。明吴炳《疗妒羹》、朱宗藩《小青娘风流院传奇》等均以此为题材。钱谦益《列朝诗集》谓本无其人,所传诗文,系好事者托名而作。

② 广陵:今江苏扬州。

③《心经》:即《般若波罗蜜多心经》的简称。心喻核心、精华。该经被认为是《般若经》的提要。

④ 武林:杭州西灵隐山又名武林,后多以指称杭州。

⑤ 小妇:妾。

⑥ 天竺:寺名,在杭州灵隐山飞来峰南。有上、中、下三座天竺寺。

⑦ 大士:菩萨的通称。此指观世音菩萨。

⑧ 若:像观音一样。

⑨ 孤山：在杭州西湖里、外湖之间，因一山孤耸，旁无附联而得名。白居易《钱塘湖春行》诗有“孤山寺北贾亭西”句。

⑩ “瘦影”二句：全诗为“新妆竟与画图争，知在昭阳第几名？瘦影自临春水照，卿须怜我我怜卿。”

⑪ 病瘵(zhài)：患肺结核。

⑫ 绝粒：绝食。

⑬ 写照：画像。

⑭ 妖纤：娇媚柔弱。

⑮ 恸：极度悲伤而痛哭。

⑯ 帙(zhì)：包书的套子。书一函称一帙。

⑰ 并蒂莲：莲花中的珍品，象征永结同心。

⑱ 粼粼：水滴露珠闪闪发光的样子。

⑲ 意中人：此指心相通、意相知的人。

【评品】

美好被毁灭，青春遭扼杀，作者所展示的是一幕人间悲剧。小青的临池自照，絮絮与影语，弥留之际的传神写照，其自怜自惜之心昭然可鉴。大妇之奇妒、阴险与歹毒，在她自比观音的狞笑中、匿小青于孤山佛舍和焚其图及诗的行动中，被刻画得活龙活现。正因为故事凄绝动人，所以被竞相编成戏剧，搬上舞台。

卷　四

西湖南路

柳　洲　亭

柳洲亭，宋初为丰乐楼[①]。高宗移汴民居杭地嘉、湖诸郡，时岁丰稔，建此楼以与民同乐，故名。门以左，孙东瀛建问水亭。高柳长堤，楼船画舫会合亭前，雁次相缀。朝则解维，暮则收缆。车马喧阗，驺从嘈杂[②]，一派人声，扰嚷不已。堤之东尽为三义庙。过小桥折而北，则吾大父之寄园、铨部戴斐君之别墅[③]。折而南，则钱麟武阁学、商等轩冢宰、祁世培柱史、余武贞殿撰、陈襄范掌科各家园亭[④]，鳞集于此。过此，则孝廉黄元辰之池上轩、富春周中翰之芙蓉园，比闾皆是[⑤]。今当兵燹之后，半椽不剩，瓦砾齐肩，蓬蒿满目。李文叔作《洛阳名园记》[⑥]，谓以名园之兴废，卜洛阳之盛衰；以洛阳之盛衰，卜天下之治乱。诚哉言也！余于甲午年[⑦]，偶涉于此，故宫离黍[⑧]，荆棘铜驼[⑨]，感慨悲伤，几效桑苎翁之游苕溪[⑩]，夜必恸哭而返。

张杰《柳洲亭》诗：

谁为鸿濛凿此陂[⑪]，涌金门外即瑶池[⑫]。
平沙水月三千顷，画舫笙歌十二时。
今古有诗难绝唱，乾坤无地可争奇。
溶溶漾漾年年绿[⑬]，销尽黄金总不知。

王思任《问水亭》诗[⑭]：

我来一清步，犹未拾寒烟。
灯外兼星外，沙边更槛边。

孤山供好月，高雁语空天。

辛苦西湖水，人还即熟眠。

赵汝愚《丰乐楼柳梢青》词[15]：

水月光中，烟霞影里，涌出楼台。空外笙箫，云间笑语，人在蓬莱[16]。　　天香暗逐风回，正十里荷花盛开[17]。买个小舟，山南游遍，山北归来。

【注释】

① 丰乐楼：《西湖游览志》卷八："出涌金门而北，为丰乐楼。丰乐楼，宋初为众乐亭，寻改耸翠楼。政和中，改今名。淳祐九年，安抚赵与篡（字德渊）重构之。瑰丽峥嵘，掩映图画。俯瞰平湖，千峰连环，一碧万顷。柳汀花坞，历历栏槛间。亭榭翚飞，远近映带。游桡冶骑，菱歌渔唱，往往会合于楼前。元末乃毁。嘉靖二十年，郡守陈公仕贤毁柳洲亭重建之，为宾使馆所，题曰柳洲别馆。馆后有楼，题曰丰乐，存旧迹也。"所记与本文年代有出入。

② 驺从：显贵出行，车前马后的侍从。驺，骑士，侍从。

③ 吾大父：即张岱祖父张汝霖。据作者《琅嬛文集》卷四《家传》："祖讳汝霖，号雨若。"先后任清江、广昌令，副山东，视学黔，参议广西，讨傜、僮乱。天启辛酉病归。　铨部：吏部以其司铨选官吏，故称。

④ 钱麟武：钱象坤，字弘载，号麟武，浙江会稽（今绍兴）人。万历进士，有文才。崇祯元年，任礼部尚书。次年，以守京城功兼东阁大学士。　商等轩：商周祚，字等轩，浙江会稽（今绍兴）人。万历进士，历任知县、给事中、兵部侍郎。崇祯十年，任左都御史，次年迁吏部尚书。以护复社忤旨，罢官。　冢宰：周朝六卿之一，后用以称吏部尚书。　祁世培：祁彪佳（1602—1645），字虎子，一字幼文，又字宏吉，号世培，别号远山主人，山阴（今绍兴）人。天启进士，崇祯四年，任御史，出按苏、松诸府。以侍养归家九年，召掌河南道事。福王监国，任大理寺丞、右佥都御史，巡抚江南。杭州失陷，赴池死。有《祁彪佳集》。柱史：柱下史，周秦官名。相当于汉以后的御史，以其所掌及侍立常在殿柱之下，故名。　余武贞：余煌，字武贞，会稽人。天启中进士第一，授修撰。鲁王监国绍兴，拜煌兵部尚书，督师。绍兴破，赴水死。　殿撰：状元的别称。因明清状元即授翰林院修撰，故称。　掌科：明代六科的掌印官，后称六科都给事中。详《大明会典》卷二百十三。

⑤ 比间：一个接一个的里间。古代二十五家为一间。

⑥ 李文叔：李格非，字文叔，北宋济南人，著名女词人李清照之父。熙宁进士，以文章受知于苏轼。绍圣间，通判广信军。历任著作佐郎、礼部员外郎、提点京东刑狱。著有《洛阳名园记》，其《书洛阳名园记后》一文云："且天下之治乱，候于洛阳之盛衰而知；洛阳之盛衰，候于园圃之废兴而得。"

⑦ 甲午年：清顺治十一年（1654）。

⑧ 故宫离黍：《诗经·王风·黍离》："彼黍离离"。谓西周亡后，周大夫过故宗庙宫室，尽为禾黍，彷徨不忍离去，乃作此诗。后用为感慨亡国触景生情之词。离，离离，茂盛貌。

⑨ 荆棘铜驼：西晋索靖有远识，至洛阳，见朝政紊乱，知天下将乱，因指宫门铜驼曰："会见汝在荆棘中耳。"见《晋书·索靖传》。后以此典故形容变乱后的残破景象。

⑩ 桑苎翁：唐代陆羽，字鸿渐，复州竟陵人。"上元初，更隐苕溪，自称桑苎翁，阖门著书。或独行野中，诵诗击木，徘徊不得意，或恸哭而归，故时谓今接舆也。"（《新唐书·隐逸传》） 苕溪：水名。源出浙江天目山，因水夹岸多苕花，秋时飘散水上如飞雪，故名。

⑪ 鸿濛：传说盘古开天辟地前，世界是一片混沌的元气，人们称之为鸿濛，称那个远古时代为鸿濛时代。 陂：池塘。

⑫ 涌金门：古代杭州西城门之一。吴越国文穆王钱元瓘于清泰三年（936）开凿涌金池，引西湖水入城，故建涌金门。池在城内。相传此处古代有金牛涌出，故名。 瑶池：古代传说中昆仑山上的仙池，西王母所居之处。此指西湖。

⑬ 溶溶漾漾：水势充沛，水波荡漾。

⑭ 王思任：见卷一《西湖北路·紫云洞》注。

⑮ 赵汝愚（1140—1196）：字子直，饶州余干人，赵宋宗室后裔。孝宗乾道二年（1166）中状元。官至右丞相。后为韩侂胄所谄，被贬，死途中。 柳梢青：词牌名，又名"陇头月"。四十九字，上下片各三平韵，下片第十二字宜用去声。别调有用仄韵者。

⑯ 蓬莱：传说中的海上三座仙山之一。

⑰ 十里荷花：用柳永《望海潮》词句。

【评品】

作者以李格非的《洛阳名园记》为例证，由柳洲亭今昔盛衰的对比，感慨往事不堪回首，寄寓了他故国离黍、荆棘铜驼的家破国亡之恨。结尾的穷途之恸，几于字血声泪。

灵芝寺

灵芝寺①，钱武肃王之故苑也②。地产灵芝，舍以为寺。至宋而规制寖宏③，高、孝两朝四临幸焉④。内有浮碧轩、依光堂，为新进士题名之所。元末毁，明永乐初僧竺源再造，万历二十二年重修⑤。余幼时至其中看牡丹，干高丈余，而花蕊烂熳，开至数千余朵，湖中夸为盛事。寺畔有显应观⑥，高宗以祀崔府君也。崔名子玉，唐贞观间为磁州滏阳令⑦，有异政，民生祠之⑧，既卒，为神。高宗为康王时，避金兵，走钜鹿，马毙，冒雨独行，路值三岐，莫知所往。忽有白马在道，鞚驭乘之，驰至崔祠，马忽不见。但见祠马赭汗如雨⑨，遂避宿祠中。梦神以杖击地，促其行。趋出门，马复在户，乘至斜桥，会耿仲南来迎⑩，策马过涧，见水即化。视之，乃崔府君祠中泥马也。及即位，立祠报德，累朝崇奉异常。六月六日是其生辰，游人阗塞。

张岱《灵芝寺》诗：

项羽曾悲骓不逝⑪，活马犹然如泥塑。
焉有泥马去如飞，等闲直至黄河渡⑫。
一堆龙骨蜕厓前⑬，迢递芒砀迷云路⑭。
茕茕一介走亡人⑮，身陷柏人脱然过⑯。
建炎尚是小朝廷⑰，百灵亦复加呵护⑱。

【注释】

① 灵芝寺：在杭州涌金门南。本文自开端至“僧竺源再造”与《西湖游览

志》卷三所载略同。

② 钱武肃王:见卷一《西湖北路·昭庆寺》注。

③ 寖:逐渐。

④ 临幸:古称帝后驾临为临幸。

⑤ 万历二十二年:1594 年。

⑥ 显应观:在灵芝寺畔。本文自“寺畔”至“见水即化”与《西湖游览志》卷三所载文字小异。

⑦ 磁州:今河北邯郸磁县。

⑧ 生祠:在世时即立祠奉祀之。

⑨ 赭汗:红褐色的汗。

⑩ 耿仲南:当作耿南仲(? —1129),字晞道,开封人。宋钦宗朝官至尚书左丞、门下侍郎,力主割地求和,出使河东,与金议割地。高宗即位,降授别驾,安置南雄州,卒于道。

⑪ “项羽”句:项羽兵败,遭遇四面楚歌时,曾歌曰:“力拔山兮气盖世,时不利兮骓不逝。骓不逝兮可奈何,虞兮虞兮奈若何!”(详《史记·项羽本纪》)

⑫ 等闲:状容易,不费力。

⑬ 蜕:此指死后留下的遗骨。

⑭ 迢递:遥远、曲折貌。　芒砀:山名,在今河南永城市。刘邦曾隐于此,后斩白蛇起义。

⑮ 茕茕:孤独貌。

⑯ 柏人:古地名。在今河北省柏乡县西南。《史记·张耳陈馀列传》:“汉八年,上从东垣还,过赵。贯高等乃壁人柏人,要之置厕。上过欲宿,心动,问曰:‘县名为何?’曰:‘柏人。’‘柏人者,迫于人也。’不宿而去。”后遂用为皇帝行止戒备的典故。　脱然:超脱无累。

⑰ 建炎:宋高宗赵构年号(1127—1130)。

⑱ 呵护:庇护。

【评品】

文章前半,述灵芝寺的建置、修葺,回忆幼时观赏牡丹的盛况。后半就寺畔显应观,详述崔子玉的故事。言其因“有异政,民生祠之”,事当不谬;显灵护驾,纯系传说,不过宋高宗自神其身世遭际得神护佑而已。

钱王祠[1]

钱镠，临安石鉴乡人，骁勇有谋略。壮而微，贩盐自活。

唐僖宗时，平浙寇王仙芝[2]，拒黄巢[3]，灭董昌[4]，积功自显。梁开平元年[5]，封镠为吴越王。有讽镠拒梁命者，镠笑曰："吾岂失一孙仲谋耶[6]！"遂受之。改其乡为临安县，军为锦衣军。是年，省茔垄[7]，延故老，旌钺鼓吹，振耀山谷。自昔游钓之所，尽蒙以锦绣，或树石至有封官爵者，旧贸盐担，亦裁锦韬之[8]。

一邻媪九十余，携壶泉迎于道左，镠下车亟拜。媪抚其背，以小字呼之曰："钱婆留，喜汝长成。"盖初生时，光怪满室，父惧，将沉于了溪，此媪苦留之，遂字焉。为牛酒大陈，以饮乡人；别张蜀锦为广幄，以饮乡妇。年上八十者饮金爵，百岁者饮玉爵。镠起劝酒，自唱还乡歌以娱宾，曰："玉节还乡兮挂锦衣，父老远近来相随。斗牛光起天无欺，吴越一王驷马归。"时将筑宫殿，望气者言："因故府大之，不过百年；填西湖之半，可得千年。"武肃笑曰："焉有千年而其中不出真主者乎？奈何困吾民为！"遂弗改造。宋熙宁间，苏子瞻守郡[9]，请以龙山废祠妙音院者，改为表忠观以祀之。今废。明嘉靖三十九年[10]，督抚胡宗宪建祠于灵芝寺址[11]，塑三世五王像[12]，春秋致祭，令其十九世孙德洪者守之[13]。郡守陈柯重镌表忠观碑记于祠[14]。

苏轼《表忠观碑记》：

熙宁十年十月戊子[15]，资政殿大学士、右谏议大夫、知杭州军事臣抃言[16]："故越国王钱氏坟庙，及其父、祖、妃、夫人、子孙之坟，在钱塘者二十有六，在临安者十有一，皆芜秽不治，父老过之，有流涕者。谨按：故武肃王镠，始以乡兵破走黄巢，名闻江淮。复以八都兵讨刘汉宏[17]，并越州以奉董昌，而自居于杭。及昌以越叛，则诛昌而并越，尽有浙东西之地，传其子文穆王元瓘[18]。至其孙忠献王仁佐[19]，遂破李景兵而取福州[20]。而仁佐之弟忠懿王俶又大出兵攻景[21]，以迎周世宗之师[22]，其后，卒以国入觐[23]。三世四王，与五代相为终始。天下大乱，豪杰蜂起，方是时，以数州之地盗名字者不可胜数，既覆其族，延及于无辜之民，罔有孑遗[24]。而吴越地方千里，带甲十万，铸山煮海，象犀珠玉之富甲于天下，然终不失臣节，贡献相望于道。是以其民至于老死不识兵革，四时嬉游，歌舞之声相闻，至于今不废。其有德于斯民甚厚。皇帝受命[25]，四方僭乱，以次削平。西蜀江南，负其险远，兵至城下，力屈势穷，然后束手。而河东刘氏百战守死[26]，以抗王师，积骸为城，洒血为池，竭天下之力，仅乃克之。独吴越不待告命，封府库，籍郡县，请吏于朝，视去国如传舍[27]，其有功于朝廷甚大。昔窦融以河西归汉[28]，光武诏右扶风修其父祖坟茔，祀以太牢[29]。今钱氏功德殆过于融，而未及百年，坟庙不治，行道伤嗟，甚非所以劝奖忠臣、慰答民心之义也。臣愿以龙山废佛寺曰妙音院者为观，使钱氏之孙为道士曰自然者居之。凡坟庙之在钱塘者，以付自然。其在临安者，以付其县之净土寺僧曰道微。岁各度其徒一人，使世掌之。籍其地之所入[30]，以时修其祠宇，封植其草木。有不治者，县令亟察之，甚者，易其人，庶几永终不堕，以称朝廷待钱氏之意。臣抃昧死以闻。”制曰：可。其妙音院赐改名表忠观。

铭曰：天目之山[31]，苕水出焉[32]。龙飞凤舞，萃于临安。笃生异人，绝类离群。奋挺大呼，从者如云。仰天誓江，月星晦蒙。强弩射潮[33]，江海为东。杀宏诛昌，奄在吴越。金券玉册，虎符龙节。大城其居，包络山川。左江右湖，控引岛蛮。岁时归休，以燕父老[34]。晔如神人，玉带球马。四十一年[35]，寅畏小心[36]。厥篚相望[37]，大贝南金[38]。五胡昏乱，罔堪托国。三王相承[39]，以符有德。既获所归，弗谋弗咨[40]。先王之志，我维行之。天祚忠孝㊶，世有爵邑。允文允武㊷，子孙千亿。帝谓守臣，治其祠坟。毋俾樵牧，愧其后昆㊸。龙山之阳，岿焉斯宫。匪私于钱，惟以劝忠。非忠无君，非孝无亲。凡百有位，视此刻文。

张岱《钱王祠》诗：

扼定东南十四州，五王并不事兜鍪㊹。
英雄球马朝天子，带砺山河拥冕旒㊺。
大树千株被锦绂，钱塘万弩射潮头。
五胡纷扰中华地，歌舞西湖近百秋。

又《钱王祠柱铭》：

力能分土，提乡兵杀宏诛昌；一十四州，鸡犬桑麻，撑住东南半壁。

志在顺天，求真主迎周归宋；九十八年，象犀筐篚，混同吴越一家。

【注释】

① 钱王祠：《西湖游览志》卷八："钱武肃王庙，王名镠，临安石鉴乡人。骁勇有智略，壮而微，贩盐自活。唐僖宗时，王仙芝寇两浙，命都将董昌讨镇之。镠属昌部，平朱直，拒黄巢，斩刘汉宏，累功拜杭州刺史。擒薛明，破徐福，加防御使，进苏、杭等州观察使。新作杭城，自秦望山，由夹城东亘江干，洎钱唐湖，霍山，范浦凡七十里。进镇海军节度使，封开国公。会董昌反越州，镠受诏讨灭之。进彭城郡王，加中书令，图形凌烟阁。名其营曰衣锦营，封其山曰衣锦山，改封越王，再改吴王。梁开平初，进封吴越王。筑捍海堤，建候潮、通江等门。时江涛怒啮，命强弩数百射之，涛为敛却，还击西陵。寻授天下兵马都元帅。后唐同光初，赐玉册金印。长兴二年卒，年八十三，谥武肃。"

② 王仙芝：唐末农民起义领袖，濮州（今山东鄄城北）人，贩私盐为生。875 年聚众起义，檄文指斥官贪赋重，得黄巢等响应，兵至数万。转战豫鄂，攻城略地。多次受朝廷诱降，以黄巢等反对，未果。878 年战死。

③ 黄巢：唐山东曹州人。贩盐出身，善骑射，喜任侠，屡举进士不第。875 年响应王仙芝起义。次年，阻仙芝降唐，分兵独立。仙芝死后，合其余部，转战

东南,攻克广州桂林等众至百万。大举北伐,陷洛阳长安即皇帝位,号大齐,883 年退出长安,次年败死。

④ 董昌:浙江临安南庄人。唐末任义胜军节度使,割据两浙,后自称大越罗平国皇帝。钱镠讨伐,数败之,被迫去帝号,纳降。半路为人灭族。

⑤ 梁开平元年:907 年。

⑥ 孙仲谋:三国时吴国国君孙权,字仲谋。

⑦ 省茔垄:归扫祖坟。

⑧ 韬:掩盖。

⑨ "宋熙宁"二句:苏轼于熙宁四年至七年通判杭州,后于元祐四年至六年任杭州太守。熙宁十年(1077),杭州郡守赵抃为钱镠建立"表忠观",以彰其功绩。苏轼称赞他有保卫两浙之功,并立《钱氏表忠观碑》于钱王祠侧,文共八幅。

⑩ 嘉靖三十九年:1560 年。

⑪ 胡宗宪(? —1565):字汝贞,号梅林。嘉靖进士,三十三年,巡按浙江,抗倭于嘉兴。三十五年,以兵部右侍郎总督浙江,诱杀通倭海盗徐海、陈东。三十九年,加太子太保,进兵部尚书。后以党附严嵩削职,入狱死。

⑫ 三世五王:指五代吴越国的五个君主,共三代人。即武肃王钱镠、镠子文穆王钱元瓘、元瓘第六子忠献王钱佐、第七子忠逊王钱倧、第九子忠懿王钱俶。

⑬ 十九世孙德洪者:钱德洪(1496—1574),名宽,号绪山,浙江余姚人。明朝中后期哲学家、思想家、教育家。拜王阳明为师,是王阳明的主要教学助手,在王阳明奉旨出征广西时主持中天阁讲席,人称为"王学教授师"。嘉靖十一年(1532)中进士后,在京任职;嘉靖二十年,因抗旨入狱,出狱后,于苏、浙、皖、赣、粤各地讲学,传播阳明学说,培养了大批王学中坚。据本文,其当为吴越王后裔。

⑭ 陈柯:字君则,福建闽县人,嘉靖二十九年(1550)进士。由户部郎转杭州知府。嘉靖三十九年在杭州知府任上重刻《表忠观碑》,此碑共四石八面,每石高 2. 24 米、宽 1. 04 米,后有陈柯的重刻题跋以及钱氏三十世孙、三十二世孙重修表忠观的题记。

⑮ 熙宁十年:1077 年。

⑯ 资政殿大学士:宋时由罢职宰相或辅臣充任,仅备顾问侍从,以示尊宠的虚衔官职。 谏议大夫:专掌讽谕规谏的官员。 抃:赵抃,字阅道。见卷

二《西湖西路·韬光庵》注。

⑰ 刘汉宏(？—886):山东兖州人。唐末义胜军节度使,割据军阀。屡败于钱镠。被擒后,镠亲斩其首。

⑱ 元瓘:钱元瓘(887—941),钱镠第七子,嗣吴越王位,在位十年,谥文穆。

⑲ 仁佐:原名钱弘佐(928—947),为避宋太祖之父赵弘殷之讳,史书改作"仁佐"。钱元瓘之子(苏《记》谓其"孙"误),袭封吴越国王,在位七年。谥忠献。

⑳ 李景:即南唐中主李璟,因臣事后周,避周讳而改为"景"。

㉑ 忠懿王俶:见卷一《西湖北路·保俶塔》注。

㉒ 周世宗:柴荣(921—959),在位六年。内富民,外强兵,西败后蜀,南败南唐,北破契丹。庙号世宗。

㉓ 以国入觐:指吴越先后臣服后周和宋,朝贡不绝。

㉔ 罔有孑遗:没有子孙遗存。孑遗,指遭战乱灾祸后残存的少数人。

㉕ 皇帝受命:指太祖赵匡胤荡平天下,建立宋朝。

㉖ 河东刘氏:指五代十国的北汉。刘崇据河东十余州在太原称帝,国号汉,史称北汉,时为公元951年。北汉英武帝刘继元,在位11年,以辽为援,得以幸存。宋太宗于太平兴国四年(979)亲征,溃辽灭北汉。

㉗ 传舍:古代供行人住宿或贵族供门客食宿的场所。

㉘ 窦融(前16—62):字周公,东汉扶风平陵(今陕西咸阳西北)人。王莽时曾平绿林、赤眉,拜波水将军。后归刘玄。刘玄败,被推为行河西五郡大将军。光武帝即位,遂决策归汉。从破隗嚣,封安丰侯,历大司空、将作大将,行卫尉事。为云台二十八将之一。

㉙ 祀以太牢:享用社稷宗庙最高的礼仪祭祀。　太牢:古代帝王祭祀社稷时,用牛、羊、豕为牺牲,称太牢。

㉚ 籍其地之所入:登记田产收入。

㉛ 天目:山名,在浙江临安市境内。有东西两峰,峰顶各有一池,故名天目。

㉜ 苕水:苕溪在浙江北部,为浙江八大水系之一。因秋天沿河流域盛长芦苇,芦花似雪,而当地人称芦花为"苕",故名。有东、西两大支流,同入太湖。此指源于浙江临安天目山的东苕溪。

㉝ 射潮:《宋史·河渠志》七:"浙江(即钱塘江)通大海,日受两潮。梁开

平中,钱武肃王始筑捍海塘,在候潮门外。潮水昼夜冲激,版筑不就。因命彊弩数百以射潮头,又致祷胥山祠。既而潮避钱塘……堤岸既固,民居乃奠。”

㉞ 燕:宴。

㉟ 四十一年:钱俶 947 年嗣位,988 年六十大寿,宋太宗遣使祝贺,当夜暴毙。

㊱ 寅畏:敬畏戒惧。

㊲ 厥篚:指贡品。《尚书·禹贡》:“厥贡漆丝,厥篚织文。”后以贡篚指进贡。

㊳ 大贝南金:《诗经·鲁颂·泮水》:“元龟象齿,大赂南金。”南金,南方出产的铜,后借指贵重之物、南方的俊才。

㊴ 三王相承:钱镠、钱元瓘、钱俶。

㊵ 弗谋弗咨:《尚书·大禹谟》:“无稽之言勿听,弗询之谋勿庸。”

㊶ 祚:福佑。

㊷ 允文允武:既能文,又能武。语出《诗经·鲁颂·泮水》。

㊸ 后昆:后嗣、子孙。

㊹ 兜鍪:士兵头盔,指代士兵。此指战争。

㊺ 带砺山河:黄河似带,泰山若砺(磨刀石)。喻时间久远,决心不变。冕旒:指代皇帝。

【评品】

钱王祠所祀为钱镠,故作者详述其生平。尤详于其受封吴越王后省茔垄、延故老、宴请赋诗之事,并仿刘邦称帝后还乡宴乡亲故友、赋《大风歌》的故事,颇有衣锦还乡、八面风光之意。其与九十老妪的一段因缘,事或出于稗史传闻。

净慈寺

净慈寺①,周显德元年钱王俶建②,号慧日永明院,迎衢州道潜禅师居之③。潜尝欲向王求金铸十八阿罗汉,未白也。王忽夜梦十八巨人随行。翌日,道潜以请,王异而许之,始作罗汉堂。宋建隆初④,禅师延寿以佛祖大意⑤,经纶正宗,撰《宗镜录》一百卷[6]，遂作宗镜堂。熙宁中，郡守陈襄延僧宗本居之[7]。岁旱，湖水尽涸。寺西隅甘泉出，有金色鳗鱼游焉，因凿井，寺僧千余人饮之不竭，名曰圆照井。南渡时，毁而复建，僧道容鸠工五岁始成。塑五百阿罗汉，以田字殿贮之[8]。绍兴九年[9]，改赐净慈报恩光化寺额。复毁。孝宗时，一僧募缘修殿，日餍酒肉而返，寺僧问其所募钱几何，曰："尽饱腹中矣。"募化三年，簿上布施金钱，一一开载明白。一日，大喊街头曰："吾造殿矣。"复置酒肴，大醉市中，揠喉大呕，撒地皆成黄金，众缘自是毕集，而寺遂落成。僧名济颠[10]。识者曰："是即永明后身也。"嘉泰间[11]，复毁，再建于嘉定三年[12]。寺故闳大，甲于湖山。翰林程珌记之[13]，有"湿红映地，飞翠侵霄，檐转鸾翎，阶排雁齿。星垂珠网，宝殿洞乎琉璃；日耀璇题[14]，金椽耸乎玳瑁"之语。时宰官建议，以京辅佛寺推次甲乙，尊表五山，为诸刹纲领，而净慈与焉。先是，寺僧艰汲，担水湖滨。绍定四年[15]，僧法薰以锡杖扣殿前地，出泉二派，甃为双井[16]，水得无缺。淳祐十年[17]，建千佛阁，理宗书"华严法界正偏知阁"八字赐之。元季，湖寺尽毁，而兹寺独存。明洪武间毁[18]，僧法净重建。正统间复毁[19]，僧宗妙复建。万历二十年[20]，司礼监孙隆重修，铸铁鼎，葺钟楼，构井亭，架棹楔。永乐间[21]，建文帝隐遁于此[22]，寺中有其遗像，状貌魁伟，迥异常人。

袁宏道《莲花洞小记》[23]：

莲花洞之前为居然亭。亭轩豁可望[24]，每一登览，则湖光献碧，须眉形影[25]，如落镜中。六桥杨柳[26]，一路牵风引浪，萧疏可爱。晴雨烟月，风景互异，净慈之绝胜处也。洞石玲珑若生，巧逾雕镂。余常谓吴山南屏一派皆石骨土肤[27]，中空四达，愈搜愈出。近若宋氏园亭，皆搜得者。又紫阳宫石[28]，为孙内使搜出者甚多[29]。噫，安得五丁神将[30]，挽钱塘江水，将尘泥洗尽，出其奇奥，当何如哉！

王思任《净慈寺》诗[31]：

净寺何年出，西湖长翠微。
佛雄香较细，云饱绿交肥。
岩竹支僧阁，泉花蹴客衣㉜。
酒家莲叶上，鸥鹭往来飞。

【注释】

① 净慈寺：净慈寺近城临湖，踞南山之胜。宋时为其鼎盛时期，人文荟萃，儒释交融，与灵隐寺相埒。南宋时为江南禅院“五山”之一。本篇“万历二十年”以上的文字，均由《西湖游览志》卷三约括而成；关于济颠的一段则为《西湖游览志》所无。

② 显德元年：954 年。 钱王俶（929—988），初名弘俶，字文德，钱镠之孙，吴越国王，948 年至 978 年在位。蠲免赋税，募民垦田，农业发达。宋太祖即位，称臣进贡不绝。太平兴国三年，纳土归宋，被封为淮海国王、邓王。

③ 衢州：今属浙江。 道潜（？—961）：五代法眼宗僧。河中府（山西）人，俗姓武。幼年出家，参谒法眼文益，参究多年，开悟后遍访诸方，止住衢州古寺阅藏。时受五代忠懿王钱氏之命，入府中授王菩萨戒，赐号“慈化定慧禅师”，王又建慧日永明寺，请其住持，加赐“应真”，僧众不下五百。建隆二年示寂，世寿不详。此道潜非苏轼的诗友参寥子。

④ 建隆：宋太祖赵匡胤的年号（960—963）。

⑤ 延寿：俗姓王，字冲元，唐末五代僧。自幼习儒，怀经世济国之抱负，先后任库吏及镇将，于此间悟得世事无常之理，三十岁出家，之后随德韶禅师学习禅定，并于国清寺修行法华忏，有所感悟，于是朝晚施食鬼神，诵读法华，勤修净业。建隆二年（961）应吴越王钱俶之请，驻锡永明寺，倡禅净双修，指心为宗，四众钦服，被奉为中国净土宗六祖。他所开创的禅净双修，使净土宗普及于民间。其所著《万善同归集》、《四料简》等，为后世净土宗之典籍。

⑥《宗镜录》：佛籍名。五代永明寺僧延寿所集，一百卷。延寿是法眼宗德绍的弟子，他召集法相宗、华严宗、天台宗三家讲教的人，分居博览，互相质疑，最后由他统一各家之说而以禅理为准，加以评定，编为此书。

⑦ 陈襄（1017—1080）：北宋理学家、“海滨四先生”之首，仁宗、神宗时期名臣。字述古，侯官（今福建福州）人，与郑穆、陈烈、周希孟并称“古灵四先

生”，著有《古灵集》二十五卷传世。《乾道临安志》载其于熙宁五年（1072）五月知杭州。　僧宗本（1020—1099）：常州无锡人，俗姓管，字无哲。元丰五年（1082），受神宗之诏，为相国寺慧林禅刹第一祖，诏赐“圆照禅师”。著有《元直指集》二卷、《慧辨录（别录）》一卷。

⑧ “南渡时”五句：宋高宗诏命湖州佛智寺道容来杭净慈寺，主持重建殿宇，先塑十六应真像，再依据《涅槃经》塑五百罗汉，据说塑像都出一僧之手，而仪貌各异，神气如生，像塑成而僧化去；所建田字殿，为江南佛寺之首创，田字形平面供奉众罗汉像都面向信众，采光较好，便于参拜礼佛，是佛教中的特殊建筑。节度使曹勋为此撰记称该寺重建后“金碧辉煌，华梵绚丽，行都道场之盛，特冠诸山”。

⑨ 绍兴九年：1139 年。

⑩ 济颠：道济（1148—1129），南宋僧人，原名李心远，世称济公。据《北硐集》卷十、《净慈寺志》卷十，载其为台州（今浙江临海）人，初于灵隐出家，后移住净慈寺。不守戒律，嗜好酒肉，举止如癫如狂。佛教徒将他神化为罗汉，民间关于他的传说故事甚多。

⑪ 嘉泰：宋宁宗赵扩的年号（1201—1204）。

⑫ 嘉定三年：1210 年，《西湖游览志》卷三作“嘉定十三年”。

⑬ 程珌：字怀古，南宋休宁（今属安徽）人。先世居洺水，因自号洺水遗民。绍熙进士，累官礼部尚书、端明殿学士。

⑭ 璇题：美玉为饰的题额。

⑮ 绍定四年：1231 年。

⑯ 甃：即“锹”。据《西湖游览志》卷三当作“甃”，以砖砌井。

⑰ 淳祐十年：1250 年。

⑱ 洪武：明太祖朱元璋的年号（1368—1398）。

⑲ 正统：明英宗朱祁镇的年号（1436—1449）。

⑳ 万历二十年：1592 年。

㉑ 永乐：明成祖朱棣的年号（1403—1424）。

㉒ 建文帝：朱允炆（1377—1402），明太祖孙，朱标次子，洪武二十五年立为皇太孙，三十一年即帝位，改元建文，行宽政，后为燕王朱棣所败，一说自焚身死，一说出亡为僧。

㉓ 袁宏道：见卷一《西湖总记·明圣二湖》注。

㉔ 轩豁：高敞开阔。

㉕ 须眉：喻细微。　形影：水中倒映身影。

㉖ 六桥：见卷三《西湖中路·苏公堤》注。

㉗ 吴山：见卷五《西湖外景·城隍庙》注。　南屏：见卷一《西湖总记·明圣二湖》附注。

㉘ 紫阳宫：见卷五《西湖外景·紫阳庵》注。

㉙ 孙内使：明太监孙隆。见卷一《西湖总记·明圣二湖》注。

㉚ 五丁神将：传说中能开山筑路的力士。

㉛ 王思任：见卷一《西湖北路·紫云洞》注。

㉜ 蹴：踢，踏。此指沾惹。

【评品】

本文大多取材于《西湖游览志》卷三，而济颠一节则采自民间传说。其中梦兆灵验之说，虽属无稽，却也生动。

小蓬莱

小蓬莱在雷峰塔右①，宋内侍甘升园也②。奇峰如云，古木蓊蔚，理宗常临幸。有御爱松，盖数百年物也。自古称为小蓬莱。石上有宋刻“青云岩”、“鳌峰”等字。今为黄贞父先生读书之地③，改名“寓林”，题其石为“奔云”。余谓“奔云”得其情，未得其理。石如滇茶一朵④，风雨落之，半入泥土，花瓣棱棱，三四层折。人走其中，如蝶入花心，无须不缀。色黝黑如英石⑤，而苔藓之古，如商彝周鼎入土千年⑥，青绿彻骨也。贞父先生为文章宗匠，门人数百人。一时知名士，无不出其门下者。余幼时从大父访先生⑦。先生面黧黑，多髭须，毛颊，河目海口，眉棱鼻梁，张口多笑。交际酬酢，八面应之。耳聆客言，目睹来牍，手书回札，口嘱傒奴，杂沓于前，未尝少错。客至，无贵贱，便肉、便饭食之，夜即与同榻。余一书记往，颇秽恶，先生寝食之无异也。天启丙寅⑧，余至寓林，亭榭倾圮，堂中窀先生遗蜕⑨，不胜人琴之感⑩。今当丁酉⑪，再至其地，墙围俱倒，竟成瓦砾之场。余欲筑室于此，以为东坡先生专祠，往鬻其地⑫,而主人不肯。但林木俱无,苔藓尽剥。“奔云”一石,亦残缺失次,十去其五。数年之后,必鞠为茂草⑬,荡为冷烟矣。菊水桃源⑭,付之一想。

张岱《小蓬莱奔云石》诗:

滇茶初着花,忽为风雨落。
簇簇起波棱⑮,层层界轮廓⑯。
如蝶缀花心,步步堪咀嚼。
薜萝杂松楸⑰,阴翳罩轻幕。
色同黑漆古,苔斑解竹箨⑱。
土绣鼎彝文⑲,翡翠兼丹雘⑳。
雕琢真鬼工,仍然归浑朴。
须得十年许,解衣恣盘礴㉑。
况遇主人贤,胸中有丘壑㉒。
此石是寒山㉓,吾语尔能诺。

【注释】

① 小蓬莱:《西湖游览志》卷三:“甘园在净慈寺对,旧为内侍甘升之园,又名湖曲园。理宗尝临幸。有御爱松、望湖亭、小蓬莱、西湖一曲。”则“小蓬莱”为甘园之一景,作者用以指代甘园。

② 甘升:即甘昪,南宋内侍省押班。乾道(1165—1173)中,孝宗颇亲信之,昪以此用事二十年,招权市贿,士大夫无耻者争附之。帝察其奸,籍其赀,废死。

③ 黄贞父:黄汝亨(1558—1626),字贞父,号寓庸居士,仁和(今浙江杭州)人。万历二十六年进士,历任进贤知县、南京工部主事、礼部郎中、江西布政司参议。后结庐南屏山,有《寓林集》。

④ 滇茶:云南山茶花。张岱《夜航船·植物部》:“色似瓛红,大如茶碗。”

⑤ 英石:广东英德县溪中所产之石。有微青、微灰黑、浅绿、纯白数色。形如峰峦耸拔,以“皱、瘦、漏、透”俱备者最佳。

⑥ 彝:古代酒具,又作古代宗庙祭器总称。

⑦ 大父：张岱祖父张汝霖，号雨若，官至广西参议。（详《琅嬛文集》卷四《家传》）

⑧ 天启丙寅：1626 年。

⑨ 窀（zhūn）：埋葬。　遗蜕：骸骨。佛道谓人死如蝉脱壳。

⑩ 人琴之感：悼念亡友之意。《世说新语·伤逝》："王子猷（徽之）、子敬（献之）俱病笃，而子敬先亡。子猷……来奔丧……便径入坐灵床上，取子敬琴弹，弦既不调，掷地云：'子敬子敬，人琴俱亡。'"

⑪ 丁酉：顺治十四年（1657）。

⑫ 鬻：买。

⑬ 鞠为茂草：语出《诗经·小雅·小弁》。鞠，通"鞫"，穷尽。

⑭ 菊水：水名，在今河南内乡县西北，据传饮之能延年益寿（见《艺文类聚》卷八十一《风俗通》）。《陈书·徐陵传》："政恐南阳菊水，竟不延龄；东海桑田，无由可望。"　桃源：世外桃源。见陶渊明《桃花源记》。其地据传在今湖南桃源县。

⑮ 簇簇：团团。

⑯ 界：分。

⑰ 薜萝：薜荔与女萝，两种野生攀缘于山野林木屋宇之上的植物。

⑱ 竹箨（tuò）：竹壳。

⑲ 鼎彝文：刻于钟鼎上的金文。

⑳ 丹雘（huò）：红色颜料。

㉑ 盘礴：此指留恋徜徉。

㉒ 胸中有丘壑：比喻对事物的处置心中有数。

㉓ 寒山：唐代隐于浙东天台山的诗僧。

【评品】

文章以小蓬莱起，以菊水桃源结。明末清初，作者几至其地，对园之兴废，人之存亡，感慨兴衰隆替，不胜人琴之感；空想菊水桃源，隐含亡国之痛。中间因园写人，对先辈黄汝亨虽着墨不多，但其音容笑貌，为人之任性率真、敏赡通脱，已历历如绘。

雷峰塔

雷峰者①，南屏山之支麓也。穹窿回映，旧名中峰，亦名回峰。

宋有雷就者居之，故名雷峰。吴越王于此建塔，始以十三级为准，拟高千尺。后财力不敷，止建七级。古称王妃塔。元末失火，仅存塔心。雷峰夕照，遂为西湖十景之一[2]。曾见李长蘅题画有云[3]：“吾友闻子将尝言[4]：‘湖上两浮屠[5]，保俶如美人[6]，雷峰如老衲[7]。’予极赏之。辛亥在小筑[8]，与沈方回池上看荷花，辄作一诗，中有句云‘雷峰倚天如醉翁’。严印持见之[9]，跃然曰：‘子将老衲不如子醉翁，尤得其情态也。’盖余在湖上山楼，朝夕与雷峰相对，而暮山紫气，此翁颓然其间，尤为醉心。然予诗落句云：‘此翁情淡如烟水。’则未尝不以子将老衲之言为宗耳。癸丑十月醉后题[10]。”

林逋《雷峰》诗[11]：

中峰一径分，盘折上幽云。
夕照前林见，秋涛隔岸闻。
长松标古翠，疏竹动微薰[12]。
自爱苏门啸[13]，怀贤事不群。

张岱《雷峰塔》诗：

闻子状雷峰，老僧挂偏裰[14]。
日日看西湖，一生看不足。

时有薰风至，西湖是酒床。
醉翁潦倒立，一口吸西江。

惨淡一雷峰，如何擅夕照。
遍体是烟霞，掀髯复长啸。

怪石集南屏[15]，寓林为其窟。
岂是米襄阳[16]，端严具袍笏[17]。

【注释】

① 雷峰:《西湖游览志》卷三:“雷峰者,南屏山之支脉也。穹窿回映,旧名中峰,亦曰回峰。宋有道士徐立之居此,号回峰先生。或云有雷就者居之,故又名雷峰。吴越王妃于此建塔,始以千尺十三层为率,寻以财力未充,故建七级,后复以风水家言,止存五级,俗称王妃塔。”

② 西湖十景:“西湖十景”之称,最早出现于宋宁宗时画院画师的山水画题名,具体所指,历代不同。

③ 李长蘅:李流芳(1575—1629),字长蘅,号沧庵、慎娱居士,嘉定(今属上海)人。万历举人,气节耿介,不满于时政腐败,寓居杭州皋亭山。工诗,擅书画篆刻,与程嘉燧等并称“嘉定四先生”。著有《檀园集》。本文引自其《西湖卧游册跋语·雷峰暝色图》。

④ 闻子将:闻启祥,字子将。博览群书,工制举业,尝入京师,已及国门,忽意不自得,趣车径返,后屡征不赴。著有《自娱斋稿》。

⑤ 浮屠:塔。

⑥ 保俶:见卷一《西湖北路·保俶塔》注。

⑦ 老衲:老僧。僧衣叫衲衣。

⑧ 辛亥:指万历三十九年(1611)。 小筑:邹孟阳兄弟在杭州西湖畔的寓所。为文学社团《小筑》社的活动场所,李流芳为成员之一。

⑨ 严印持:严调御,字印持,武林(杭州)人。钱谦益为印持《琴述》作序,称“其人博雅好古,能琴善书”。为其《废翁诗稿》作序,称其“以高才为诸生祭酒,穷困以死”(《初学集》卷三十三)。

⑩ 癸丑:万历四十一年(1613)。

⑪ 林逋:见卷一《西湖北路·六贤祠》注。

⑫ 薰:花草的香气。

⑬ 苏门啸:西晋阮籍于苏门山遇孙登,与其商略终古及栖神导气之术,孙登皆不应。籍因此长啸而退。至半山,闻若鸾凤之音,回响于岩谷,乃登之啸也(详《晋书·阮籍传》)。后以“苏门啸”指啸咏,喻高士情趣。

⑭ 挂偏裻(dú):即披袈裟。偏裻,偏衣。裻,衣背缝。

⑮ 南屏:见卷一《西湖总记·明圣二湖》“南屏晚钟”注。

⑯ 米襄阳:米芾(1051—1107)北宋著名书画家。祖籍太原,迁居襄阳。世称“米襄阳”、“米颠”。擅水墨山水,人称“米氏云山”。

⑰ 袍笏:官员的朝服和手板。

【评品】

人之于物，多以全为善为美；殊不知亦有以残缺为佳为美者，西方之维纳斯塑像、中国之雷峰夕照，即为其证。作者之文，引李流芳之题跋，将雷峰比之老衲，比之醉翁，各有会心；亦善于引导读者，与其共赏偕评。

包衙庄

西湖之船有楼，实包副使涵所创为之①。大小三号：头号置歌筵，储歌童；次载书画；再次侑美人②。涵老以声伎非侍妾比，仿石季伦、宋子京家法③，都令见客。常靓妆走马，媻姗勃窣④，穿柳过之，以为笑乐。明槛绮疏，曼讴其下⑤，擫籥弹筝⑥，声如莺试。客至，则歌童演剧，队舞鼓吹，无不绝伦。乘兴一出，住必浃旬⑦，观者相逐，问其所止。南园在雷峰塔下⑧，北园在飞来峰下⑨。两地皆石薮⑩，积牒磊砢⑪，无非奇峭。但亦借作溪涧桥梁，不于山上叠山，大有文理。大厅以拱斗抬梁，偷其中间四柱⑫，队舞狮子甚畅。北园作八卦房，园亭如规，分作八格，形如扇面。当其狭处，横亘一床，帐前后开合，下里帐则床向外，下外帐则床向内。涵老居其中，扃上开明窗，焚香倚枕，则八床面面皆出。穷奢极欲，老于西湖者二十年。金谷、郿坞⑬，着一毫寒俭不得，索性繁华到底，亦杭州人所谓“左右是左右”也⑭。西湖大家，何所不有，西子有时亦贮金屋⑮。咄咄书空⑯，则穷措大耳⑰。

陈函辉《南屏包庄》诗⑱：

独创楼船水上行，一天夜气识金银。
歌喉裂石惊鱼鸟，灯火分光入藻蘋。
潇洒西园出声伎⑲，豪华金谷集文人。
自来寂寞皆唐突⑳，虽是逋仙亦恨贫㉑。

【注释】

① 包副使涵所：作者祖父张汝霖之友包应登，字涵所，杭州人，官福建提学副使。《琅嬛文集》卷一《老饕集序》："余大父与武林涵所包先生、贞父黄先生为饮食社，讲求正味，著《饔史》四卷。"

② 偫（zhì）：储备。

③ 石季伦：石崇（249—300），字季伦，晋南皮人，历任散骑常侍、荆州刺史等职。于河阳置金谷园，与贵戚王恺、羊琇等以豪侈斗富相尚，后为孙秀所谮，被杀。　宋子京：宋祁，字子京，北宋安州安陆（今属湖北）人。天圣进士，累擢知制诰，翰林学士承旨，历知数州。其家多内宠，曾因奢侈过度，为台谏交劾。

④ 媻姗：缓行貌。　勃窣：摇曳貌。司马相如《子虚赋》："媻姗勃窣上金堤。"

⑤ 曼讴：轻柔地歌唱。

⑥ 擫（yè）：以指按捺乐器。　籥：古代管乐器。

⑦ 浃旬：十天。　浃：周匝。

⑧ 雷峰塔：在南屏山净慈寺前。详卷四《西湖南路·雷峰塔》。

⑨ 飞来峰：又名灵鹫峰，在灵隐寺前。见卷二《西湖西路·飞来峰》注。

⑩ 薮：比喻人或物聚集的地方。

⑪ 积牒：垒积，叠布。　磊砢：委积众多貌。

⑫ 偷：省减。

⑬ 金谷：园名。晋太康年间，石崇于洛阳市西北的金谷涧筑园，"有清泉茂林，众果竹柏，药草之属，莫不毕备。又有水碓、鱼池、土窟，其为娱目欢心之物备矣"（石崇《金谷诗叙》）。

⑭ 左右是左右：干脆、索性这样。

⑮ 西子：指西湖。　贮金屋：汉武帝为太子时，长公主欲以女配帝，问曰："阿娇好否？"帝曰："好！若得作妇，当作金屋贮之。"事见班固《汉武故事》。

⑯ 咄咄书空：晋殷浩被桓温废免，整天用手在空中写"咄咄怪事"四字。后来常用"咄咄怪事"形容出乎意外，令人惊异的事情。

⑰ 穷措大：旧时对贫穷读书人的讥称。

⑱ 陈函辉：原名炜，字木叔，号小寒山子，浙江临安人。崇祯七年（1641）进士，补靖江县令。明亡反清，事败，自缢而亡。善草书，擅诗文。与徐霞客交往，并为其作墓志铭。

⑲ 西园：三国魏邺都的西园，为魏文帝曹丕集文学侍臣赏月游宴之处。

后指代游宴地。

⑳ 唐突:莽撞,冒失。

㉑ 逋仙:林逋。

【评品】

作为世家子弟出身的作者,对于歌舞声色、园苑游宴等种种豪奢享受,都曾目击身历,故对包涵所的穷奢极欲,不仅刻画细腻,而且津津乐道;不仅"梦忆",而且"梦寻"(两书皆有此文)。明末官宦奢华纵欲如此,社稷焉得不亡。但文中所描绘的园林亭阁建筑之巧思精致,亦足供艺术鉴赏。

南高峰[1]

南高峰在南北诸山之界,羊肠佶屈[2],松篁葱蒨,非芒鞋布袜,努策支筇[3],不可陟也。塔居峰顶,晋天福间建[4],崇宁、乾道两度重修[5]。元季毁。旧七级,今存三级。塔中四望,则东瞰平芜,烟销日出,尽湖中之景。南俯大江,波涛洄洑,舟楫隐见杳霭间。西接岩窦[6],怪石翔舞,洞穴邃密。其侧有瑞应像,巧若鬼工。北瞩陵阜,陂陀曼延[7],箭栝丛出[8],麰麦连云[9]。山椒巨石屹如峨冠者[10],名先照坛,相传道者镇魔处。峰顶有钵盂潭、颖川泉,大旱不涸,大雨不盈。潭侧有白龙洞。

道隐《南高峰》诗[11]:

南北高峰两郁葱[12],朝朝滃浡海烟封[13]。
极颠螺髻飞云栈[14],半岭峨冠怪石供[15]。
三级浮屠巢老鹘[16],一泓清水豢痴龙[17]。
倘思济胜烦携具[18],布袜芒鞋策短筇。

【注释】

① 南高峰:在杭州烟霞岭西北,与北高峰对峙,构成“西湖十景”之一的“双峰插云”。山高256.9米,登临眺望,钱江若带,西湖似镜,杭州景色尽收眼底。本文所记与《西湖游览志》卷三,除个别字出入外,余尽相同。文中“三级”《西湖游览志》卷三作“五级”。

② 佶屈:曲折。

③ 努策支筇:用力扶竹杖。筇(qióng),竹名。

④ 天福:后晋高祖石敬瑭的年号(936—944)。

⑤ 崇宁:宋徽宗赵佶的年号(1102—1106)。　乾道:宋孝宗赵昚的年号(1165—1173)

⑥ 窦:洞穴。

⑦ 陂(pō)陀:不平坦。

⑧ 箭枥:泛指竹木。枥,同“栎”,木名。

⑨ 麰(móu):大麦。

⑩ 山椒:山顶。

⑪ 道隐:见卷二《西湖西路·玉泉寺》注。

⑫ 南北高峰:见卷二《西湖西路·北高峰》注。

⑬ 滃浡:云蒸雾涌貌。

⑭ 螺髻:盘曲似螺壳的发髻。　飞云栈:飞云似栈道。

⑮ 峨冠:高帽。

⑯ 浮屠:塔。　鹘(hú):隼。

⑰ 痴龙:刘义庆《幽明录》载,张华谓“羊为痴龙”。

⑱ “倘思”句:倘若想登攀胜境、又不想携带登山的器具。

【评品】

本文录自《西湖游览志》卷三。其中由塔中四望,“东瞰”、“南俯”、“西接”、“北瞩”,景色各异的描写,颇为生动:平芜烟销,则湖中之景可尽;江涛洄洑,则舟楫隐见;岩窦则“怪石翔舞,洞穴邃密”;陵阜则“箭枥丛出,麰麦连云”。可谓各尽其妙。

烟霞石屋①

由太子湾南折而上为石屋岭②。过岭为大仁禅寺③,寺左为烟霞石屋。屋高厂虚明，行迤二丈六尺，状如轩榭，可布几筵。洞上周镌罗汉五百十六身。其底邃窄通幽，阴翳杳霭。侧有蝙蝠洞[4]，蝙蝠大者如鸦，挂搭连牵，互衔其尾。粪作奇臭，古庙高梁，多受其累。会稽禹庙亦然[5]。由山椒右旋为新庵，王子安亹、陈章侯洪绶尝读书其中[6]。余往访之，见石如飞来峰[7]，初经洗出，洁不去肤，隽不伤骨，一洗杨髡凿佛之惨[8]。峭壁奇峰，忽露生面[9]，为之大快。建炎间[10]，里人避兵其内，数千人皆获免。岭下有水乐洞[11]，嘉泰间为杨郡王别圃[12]。垒石筑亭，结构精雅。年久芜秽不治，水乐绝响。贾秋壑以厚直得之[13]，命寺僧深求水乐所以兴废者，不得其说。一日，秋壑往游，俯睨旁听，悠然有会，曰："谷虚而后能应，水激而后能响，今水潴其中，土壅其外，欲其发响，得乎？"亟命疏壅导潴，有声从洞涧出，节奏自然。二百年胜概，一日始复。乃筑亭，以所得东坡真迹，刻置其上。

苏轼《水乐洞小记》：

钱塘东南有水乐洞，泉流岩中，皆自然宫商[14]。又自灵隐、下天竺而上，至上天竺[15]，溪行两山间，巨石磊磊如牛羊，其声空砻然[16]，真若钟鼓，乃知庄生所谓天籁[17]，盖无在不有也。

袁宏道《烟霞洞小记》[18]：

烟霞洞，亦古亦幽，凉沁入骨，乳汁涔涔下[19]。石屋虚明开朗，如一片云[20]，欹侧而立[21]，又如轩榭[22]，可布几筵。余凡两过石屋，为佣奴所据，嘈杂若市，俱不得意而归。

张京元《石屋小记》[23]：

石屋寺，寺卑下无可观。岩下石龛[24]，方广十笏[25]，遂以屋称。屋内，好事者置一石榻，可坐。四旁刻石像如傀儡，殊不雅驯[26]。想以幽僻得名耳。出石屋西，上下山坡夹道皆丛桂，秋时着花，香闻数十里，堪称金粟世界[27]。

又《烟霞寺小记》：

烟霞寺在山上，亦荒落，系中贵孙隆易创[28]，颇新整。殿后开宕取土，石骨尽出，巉峭可观。由殿右稍上两三盘，经象鼻峰东折数十武[29]，为烟霞洞。洞外小亭踞之，望钱塘如带。李流芳《题烟霞春洞画》[30]：

从烟霞寺山门下眺，林壑窈窕[31]，非复人境。李花时尤奇，真琼林瑶岛也。犹记与闲孟、无际[32]，自法相寺至烟霞洞[33]，小憩亭子，渴甚，无从得酒。见两伧父携榼至[34]，闲孟口流涎，遽从乞饮，伧父不顾。予辈大怪。偶见梁间恶诗书一板上，乃抉而掷之。伧父踉跄而走。念此辄喷饭不已也[35]。

【注释】

① 烟霞石屋：烟霞与石屋，并非同一洞。烟霞洞，在南高峰下的烟霞岭上。后晋开运年间就已发现。洞深20多米，顶穹有倒悬的石钟乳，洞壁有五代以来塑造的佛像、罗汉像。石屋洞，在石屋岭南麓，因洞形像屋而得名。《西湖游览志》卷三："高敞虚朗，衍迤二丈六尺，状如轩榭，可布筵几。其底邃窄通幽，暗然密室，周镌罗汉五百十六身。"作者文中所述似专指石屋洞。

② 太子湾：以"宋时庄文、景献二太子攒园"（《西湖游览志》卷三）而得名。

③ 大仁禅寺：《西湖游览志》卷三："吴越王建，宣和三年重修，俗称石屋寺。"

④ 蝙蝠洞：《西湖游览志》卷三："在石屋洞侧，内产蝙蝠，大者如鸦，亦有纯白者，其粪即夜明砂也。建炎间，里人避兵于中，容数百人，皆免。"

⑤ 会稽禹庙：在绍兴市东南四公里，禹陵右侧，庙祀夏禹。

⑥ 王子安亹（mén）：王亹，字予安（本文作子安，未知孰是，或形近而讹），别号遁纳，明绍兴人，"云门十子"之一，陈洪绶挚友，曾会同陈洪绶、张岱等刊印《水浒叶子》，明亡为僧。著有《谪杂外纪》、《匪石堂诗》、《妙远堂诗》、《闽游草》。　陈章侯洪绶：即陈洪绶。见卷一《西湖西路·岣嵝山房》"陈章侯"注。

⑦ 飞来峰：又名灵鹫峰，在灵隐寺前。详卷二《西湖西路·飞来峰》。

⑧ 杨髡（kūn）：即杨琏真伽，见卷二《西湖西路·飞来峰》注。

⑨ 生面：令人耳目一新的局面和境界。

⑩ 建炎：宋高宗赵构的年号（1127—1130）。

⑪ 水乐洞：在烟霞岭下，《西湖游览志》卷三："洞壑虚窈，泉味清甘，声如金石。熙宁二年，郡守郑獬名之曰水乐洞。"下文即概括该书相关内容而成。

⑫ 嘉泰：宋宁宗赵扩的年号（1201—1204）。　杨郡王：杨次山，会稽人，宋宁宗杨皇后之兄，官至少保，累封至会稽郡王。

⑬ 贾秋壑：即贾似道，见卷一《西湖总记·明圣二湖》注。　厚直：高价。

⑭ 自然宫商：奏出自然的乐音。　宫商：古代五音中的宫音和商音，后泛指音乐。

⑮ 灵隐：见卷二《西湖西路·灵隐寺》注。　下天竺、上天竺：见卷二《西湖西路·上天竺》注。

⑯ 空砻然：因中空而产生共鸣。　砻：一种舂稻谷的农具，后仿为一种用原木挖制而成的打击乐器。

⑰ 庄生所谓天籁：《庄子·齐物论》赞美天籁，即自然界的事物自然而然地发出的声音。后多用以形容自然而美妙的声音。

⑱ 袁宏道：见卷一《西湖总记·明圣二湖》注。

⑲ 乳汁：石钟乳所滴的水汁。　涔涔：液体不断滴下渗出貌。

⑳ 一片云：见卷四《西湖南路·一片云》注。

㉑ 攲侧：倾斜。

㉒ 轩榭：高敞的亭榭。

㉓ 张京元：见卷一《西湖北路·岳王坟》注。

㉔ 龛：用以供佛和神的石室或小屋。

㉕ 十笏：形容小面积的建筑物。

㉖ 雅驯：典雅不俗。

㉗ 金粟世界：金桂世界。金粟，桂花别称。

㉘ 孙隆：见卷一《西湖总记·明圣二湖》注。　易创：易地新创。

㉙ 武：半步为一武。

㉚ 李流芳：见卷四《西湖南路·雷峰塔》注。

㉛ 窈窕：幽深。

㉜ 闲孟：郑胤骥，字闲孟，嘉定人。钱谦益《列朝诗集小传》称其"雄健好谈经济"，与李流芳是亲家。　无际：汪明际，字无际，嘉定人。登乡荐，历工部员外郎。善画山水，苍凉历落，笔致秀逸，与李流芳等交游。著有《遨仙阁集》、《陶斋佚稿》等。

㉝ 法相寺:见卷四《西湖南路·法相寺》注。

㉞ 伧父:粗俗鄙贱之人,村夫。 榼(kē):古代盛酒的器皿。

㉟ 喷饭:因突然发笑把口中的饭都喷吐出来。形容事极可笑。

【评品】

文章前半写烟霞石屋,"屋高厂虚明"与其"底邃窄通幽"各有千秋,以杨髡凿佛,反衬其石"洁不去肤,隽不伤骨"的别开生面。后半究水乐洞之"水乐",秋壑其人虽奸,其赏则雅。

高丽寺

高丽寺本名惠因寺①,后唐天成二年②,吴越钱武肃王建也③。宋元丰八年④,高丽国王子僧统义天入贡,因请净源法师学贤首教⑤。元祐二年⑥,以金书汉译《华严经》三百部入寺,施金建华严大阁藏塔以尊崇之。元祐四年,统义天以祭奠净源为名,兼进金塔二座。杭州刺史苏轼疏言⑦:"外夷不可使屡入中国,以疏边防,金塔宜却弗受。"神宗从之。元延祐四年⑧,高丽沈王奉诏进香幡经于此⑨。至正末毁⑩。洪武初重葺⑪。俗称高丽寺。础石精工⑫,藏轮宏丽⑬,两山所无⑭。万历间⑮,僧如通重修。余少时从先宜人至寺烧香⑯,出钱三百,命舆人推转轮藏⑰,轮转呀呀,如鼓吹初作。后旋转熟滑,藏轮如飞,推者莫及。

【注释】

① 高丽寺:在太子湾西,有惠因涧流经。

② 天成二年:927 年。

③ 钱武肃王:见卷一《西湖北路·昭庆寺》注。

④ 宋元丰八年:1085 年。

⑤ 贤首教:即华严宗。因以《华严经》为主要经典,故名。又以实际创始人法藏,被武则天赐号"贤首",故亦称贤首宗。

⑥ 元祐二年:1087 年。

⑦ 苏轼疏：据《西湖游览志》卷四，苏轼知杭州，有《论高丽进奉状》略云："自熙宁来，高丽屡入朝贡，两浙骚然，皆因奸民徐戬等交通诱利，妄谈庸僧净源通晓佛法，以致义天羡慕来朝，从源讲解。净源既死，其徒复持真影舍利，违禁过海，以致义天差人祭奠，兼进金塔探瞰。朝廷受之，则以贪示外夷，计构纷然，朝贡踵接，夷使所至，图画山川，购买书籍，不惟中国受疲，而边防亦疏。乞却金塔勿受，绝其来意。"《宋史》本传及苏辙《亡兄子瞻端明墓志铭》均载此事。

⑧ 元延祐四年：1317 年。

⑨ 幡：同"翻"。

⑩ 至正：元惠宗妥懽贴睦尔的年号（1341—1370）。

⑪ 洪武：明太祖朱元璋的年号（1368—1398）。

⑫ 础：柱下石礅。

⑬ 藏轮：即轮藏之轮。轮藏，能旋转的藏置佛经的书架。《西湖游览志余》卷十四："高丽寺轮藏甚伟。宋时，高丽国进金字藏经一部，贮其中，到今犹有存者。其源起于傅大士，以经目繁多，人或不能遍阅，乃就山中建大层龛，一柱八面，实以诸经，运行不碍，谓之轮藏。人有发菩提心者，推转是轮，即与持诵诸经无异。"

⑭ 两山：指杭州的南高峰、北高峰。

⑮ 万历：明神宗朱翊钧的年号（1573—1620）。

⑯ 宜人：封建时代妇女因做官的丈夫或子孙而得的一种封号，明清时以五品官之妻、母封宜人。此则指作者之母陶氏。（见《琅嬛文集》卷四《家传》）

⑰ 舆人：仆役。

【评品】

本文记叙惠因寺更名高丽寺的原因，兼述高丽与中国佛徒往来的经过，可见中国文化对东邻的影响和双方的文化交流，苏公所疏，未免见识偏窄，防患过当。

法相寺

法相寺俗称长耳相①。后唐时，有僧法真，有异相，耳长九寸，上过于顶，下可结颐[②]，号长耳和尚。天成二年[③]，自天台国清寒岩来游[④]，钱武肃王待以宾礼[⑤]，居法相院。至宋乾祐四年正月六日[⑥]，无疾，坐方丈，集徒众，沐浴，趺跏而逝[⑦]。弟子辈漆其真身，供佛龛，谓是定光佛后身[⑧]。妇女祈求子嗣者，悬幡设供无虚日。以此法相名著一时。寺后有锡杖泉[⑨]，水盆活石。僧厨香洁，斋供精良。寺前茭白笋，其嫩如玉，其香如兰，入口甘芳，天下无比。然须在新秋八月，余时不能也。

袁宏道《法相寺拜长耳和尚肉身戏题》[⑩]：

轮相居然足[⑪]，漆光与鉴新[⑫]。
神魂知也未[⑬]，爪齿幻耶真[⑭]。
古董休疑容，庄严不待人。
饶他金与石[⑮]，到此亦成尘。

徐渭《法相寺看活石》[⑯]：

莲花不在水，分叶簇青山。
径折虽能入，峰迷不待还。
取蒲量石长，问竹到溪湾。
莫怪掩斜日，明朝恐未闲。

张京元《法相寺小记》[⑰]：

法相寺不甚丽，而香火骈集。定光禅师长耳遗蜕[⑱]，妇人谒之，以为宜男[⑲]，争摩顶腹，漆光可鉴。寺右数十武，度小桥，折而上，为锡杖泉。涓涓细流，虽大旱不竭。经流处，僧置一砂缸，挹注供爨[⑳]。久之，水土锈结，蒲生其上，厚几数寸，竟不见缸质，因名蒲缸。倘可铲置研池炉足，古董家不秦汉不道矣[㉑]。

李流芳《题法相山亭画》[㉒]：

去年在法相，有送友人诗云："十年法相松间寺，此日淹留却共君[㉓]。忽忽送君无长物[㉔]，半间亭子一溪云。"时与方回、孟旸避暑竹阁[㉕]，连夜风雨，泉声轰轰不绝。又有题扇头小景一诗:"夜半溪阁响,不知风雨歇。起视杳霭间,悠然见微月。"一时会心,不知作何语。今日展此,亦自可思也。壬子十月大佛寺倚醉楼灯下题㉖。

【注释】

① 法相寺:在惠因寺(俗称高丽寺)北。本文据《西湖游览志》卷四,有关法真涅槃一节较原文加详。

② 颐:下巴。

③ 天成二年:927 年。

④ 天台国清:国清寺在浙江天台山麓,是佛教天台宗的发祥地。寺系隋开皇十八年,晋王杨广承智顗大师遗意而建。 寒岩:天台翠屏山,又名寒岩。唐高僧寒山所居。

⑤ 钱武肃王:见卷一《西湖北路 · 昭庆寺》注。

⑥ 宋乾祐四年:宋无乾祐年号,应为五代十国北汉刘旻方乾祐四年(954)。(其余如后汉高祖、隐帝虽有乾祐年号,却均不到四年。)

⑦ 趺跏:结趺而坐,佛徒盘足而坐的方法,一般分降魔坐与吉祥坐两种。

⑧ 定光佛:即燃灯佛。大乘经中所说久远劫前出世的古佛,以其生时周身有光如灯而得名。

⑨ 锡杖泉:高僧以锡杖卓石,石即涌泉,称锡杖泉。

⑩ 袁宏道:见卷一《西湖总记 · 明圣二湖》注。 肉身:高僧或大善知识示寂后,身不腐烂,保持原形而栩栩如生,即所谓全身舍利。清陆次云《湖壖杂记 · 法相寺》:"武林仙佛之肉身有二:一丁野鹤,一长耳和尚也。"

⑪ 轮相:佛三十二相之一,谓佛足掌有千辐轮形印纹。

⑫ 与鉴新:如镜映照般新亮。

⑬ 知也未:是知是不知,表疑问。

⑭ 幻耶真:是真还是幻。

⑮ 饶他:他即便是,就算他是。

⑯ 徐渭:见卷二《西湖西路 · 岣嵝山房》注。

⑰ 张京元:见卷一《西湖北路 · 岳王坟》注。

⑱ 遗蜕:佛道谓升仙成佛后留下的残骸,称遗蜕。

⑲ 宜男:多子。

⑳ 挹注:把水舀出再注入。

㉑ 不秦汉不道矣:都会认为是秦汉古董文物。

㉒ 李流芳:见卷四《西湖南路·雷峰塔》注。

㉓ 淹留:羁留,长时间逗留。

㉔ 长物:余物。

㉕ 方回:邹方回,李流芳小筑社的诗友。李流芳有《邹方回清晖阁草序》。孟旸:程嘉燧。见卷五《西湖外景·云居庵》注。 竹阁:在孤山附近,今废。白居易《宿竹阁》诗:"晚坐松檐下,宵眠竹阁间。"

㉖ 壬子:万历四十年(1612)。 大佛寺:见卷一《西湖北路·大佛头》注。

【评品】

本文记僧法真之生前身后及寺院佛事,兼及寺之景与物。

于坟

于坟[1]。于少保公以再造功,受冤身死,被刑之日,阴霾翳天,行路踊叹。夫人流山海关[2],梦公曰:"吾形殊而魂不乱,独目无光明,借汝眼光见形于皇帝。"翌日,夫人丧其明。会奉天门灾[3],英庙临视[4],公形见火光中。上悯然念其忠,乃诏贷夫人归[5]。又梦公还眼光,目复明也。公遗骸,都督陈逵密嘱瘗藏。继子冕请葬钱塘祖茔[6],得旨奉葬于此。成化二年,廷议始白。上遣行人马璇谕祭[7]。其词略曰:"当国家之多难,保社稷以无虞;惟公道以自持,为权奸之所害。先帝已知其枉,而朕心实怜其忠。"弘治七年[8],赐谥曰"肃愍",建祠曰"旌功"。万历十八年[9],改谥"忠肃"。四十二年,御使杨鹤为公增廓祠宇,庙貌巍焕,属云间陈继儒作碑记之[10]。碑曰:"大抵忠臣为国,不惜死,亦不惜名。不惜死,然后有豪杰之敢;不惜名,然后有圣贤之闷。黄河之排山倒海,是其敢也;即能伏流地中万三千里,又能千里一曲,是其闷也。昔者土木之变[11],裕陵北狩[12],公痛哭抗疏[13],止南迁之议,召勤王之师。卤拥帝至大同[14],至宣府[15],至京城下,皆登城谢曰:'赖天地宗社之灵,国有君矣。'此一见《左传》[16]:楚人伏兵车,执宋公以伐宋。公子目夷令宋人应之曰:赖社稷之灵,国已有君矣。楚人知虽执宋公,犹不得宋国,于是释宋公。又一见《廉颇传》[17]:秦王逼赵王会渑池。廉颇送至境曰:‘王行,度道里会遇礼毕还,不过三十日,不还,则请立太子为王,以绝秦望。’又再见《王旦传》[18]:契丹犯边,帝幸澶州。旦曰:‘十日之内,未有捷报,当何如?’帝默然良久,曰:‘立皇太子。’三者,公读书得力处也。由前言之,公为宋之目夷;由后言之,公不为廉颇、旦,何也?呜呼!茂陵之立而复废[19],废而后当立,谁不知之?公之识,岂出王直、李侃、朱英下[20]?又岂出钟同、章纶下[21]?盖公相时度势,有不当言者,有不必言者。当裕陵在卤,茂陵在储,拒父则卫辄[22],迎父则高宗[23],战不可,和不可,无一而可。为制卤地,此不当言也。裕陵既返,见济薨[24],郕王病[25],天人攸归[26],非裕陵而谁?又非茂陵而谁?明率百官,朝请复辟,直以遵晦待时耳[27],此不必言也。若徐有贞、曹、石夺门之举[28],乃变局,非正局;乃劫局,非迟局;乃纵横家局,非社稷大臣局也。或曰:盍去诸?呜呼!公何可去也。公在则裕陵安,而茂陵亦安。若公诤之,而公去之,则南宫之锢,不将烛影斧声乎[29]?东宫之废后[30],不将宋之德昭乎[31]?公虽欲调郕王之兄弟,而实密护吾君之父子,乃知回銮,公功;其他日得以复辟,公功也;复储亦公功也。人能见所见,而不能见所不见。能见者,豪杰之敢;不能见者,圣贤之闷。敢于任死,而闷于暴君,公真古大臣之用心也哉!”公祠既盛,而四方之祈梦至者接踵,而答如响。

王思任《吊于忠肃祠》诗[32]:

涕割西湖水,于坟望岳坟。
孤烟埋碧血[33],太白黯妖氛[34]。
社稷留还我,头颅掷与君。
南城得意骨,何处暮杨闻。

一派笙歌地[35],千秋寒食朝[36]。

白云心浩浩，黄叶泪萧萧。

天柱擎鸿社，人生付鹿蕉[37]。

北邙今古讳[38]，几突丽山椒[39]。

张溥《吊于忠肃》诗[40]：

栝柏风严辞月明[41]，至今两袖识书生[42]。

青山魂魄分夷夏[43]，白日须眉见太平[44]。

一死钱塘潮尚怒，孤坟岳渚水同清。

莫言软美人如土[45]，夜夜天河望帝京。

张岱《于少保祠》诗：

平生有力济危川，百二山河去复旋[46]。

宗泽死心援北狩[47]，李纲痛哭止南迁[48]。

渑池立子还无日，社稷呼君别有天[49]。

复辟南宫岂是夺[50]，借公一死取貂蝉[51]。

社稷存亡股掌中，反因罪案见精忠。

以君孤注忧王旦[52]，分我杯羹归太公[53]。

但使庐陵存外邸[54]，自知冕服返桐宫[55]。

属镂赐死非君意[56]，曾道于谦实有功[57]。

杨鹤《于坟华表柱铭》[58]：

赤手挽银河[59]，君自大名垂宇宙。

青山埋白骨，我来何处哭英雄。

又《正祠柱铭》：

千古痛钱塘，并楚国孤臣，白马江边，怒卷千堆夜雪[60]。

两朝冤少保，同岳家父子，夕阳亭里，伤心两地风波[61]。

董其昌《于少保祠柱铭》[62]：

赖社稷之灵，国已有君，自分一腔抛热血。

竭股肱之力，继之以死，独留青白在人间。

张岱《于少保柱铭》：

宋室无谋，岁输卤数万币[63]，和议既成，安得两宫归朔漠[64]。

汉家斗智，幸分我一杯羹，挟求非计[65]，不劳三寸返新丰[66]。

张岱《定香桥小记》：

甲戌十月[67]，携楚生住不系园看红叶[68]。至定香桥，客不期而至者八人：南京曾波臣，东阳赵纯卿，金坛彭天锡，诸暨陈章侯，杭州杨与民、陆九、罗三，女伶陈素芝[69]。余留饮。章侯携缣素为纯卿画古佛[70]，波臣为纯卿写照，杨与民弹三弦子[71]，罗三唱曲，陆九吹箫。与民复出寸许紫檀界尺[72]，据小梧[73]，用北调说《金瓶梅》一剧[74]，使人绝倒。是夜，彭天锡与罗三、与民串本腔戏[75]，妙绝；与楚生、素芝串调腔戏[76]，又复妙绝。章侯唱村落小歌，余取琴和之，牙牙如语。纯卿笑曰："恨弟无一长，以侑兄辈酒[77]。"余曰："唐裴将军旻居丧[78]，请吴道子画天宫壁度亡母[79]。道子曰：'将军为我舞剑一回，庶因猛厉以通幽冥。'旻脱缞衣[80]，缠结，上马驰骤，挥剑入云，高十数丈，若电光下射，执鞘承之[81]，剑透室而入[82]，观者惊栗。道子奋袂如风[83]，画壁立就。章侯为纯卿画佛，而纯卿舞剑，正今日事也。"纯卿跳身起，取其竹节鞭，重三十斤，作胡旋舞数缠[84]，大噱而罢。

【注释】

① 于坟：于谦墓，在杭州三台山。于谦（1398—1457），浙江钱塘（今杭州）人，字廷益，永乐进士。宣德初，授御史。曾随明宣宗镇压汉王朱高煦之叛。出按江西，颂声满道。宣德五年（1430），以兵部侍郎巡抚河南、山西。正统十一年（1446），遭王振等迫害，下狱论死。后因两省百姓官吏乃至藩王力请，复任。十四年，土木之变，明英宗被瓦剌也先俘获。他力排南迁之议，坚请固守。进尚书，拥立景帝。整饬兵备，破瓦剌军，加少保，总督军务。也先挟英宗逼和，他以社稷为重，君为轻，不许。也先无奈，放归英宗。他忧国忘身，自奉甚俭，口不言功，性刚直，颇遭忌。天顺元年（1457）英宗复辟，石亨等诬其谋立襄王之子，被杀。成化二年（1466），复官赐祭。弘治二年（1489），谥肃愍。万历

十八年改谥忠肃。

② 夫人流山海关:于夫人目盲复明的传说,见《西湖游览志余》卷八所录田汝成外王父潘翁所述。

③ 奉天门灾:《明史·英宗后纪》:天顺元年(1457)六月己亥,"大风雨雹,坏奉天门鸱吻,敕修省"。

④ 英庙临视:英宗亲临现场视察。

⑤ 贷:宽恕,赦免。

⑥ 冕:于冕,字景瞻,荫授副千户。坐戍龙门,屡上书讼父冤。成化二年(1466)七月,"谕祭于谦,复其子冕官"(《明史·宪宗纪一》)。谦冤既雪,改兵部员外郎,累迁至应天府尹。　祖茔:祖坟。

⑦ 行人:古官名,掌抄近聘问。明代设行人司,复行人之官,掌传旨、册封等事。事见《明史·于谦传》。　马璇:字季明,浙江平湖人。天顺甲申进士,任行人,赈河南,奉使封琉球中山王,馈遗无所受,王敬礼之,为立却金亭。擢南云南道御史,有直声。

⑧ 弘治七年:1494年。此据《西湖游览志》卷四所载;据《明史·孝宗纪》当为弘治二年。

⑨ 万历十八年:1590年。

⑩ "御使杨鹤"三句:杨鹤(?—1635),字修龄,号无山,湖广武陵(今湖南常德)人。万历进士,授洛南知县。后迁御史。崇祯二年,累官兵部右侍郎,总督陕西三边军务,镇压农民起义。四年,以主抚被劾,谪戍袁州(今江西宜春),死于戍所。云间,松江之别称。陈继儒,即陈眉公,见卷一《西湖北路·六贤祠》注。

⑪ 土木之变:又称土木堡之变。明正统十四年(1449)七月,瓦剌因入贡索赏未得满足而扰边。权阉王振怂恿英宗亲征,调集五十万大军仓促而行。到大同后,闻前军失利,即回师。至土木堡(今河北怀来县东)被瓦剌军追及,被围数日,明军大乱,伤亡惨重,英宗被俘,王振死于乱军。

⑫ 裕陵北狩:英宗被俘的回护婉词。

⑬ 抗疏:谓向皇帝上书直言。

⑭ 卤:同"虏"。指瓦剌军。

⑮ 宣府:卫名。治所在今河北宣化。

⑯ 此一见《左传》:误,当作《公羊传·僖公二十一年》。宋襄公不听公子目夷(襄公庶子子鱼)的劝告,与楚王期会,为楚伏兵车所执。楚"执宋公以伐

宋。宋公谓公子目夷曰：'子归守国矣。国，子之国也。吾不从子之言，以至乎此。'公子目夷复曰：'君虽不言国，国固臣之国也。'于是归，设守械而守国。楚人谓宋人曰：'子不与我国，吾将杀子君矣。'宋人应之曰：'吾赖社稷之神灵，吾国已有君矣。'楚人知虽杀宋公，犹不得宋国，于是释宋公。"

⑰《廉颇传》：指《史记·廉颇蔺相如列传》。

⑱《王旦传》：指《宋史·王旦传》。王旦(957—1017)，字子明，大名莘县(今属山东)人。真宗时任知枢密院，参知政事。契丹进犯，随真宗至澶州，因东京留守雍王暴疾，驰还，权留守事。真宗与契丹订立澶渊之盟后拜相。

⑲ 茂陵：指明宪宗朱见深，英宗长子。初名见濬，英宗被俘，皇太后命立为皇太子。景泰三年(1452)，废为沂王。景泰七年正月，景帝病重，谦与廷臣请复其东宫，疏入，不报。天顺元年(1457)，复立为皇太子，改名见深。天顺八年，英宗崩，宪宗即位。

⑳ 王直：字行俭，永乐进士。历仕仁宗、宣宗，英宗朝拜吏部尚书，秉权十四年，为时名臣。　李侃：字希正，东安人，正统进士，授户科给事中。矫抗有直声，曾廷议易储，大臣唯唯，侃泣谏。　朱英(1417—1485)：字时杰，号诚斋，湖广桂阳(今属湖南)人。正统进士，授御史。历任广东右参议，福建、山西布政使，总制两广，兼巡抚。与民生息，招抚少数民族归山复业，不妄用兵。

㉑ 钟同(1424—1455)：字世京，江西永丰人。景泰进士，授贵州道监察御史。景泰五年(1454)，以言易储，疏有"太子薨逝，足知天命有在"之语，并请复沂王朱见深为皇太子，兼陈一切弊政，忤帝下狱，次年杖死。　章纶(1413—1483)：字大经，浙江乐清人。正统进士，授南京礼部主事。景泰初，迁仪制司郎中。五年，率群臣面帝论易储，忤帝意，下狱。英宗复位，得释，官至礼部右侍郎，后调南京吏部。

㉒ 卫辄：卫出公，灵公之孙，蒯聩之子。蒯聩与灵公夫人南子有恶，欲杀之。灵公怒，蒯聩奔宋，已而之晋。灵公卒，卫人立辄为君，在位十二年。孔悝立蒯聩为君，辄出奔，在外四年。蒯聩既立，背晋，晋人围之，蒯聩被杀，出公乃自齐归，立九年而卒。

㉓ 高宗：宋高宗赵构(1107—1187)，1127年至1162年在位，父徽宗、兄钦宗，皆为金人所掳。

㉔ 见济：朱见济，明景泰帝朱祁钰之子。景泰三年(1452)五月，立为太子，四年十一月，病卒。

㉕ 郕王：景泰帝朱祁钰，明宣宗次子。英宗即位，封郕王。英宗被俘，乃

即帝位,在位八年。英宗复位,废为郕王,病笃而卒。

㉖ 天人攸归:天命人心所归向。

㉗ 直:只。　遵晦待时:韬光养晦,等待时机。

㉘ "若徐有贞"句:正统十四年(1409),英宗被瓦剌俘获,于谦等拥立其弟朱祁钰为帝。景泰元年,英宗回京,被称为太上皇,幽禁于南宫。八年,景泰帝病重,副都御史徐有贞、武清侯石亨、太监曹吉祥等乘机发动政变,于正月十六日晚,勒兵入长安门,破南宫门墙,迎出英宗,闯入大内。次日晨英宗复辟,废景泰帝,杀于谦等人。史称"夺门之变"或"南宫复辟"(即文中所谓"南宫之锢")。

㉙ 烛影斧声:宋释文莹《续湘山野录》:"开端门召开封王,即太宗也,延入大寝,酌酒对饮。宦官宫妾悉屏之。但遥见烛影下,太宗时或避席,有不可胜之状。饮讫,禁漏三鼓,殿雪已数寸。帝引柱斧戳雪,顾太宗曰:'好做,好做。'遂解带就寝,鼻息如雷霆。是夕,太宗留宿禁内。将五鼓,周庐者寂无所闻,帝已崩矣。"后人因以烛影斧声指宋太宗杀兄宋太祖夺位。然也有辨其诬者。

㉚ 东宫之废:指朱见深原以英宗长子被立为太子,景泰三年(1452)被废为沂王。

㉛ 宋之德昭:指宋太祖次子赵德昭(951—979),太平兴国四年(979)从太宗攻辽,军中夜惊,失太宗所在。有谋立德昭者,事闻,太宗不悦。及归,因北征失利,久不行平定北汉之赏。德昭乘间入言,被太宗怒斥,遂自杀。

㉜ 王思任:见卷二《西湖西路·韬光庵》注。

㉝ 碧血:碧血丹心,常用以歌颂忠臣烈士。典出《庄子·外物》:"苌弘死于蜀,藏其血,三年化而为碧。"

㉞ 太白:金星,又名"启明星"。

㉟ 一派笙歌地:指杭州笙歌拂地。

㊱ 寒食:清明节前一二日为寒食节,禁烟火,吃冷食,扫墓祭祖。相传为纪念晋国功成身退,不愿为官,而不幸被火烧死的介之推而设。

㊲ 鹿蕉:覆鹿寻蕉。比喻恍惚迷离,得失无常。《列子·周穆王》:"郑人有薪于野者,遇骇鹿,御而击之,毙之。恐人见之也,遽而藏诸隍中,覆之以蕉,不胜其喜。俄而遗其所藏之处,遂以为梦焉。顺途而咏其事,傍人有闻者,用其言而取之。既归,告其室人曰:'向薪者梦得鹿而不知其处,吾今得之。彼直真梦者矣。'"

㊳ 北邙:山名。在今河南洛阳市北。东汉以后,成了王侯公卿的墓地。

㊴ 丽:附着。 山椒:山顶。

㊵ 张溥(1602—1641):明代文学家。字乾度,又字天如,号西铭,直隶太仓(今属江苏)人。崇祯进士,选庶吉士。参加复社,评议时政。文学方面,主张复古,又以“务为省用”相号召。著述宏篇,涉及文、史、经学。精通诗词,尤擅散文。有《七录斋集》等。

㊶ 栝(kuò):圆柏,即桧树。 辞月明:指于公“被刑之日,阴霾翳天”。

㊷ 两袖:据史载于公自奉甚俭,为官两袖清风。

㊸ 夷夏:夏指中国。夷指周边的少数民族政权,此指蒙古瓦剌部。

㊹ 须眉:男子。此泛指百姓。

㊺ 软美:温顺。

㊻ 百二山河:以二敌百,比喻山河险固。典出《史记·高祖本纪》。

㊼ 宗泽(1059—1128):字汝霖,宋婺州义乌(今属浙江)人,元祐六年(1091)进士。靖康元年(1126),知磁州,募义勇,屡败金兵。任河北义兵都总管、副元帅。任用岳飞,多次上书高宗回汴京抗金北伐,备受主和派打击,悲愤成疾,临终大呼三声“过河”而卒。 北狩:徽、钦二宗遭金兵掳至东北的讳词。

㊽ 李纲(1083—1140):字伯纪,宋邵武(今属福建)人。政和进士。官太常少卿。靖康元年(1126)金围开封,力阻钦宗迁都。以尚书右丞任亲政行营使,团结军民,击溃金兵,不久被贬。高宗即位,任为尚书右仆射兼中书侍郎。力主用两河义军收复失地。在职七十余天,又遭主和派排挤而被罢免。卒赠少师,谥忠定。有《梁溪集》等。

㊾ “渑池”二句:涵括于谦在国难当头之日君主废立大计中的作用。渑池立子,指公元前279年秦昭襄王欲与赵惠文王在渑池(今属河南)会盟言和。赵王惧不欲往。廉颇、蔺相如力主赴会,由蔺相如陪同。廉颇送别时说:大王行期不过三十天,过期不还,请立太子为王,以绝秦国要挟赵王之想。最终由于蔺相如巧与周旋,赵王最终得以平安返国。

㊿ 复辟南宫:即夺门之变。指太上皇明英宗起兵复辟,夺回其原本的天子位。南宫是代宗(即景泰帝)软禁被迎回的英宗的地方。政变由将领石亨、太监曹吉祥等在景泰八年(1457)发动。英宗复位,于谦被杀。

51 貂蝉:古代传说中四大美女之一。为东汉末年司徒王允之义女,为挽救汉王朝,由王允授意,施行连环计,离间董卓、吕布,使两人反目成仇。最终借吕布之手除了权奸董卓。本句所指史实未详待考。

52 “以君孤注”句:以宋真宗朝忠臣王旦(957—1017)比于谦。景德元年

(1084)，契丹南侵，真宗御驾亲征（即所谓“孤注”一掷），王旦随行。留守京城的雍王元份病重，王旦受命潜从军前回京接任留守重任。他食宿在朝，经旬不归家，确保京城安全。

㊸ “分我杯羹”句：楚汉相争，项羽俘获刘邦之父太公，在阵前威胁刘邦若不降，即将其父烹为肉羹。因二人曾结拜，刘邦答曰：“吾翁即若翁，必欲烹而（你）翁，则幸分我一杯羹。”项羽怒而欲杀之，项伯劝说杀之无益，后来还是将太公放了。详《史记·项羽本纪》

㊹ 庐陵：唐中宗李显（656—710），唐高宗李治第七子，武则天第三子。前后两次当政，在位五年。公元684年2月，继位才36天的中宗被武则天废为庐陵王，贬出长安。公元705年复位。710年被韦皇后毒死。　外邸：在京的诸王府宅。

㊺ 冕服：古代大夫以上的礼冠与服饰。　桐宫：商代桐地的宫室（故址在今河北临漳县），相传伊尹曾放逐太甲于此，后借指被贬的帝王或幽禁帝王的场所。

㊻ 属镂：剑名，吴王夫差以此剑赐伍子胥自刎。《左传·鲁哀公十一年》。

㊼ “曾道”句：《明史·于谦传》载，徐有贞、石亨等诬陷并请诛于谦，“英宗尚犹豫曰：‘于谦实有功。’有贞进曰：‘不杀于谦，此举（指南宫之变）为无名。’帝意遂决。”

㊽ 杨鹤（？—1635）：字修龄，武陵人。万历三十二年（1604）进士，累官至兵部右侍郎，总督陕西三边军务。

㊾ “赤手”句：力挽狂澜之意。

㊿ “千古”联：用楚国伍子胥故事。见卷五《西湖外景·伍公祠》注。

(61) 少保：于谦在景泰帝朝临危受命，任兵部尚书，加少保。少保，辅佐太子的官，正二品。

(62) 董其昌：见卷三《西湖中路·关王庙》注。

(63) 卤：同“虏”。指金人。

(64) 两宫：指被金人掳北的徽钦二宗。

(65) 挟求非计：挟持人质要挟，并非上策。指项羽阵前挟刘太公欲逼降刘邦。

(66) “不劳三寸”句：不多费口舌，太公即被放归，回了新丰。新丰，是刘邦定都长安后，为慰藉太公的思乡之情，在附近的骊邑（今西安临潼区）仿故乡沛郡丰邑的格局而新筑的，并将故乡亲友迁居于此，称新丰。

⑰ 甲戌：崇祯七年(1634)。本篇即《陶庵梦忆》卷四《不系园》。

⑱ 楚生：朱楚生，戏曲女演员。"色不甚美，虽绝世佳人，无其风韵。楚楚谡谡，其孤意在眉，其深情在睫，其解意在烟视媚行。性命于戏，下全力为之。"尤妙于科白，后以情死。(《陶庵梦忆·朱楚生》)　不系园：汪汝谦所建画舫，在杭州定香桥附近。定香桥，据光绪间刊《杭州府志》卷七引《乾隆志》："在今花港观鱼景亭前，原名袁公桥，宋袁韶建。《西湖志》袁公、定香两载，非。"

⑲ 曾波臣：曾鲸(1568—1650)，字波臣，福建莆田人，流寓江浙一带，明末著名肖像画家。擅长丹青，汲取某些西洋画法，写照传神，妍媸惟肖，"如镜取影，妙得神情"，后人传为波臣派。　东阳：浙江省中部的县名。　赵纯卿：未详。曾鲸为其所作肖像画今存。　彭天锡：与著名说书艺人柳敬亭同时，多扮丑净，串戏妙天下。详《陶庵梦忆·彭天锡串戏》。　陈章侯：陈洪绶，字章侯，号老莲等，浙江诸暨人。善画人物，兼工山水、花鸟。为作者挚友，详《陶庵梦忆·陈章侯》。　杨与民：杭州人，善弹三弦说书。或为客串演员。　陈素芝：女伶。

⑳ 缣素：供作书画用的白绢。

㉑ 三弦：弹拨乐器。其形制，音箱木制，椭圆形，两面蒙以蟒皮，长柄，无品，张三根弦，按四、五度关系定弦。

㉒ 界尺：原指画直线和压纸用的尺子。此指说书，演唱时拍案镇场的尺子。

㉓ 梧：支架。

㉔《金瓶梅》：是我国第一部文人独创的以家庭生活为题材的长篇世情小说，署名兰陵笑笑生作，万历年间刊行。全书以西门庆、潘金莲故事为线索，暴露明代社会的黑暗和官商恶霸的荒淫残暴。书名取自西门庆的妾婢潘金莲、李瓶儿和庞春梅三人的名字。

㉕ 串戏：搬演故事戏目。因角色须连贯成队，故称串。　本腔：相对于从别的剧种移植剧本而用本剧种的腔调演唱而言，指该戏曲剧本原本所用的腔调。此指昆腔。

㉖ 调腔戏：戏曲剧种，又称"掉腔"、"绍兴高调"。唱腔为联缀体，采取帮腔和滚调。

㉗ 侑：助，佐。

㉘ 唐裴将军旻：裴旻，唐玄宗时人。善舞剑，与李白的诗、张旭的草书并

称三绝。尝与幽州都督孙佺北伐,为奚族部队所围。旻舞刀立马上,飞矢四集,皆迎刃而断。奚人大惊而去。后以龙华军使守北平。本文所引故事,出自唐李伉《独异志》。

⑲ 吴道子:唐玄宗朝著名画家。阳翟(今河南禹县)人。善画佛道人物,远师南朝梁张僧繇,近学张孝师。玄宗闻其名,任以内教博士,改名道玄,在宫廷作画。曾在长安、洛阳寺观作佛道宗教壁画三百余间。其画笔迹磊落,势状雄峻,生动有立体感。衣褶飘举,有“吴带当风”之誉。 度:超度。佛道以使死者灵魂得以脱离地狱诸苦难为超度。

⑳ 缞(cuī)衣:古代用粗麻制成的孝服。缞,披于胸前的麻布条,服三年之丧者用之。

㉑ 鞘:刀剑鞘,刀剑套。

㉒ 透室而入:剑刺透了皮制的刀剑套。室,此指鞘。

㉓ 奋袂如风:衣袖舞动疾如风。形容挥笔作画之迅捷。袂,衣袖。

㉔ 胡旋舞:唐代朝野流行的西北少数民族的舞蹈,出自康国(唐代属安西大都护府管辖),以各种旋转动作为主,故名。多名唐代诗人曾赋诗吟咏之。本文所述手持多节鞭的胡舞,融入武术。至今,在新疆和中亚一带的民间舞蹈中,还有类似的形式。

【评品】

“青山有幸埋忠骨”,西子湖畔长眠着岳飞、于谦、秋瑾等人的英魂。于谦“以再造功,受冤身死”,其功其冤,令天地动容。作者在文章前半,以于公夫人目盲目明,写公之蒙冤与昭雪,是略写;后半则详引陈眉公之碑记,以于公之事迹与三则历史典故和当朝名臣相比,将处于社稷存亡、皇室争斗之中的于公进退维谷、动辄得咎的境地表现得十分充分,颂扬了他不计名、不惜死,唯江山社稷是保的忠义刚直和远见卓识。

风 篁 岭

风篁岭①,多苍筤筿簜②,风韵凄清。至此,林壑深沉,迥出尘表。流淙活活,自龙井而下③,四时不绝。岭故丛薄荒密④。

元丰中[5]，僧辩才淬治洁楚[6]，名曰“风篁岭”。苏子瞻访辩才于龙井，送至岭上，左右惊曰：“远公过虎溪矣[7]。”辩才笑曰：“杜子有云[8]：‘与子成二老，来往亦风流。’”遂造亭岭上，名曰“过溪”，亦曰“二老”。子瞻记之，诗云[9]：“日月转双毂，古今同一丘。惟此鹤骨老，凛然不知秋。去住两无碍，人士争挽留[10]。去如龙出水，雷雨卷潭秋。来如珠还浦[11]，鱼鳖争骈头。此生暂寄寓，常恐名实浮。我比陶令愧，师为远公优。送我过虎溪，溪水当逆流。聊使此山人，永记二老游。”

李流芳《风篁岭》诗[12]：

林壑深沉处，全凭篠簜迷。
片云藏屋里，二老到云栖[13]。
学士留龙井[14]，远公过虎溪[15]。
烹来石岩白，翠色映玻璃。

【注释】

① 风篁岭：在今杭州钱塘门外，岭高峻，多种竹，故名。

② 苍筤：青色。也指幼竹。　篠（xiǎo）：小竹。　簜：大竹。《尚书·禹贡》：“篠簜既敷。”

③ 龙井：在风篁岭上，系以泉名井，泉水出自山岩中，四时不绝，水味甘冽。本名龙泓，亦名龙泉。其地产茶最佳，呼曰龙井茶，有雨前、明前之别，世多珍之。宋元丰中，僧辩才于此处作亭，秦观有记。参见本卷《龙井》。

④ 丛薄：草木丛生处。

⑤ 元丰：宋神宗赵顼的年号（1078—1085）。

⑥ 辩才：见卷一《西湖北路·六贤祠》注。苏轼访辩才于龙井，系元祐五年，苏轼任杭州太守时之事。作者系年显误。下文苏轼《次辩才韵赋过溪亭诗》作于该年九月，而非元丰间事。苏辙有《龙井辩才法师塔碑》记其生平。淬治洁楚：指修炼精粹洁净。

⑦ 远公过虎溪：相传东晋释慧远居庐山东林寺，送客不过溪。一日与陶潜、道士陆静修共话，不觉逾此，虎辄骤鸣，三人大笑而别。此则以远公比辩

才,以陶潜比东坡。

⑧ 杜子:杜甫。诗句录自其《寄赞上人》诗。

⑨ 诗云:此系苏轼《次辩才韵赋过溪亭诗》。

⑩ “去住”二句:指辩才住持天竺,学徒云集,为忌者所夺。士人挽留,辩才不争,退居龙井,学徒随之。详苏辙《龙井辩才法师塔碑》。

⑪ 珠还浦:用“合浦还珠”的典故。传说汉代广西合浦不产谷物而海出珠宝,先时郡守多贪秽,极力搜刮,致使珍珠移往别处。后孟尝为合浦太守,尽革其弊,珍珠复还。

⑫ 李流芳:见卷四《西湖南路·雷峰塔》注。

⑬ 二老:苏轼与辩才。

⑭ 学士:指苏轼。

⑮ 远公:指辩才。见本文注。

【评品】

本文全录自《西湖游览志》卷四。风篁岭以风声竹韵而得名。辩才修炼精粹洁净,住持其间,可谓风清韵雅,人地两宜。重温坡公与辩才交往的故事与两人酬唱的诗文,似闻岭之“风韵凄清”。

龙　井

南山上下有两龙井。上为老龙井①,一泓寒碧,清冽异常,弃之丛薄间,无有过而问之者。其地产茶,遂为两山绝品。再上为天门,可通三竺②。南为九溪③,路通徐村,水出江干。其西为十八涧④,路通月轮山⑤,水出六和塔下⑥。龙井本名延恩衍庆寺⑦。唐乾祐二年,居民募缘改造为报国看经院⑧。宋熙宁中⑨,改寿圣院,东坡书额。绍兴三十一年⑩,改广福院。淳祐六年⑪,改龙井寺。元丰二年⑫,辩才师自天竺归老于此⑬,不复出,与苏子瞻、赵阅道友善⑭。后人建三贤阁祀之,岁久寺圮。万历二十三年⑮,司礼孙公重修⑯,构亭轩,筑桥,锹浴龙池,创霖雨阁,焕然一新,游人骈集。

【注释】

① 老龙井:《西湖游览志》卷四:“龙井之上,为老龙井。老龙井有水一泓,寒碧异常,泯泯丛薄间。幽僻清奥,杳出尘寰,岫壑萦回,西湖已不可复睹矣。其地产茶,为两山绝品。郡志称:宝云、香林、白云诸茶,乃在灵、竺、葛岭之间,未若龙井之清馥隽永也。”

② 三竺:在灵隐寺南面山中,有上、中、下三天竺寺,又分别称法喜寺、法净寺、法镜寺。

③ 九溪:在龙井南,距西湖十余公里。起源于杨梅岭的杨家坞,次第汇合青湾、宏法、方家、百丈、唐家、佛石、云栖、渚头、小康等九个山坞的溪流,再经徐村,入钱塘江。

④ 十八涧:在烟霞洞西南,源于龙井山龙井村,穿绕林麓,次第汇合诗人屿、孙文泷、鸡冠泷等细流而成涧。

⑤ 月轮山:在杭州城南钱塘江边。《西湖游览志》卷二十四:“月轮山,在龙山南,形圆如月。其高耸者,为月轮峰。”

⑥ 六和塔:在月轮山旁。《西湖游览志》卷二十四:“宋开宝三年,智觉禅师建……以镇江潮。高九级,五十余丈,撑空兀突,陆跨俯川。海船夜泛者,以塔灯为指南焉。”塔毁于宣和间,绍兴二年重建,为七级。详见本书《六和塔》。

⑦ 延恩衍庆寺:《西湖游览志》卷四:“俗称龙井寺。唐乾祐二年(按唐无乾祐年号,本文作者沿其误),居民凌霄募缘,建为报国看经院。”

⑧ 募缘:募化捐款。

⑨ 熙宁:宋神宗赵顼的年号(1068—1077)。

⑩ 绍兴三十一年:1161 年。

⑪ 淳祐六年:1246 年。

⑫ 元丰二年:1079 年。

⑬ 辩才:见卷一《西湖北路 · 六贤祠》注。

⑭ 赵阅道:见卷一《西湖北路 · 六贤祠》注。

⑮ 万历二十三年:1595 年。

⑯ 司礼孙公:即孙东瀛。见卷一《西湖总记 · 明圣二湖》注。

【评品】

龙井以水和茶著称于世。文章前半描述其处境之绝胜,其水“一泓寒碧,清洌异常”,其茶堪称绝品。后半叙述龙井寺的沿革兴衰。

一片云

神运石在龙井寺中①，高六尺许，奇怪突兀，特立檐下。有木香一架②，穿绕窍窦，蟠若龙蛇。正统十三年③，中贵李德驻龙井④。天旱，令力士淘之。初得铁牌二十四、玉佛一座、金银一锭，凿大宋元丰年号⑤。后得此石，以八十人舁起之。上有"神运"二字，旁多款识⑥，漶漫不可读⑦，不知何代所镌，大约皆投龙以祈雨者也。

风篁岭上有一片云石，高可丈许，青润玲珑，巧若镂刻。松磴盘屈，草莽间有石洞，堆砌工致巉岩⑧。石后有片云亭，司礼孙公所构⑨，设石棋枰于前，上镌"兴来临水敲残月，谈罢吟风倚片云"之句。游人倚徙，不忍遽去。

秦观《龙井题名记》⑩：

元丰二年⑪，中秋后一日，余自吴兴来杭⑫，东还会稽⑬。龙井有辩才大师⑭，以书邀余入山。比出郭⑮，日已夕，航湖至普宁⑯，遇道人参寥⑰，问龙井所遣篮舆⑱，则曰："以不时至，去矣。"

是夕，天宇开霁，林间月明，可数毫发。遂弃舟，从参寥策杖并湖而行⑲。出雷峰⑳，度南屏㉑，濯足于惠因涧㉒，入灵石坞㉓，得支径上风篁岭㉔，憩于龙井亭，酌泉据石而饮之㉕。自普宁凡经佛寺十五，皆寂不闻人声。道旁庐舍，灯火隐显，草木深郁，流水激激悲鸣㉖，殆非人间之境。行二鼓㉗，始至寿圣院，谒辩才于朝音堂㉘，明日乃还。

张京元《龙井小记》㉙：

过风篁岭㉚，是为龙井㉛，即苏端明、米海岳与辩才往来处也㉜。寺北向，门内外修竹琅琅㉝。并在殿左㉞，泉出石罅，甃小园池㉟，下复为方池承之。池中各有巨鱼，而水无腥气。

池淙淙下泻，绕寺门而出。小坐，与愷亭玩一片云石。山僧汲水供茗，泉味色俱清。僧容亦枯寂，视诸山迥异。

王稚登《龙井诗》[36]：

深谷盘回入，灵泉奫沸流[37]。
隔林先作雨，到寺不胜秋。
古殿龙王在，空林鹿女游[38]。
一尊斜日下，独为古人留。

袁宏道《龙井》诗：

都说今龙井，幽奇逾昔时。
路迂迷旧处，树古失名儿。
渴仰鸡苏佛[39]，乱参玉版师[40]。
破筒分谷水[41]，芟草出秦碑[42]。
数盘行井上，百计引泉飞。
画壁屯云族，红栏蚀水衣。
路香茶叶长，畦小药苗肥。
宏也学苏子，辨才君是非。

张岱《龙井柱铭》：

夜壑泉归，渥洼能致千岩雨。
晓堂龙出，崖石皆为一片云。

【注释】

① 神运石：本文自"神运石"至"不知何代所镌"录自《西湖游览志》卷四。"铁牌二十四"《西湖游览志》作"二十面"。　龙井寺：见本卷《龙井》。

② 木香：本名蜜香，又名青木香。多年生草本植物，根可入药。

③ 正统十三年：1448 年。

④ 中贵：显贵的侍从宦官。　李德：景泰、正统年间曾任内官监和浙江镇守。景泰元年（1450）任浙江镇守中官，谓杀死王振党羽马顺者乃犯阙贼臣，景泰帝全靠内臣拥护，被于谦等奏斥。

⑤ 元丰：宋神宗年号（1078—1085）。

⑥ 款识：原指钟鼎等铜器上的刻文。后指器物上有意刻留的制作者、时

间等文字。

⑦ 漶漫:模糊,不可辨认。

⑧ “高可丈许”六句:录自《西湖游览志》卷四,“堆砌工致巉岩”《西湖游览志》作“堆砌工致,巉岩可赏”。

⑨ 司礼孙公:即孙东瀛。见卷一《西湖总记·明圣二湖》注。

⑩ 秦观:见卷三《西湖中路·苏公堤》注。

⑪ 元丰二年:1079 年。

⑫ 吴兴:今属浙江省湖州市。

⑬ 会稽:郡名,治所在今浙江绍兴市。

⑭ 龙井:见卷四《西湖南路·龙井》注。 辩才:见卷一《西湖北路·六贤祠》注。

⑮ 比:等到。 郭:城郭。外城墙为郭。

⑯ 普宁:普宁寺,在南屏山下,后周广顺元年(957)建,原名白莲寺。宋真宗大中祥符间改今名。

⑰ 参寥:即道潜。见卷四《西湖南路·净慈寺》注。

⑱ 篮舆:竹轿。

⑲ 策杖:拄杖。 并湖而行:傍湖而行。

⑳ 雷峰:见卷四《西湖南路·雷峰塔》注。

㉑ 南屏:见卷一《西湖总记·明圣二湖》注。

㉒ 惠因涧:在杭州市南,水出自赤山,经惠因寺前,入西湖。

㉓ 灵石坞:在风篁岭下,南天竺寺旁。

㉔ 支径:小路。 风篁岭:见卷四《西湖南路·风篁岭》注。

㉕ 据石:依石。

㉖ 激激:水流迅疾,冲激有声。

㉗ 行:将近。 二鼓:二更,晚上九时至十一时。

㉘ 朝音堂:寿圣院中的建筑物之一。

㉙ 张京元:见卷一《西湖北路·岳王坟》注。

㉚ 风篁岭:见卷四《西湖南路·风篁岭》注。

㉛ 龙井:见卷四《西湖南路·龙井》注。

㉜ 苏端明:苏轼曾任端明殿学士。该官衔无职掌,入侍从,备顾问。 米海岳:指米芾,见卷一《西湖总记·明圣二湖》“米颠”注。

㉝ 琅琅:象声词。形容声音清脆响亮。

㉞ 左：东边。

㉟ 甃（zhòu）：用砖砌。　园池：据下句方池当作"圆池"。

㊱ 王穉登（1535—1612）：见卷三《西湖中路·孤山》注。

㊲ 觱（bì）沸：泉水涌出貌。

㊳ 鹿女游：《杂宝藏经》卷二，载有鹿生之女，举步生莲花的故事。

㊴ 鸡苏佛：茶的喻称。鸡苏原为一种植物，其叶淡香，即薄荷。宋陶谷《荈茗录》："生凉好唤鸡苏佛，回味宜称橄榄仙。"

㊵ 玉版师：苏轼以笋为"玉版"（其《器之好谈禅》诗有"不怕石头路，来参玉版师"），后遂以为笋之代称。

㊶ 破筒：破竹筒为水管。

㊷ 芟草：除草。

【评品】

文章前半写神运石，重在记其出土的经过；后半写一片云石，与神运石之奇怪突兀、款识漶漫相比，一片云石青润灵巧，清赏可人，难怪"游人倚徙，不忍遽去"。

九溪十八涧

九溪在烟霞岭西①，龙井山南。其水屈曲洄环，九折而出，故称九溪。其地径路崎岖，草木蔚秀，人烟旷绝，幽阒静悄，别有天地，自非人间。溪下为十八涧②，地故深邃，即缁流非遗世绝俗者③，不能久居。按志，涧内有李岩寺、宋阳和王梅园、梅花径等迹，今都湮没无存。而地复辽远，僻处江干，老于西湖者，各名胜地寻讨无遗，问及九溪十八涧，皆茫然不能置对。

李流芳《十八涧》诗④：

己酉始至十八涧⑤，与孟旸、无际同到徐村第一桥⑥，饭于桥上。溪流淙然，山势回合，坐久不能去。予有诗云："溪九涧十八，到处流活活。我来三月中，春山雨初歇。奔雷与飞霞，耳目两奇绝。悠然向溪坐，况对山嵯嵲⑦。我欲参云栖⑧，此中解脱法。善哉汪子言，闲心随水灭。”无际亦有和余诗，忘之矣。

【注释】

① 九溪：《西湖游览志》卷四：“九溪在烟霞岭西南，路通徐村，水出江干，北达龙井。”

② 十八涧：《西湖游览志》卷四：“十八涧在龙井之西，路通六和塔。”

③ 即：即使。　缁流：指僧人。因其法衣多为缁（黑）色，故以指称。

④ 李流芳：见卷四《西湖南路·雷峰塔》注。

⑤ 己酉：万历三十七年（1609）。

⑥ 孟旸：程嘉燧。见卷五《西湖外景·云居庵》注。　无际：汪明际，见卷四《西湖南路·烟霞石屋》注。

⑦ 嵯嵲（cuó niè）：山势高峻。

⑧ 云栖：见卷五《西湖外景·云栖》注。

【评品】

九溪十八涧“僻处江干”，“地复辽远”，溪曲涧回。作者极写其幽阒静绝，似非人间，“非遗世绝俗者，不能久居”，与西湖的游人如织，歌舞鼎沸，形成鲜明对比。

卷　五

西湖外景

西　溪

粟山高六十二丈①，周回十八里二百步。山下有石人岭，峭拔凝立，形如人状，双髻耸然。过岭为西溪②，居民数百家，聚为村市。相传宋南渡时，高宗初至武林，以其地丰厚，欲都之。后得凤凰山，乃云："西溪且留下。"后人遂以名。地甚幽僻，多古梅，梅格短小③，屈曲槎枒，大似黄山松。好事者至其地，买得极小者，列之盆池，以作小景。其地有秋雪庵，一片芦花，明月映之，白如积雪，大是奇景。余谓西湖真江南锦绣之地，入其中者，目厌绮丽，耳厌笙歌；欲寻深溪盘谷，可以避世如桃源、菊水者④，当以西溪为最。余友江道闇有精舍在西溪⑤，招余同隐。余以鹿鹿风尘⑥，未能赴之，至今犹有遗恨。

王稚登《西溪寄彭钦之书》⑦：

留武林十日许⑧，未尝一至湖上，然遂穷西溪之胜。舟车程并十八里，皆行山云竹霭中⑨，衣袂尽绿。桂树大者，两人围之不尽。树下花覆地如黄金，山中人缚帚扫花售市上，每担仅当脱粟之半耳⑩。往岁行山阴道上⑪，大叹其佳，此行似胜。

李流芳《题西溪画》⑫：

壬子正月晦日⑬，同仲锡、子与自云栖翻白沙岭至西溪⑭。夹路修篁⑮，行两山间，凡十里，至永兴寺⑯。永兴山下夷旷⑰，平畴远村⑱，幽泉老树，点缀各各成致。自永兴至岳庙又十里[19]，梅花绵亘村落，弥望如雪[20]，一似余家西碛山中。是日，饭永兴，登楼啸咏。夜还湖上小筑[21]，同孟旸、印持、子将痛饮[22]。翼日出册子画此[23]。癸丑十月乌镇舟中题[24]。

杨蟠《西溪》诗[25]：

为爱西溪好，长忧溪水穷[26]。
山源春更落，散入野田中。

王思任《西溪》诗[27]：

一岭透天目，千溪叫雨头。
石云开绣壁，山骨洗寒流。
鸟道苔衣滑，人家竹语幽。
此行不作路，半武百年游[28]。

张岱《秋雪庵诗》：

古宕西溪天下闻[29]，辋川诗是记游文[30]。
庵前老荻飞秋雪，林外奇峰耸夏云。
怪石棱层皆露骨[31]，古梅结屈止留筋[32]。
溪山步步堪盘礴[33]，植杖听泉到夕曛[34]。

【注释】

① 粟山：在灵隐寺西。《西湖游览志》卷十："粟山，高六十二丈。石人岭，一名冯公岭。形如人状，双髻耸然。下有洞府，名玉女岩，一名新妇石。西北有珍珠坞、东墓岭飞泉二道，吴大帝石杵存焉。"

② 过岭为西溪：自本句至"后人遂以为名"录自《西湖游览志》卷十。凤凰山，在西湖南万松岭与慈云岭之间，南宋时为大内禁苑所在。

③ 梅格：指梅树的品种、格局。

④ 桃源：世外桃源。见陶渊明《桃花源记》。　菊水：水名。在今河南内乡县西北。相传饮之能轻身益气。（见《艺文类聚》卷八十一《风俗通》）

⑤ 江道闇：江浩，字道闇，钱塘人。明亡为僧，更名为智宏，字梦破，与祁彪佳、黄宗羲皆有交往。钱谦益有"横山题江道闇蝶庵"诗相赠，诗中蝶庵，即本文所谓精舍。　精舍：佛道修炼居住之所。

⑥ 鹿鹿：同"碌碌"，状平庸。

⑦ 王稚登：见卷四《西湖南路 · 一片云》注。 彭钦之：作者友人。与屠隆、董其昌、王世贞等有交往。

⑧ 武林：杭州。

⑨ 竹霭：竹林间的雾霭。

⑩ “每担”句：状担轻。脱粟，糙米、粗粮。

⑪ 山阴道上：“山阴道上，应接不暇”，谓风景绝佳，美不胜收。语出《世说新语 · 言语》。

⑫ 李流芳：见卷一《西湖北路 · 西泠桥》附注。

⑬ 壬子：万历四十年（1612）。 晦日：夏历每月的最后一天。正月晦日，称“初晦”。

⑭ 仲锡：邹方回，邹之峰（孟阳）的弟弟。邹氏兄弟为杭州小筑社的主人，李流芳的挚友。李流芳多有画赠仲锡。 云栖：见卷五《西湖外景 · 云栖》注。

⑮ 修篁：修长的竹子。

⑯ 永兴寺：杭州永兴寺，在留下镇安乐山下。唐贞观年间由僧悟明开山始建，曾为宋济公禅师的又一道场。后世屡有兴废。

⑰ 夷旷：平坦开阔。

⑱ 平畴：平坦的田野。

⑲ 岳庙：见卷一《西湖北路 · 岳王坟》注。

⑳ “梅花”二句：古代西溪以梅花、桃花、芦花称胜。梅花为香雪，桃花为绛雪，芦花为飞雪，并称“西溪三雪”。尤以十里香雪最为著名。

㉑ 小筑：邹孟阳、邹仲锡兄弟的寓所，为文学社团小筑社的活动场所。

㉒ 孟旸：程嘉燧。见卷五《西湖外景 · 云居庵》注。 印持、子将：严调御、闻子将。见卷四《西湖南路 · 雷峰塔》注。

㉓ 翼日：即“翌日”，第二天。

㉔ 癸丑：万历四十一年（1613）。 乌镇：在浙江桐乡市。

㉕ 杨蟠：见卷二《西湖西路 · 韬光庵》注。

㉖ 穷：尽。

㉗ 王思任：见卷二《西湖西路 · 韬光庵》注。

㉘ 武：古代以半步为一武。

㉙ 古宕：即古荡，地名，在杭州郊外。

㉚ 辋川诗：唐代王维在终南山有辋川别业，赋《辋川集》二十首绝句，状其中景色。

㉛ 棱层:瘦瘠貌。

㉜ 结屈:纠结屈曲貌。

㉝ 盘礴:徘徊、流连之意。

㉞ 夕曛:黄昏。

【评品】

西溪在今杭州市郊古荡一带。作者善于简述,精于刻画,故妙于小品。即以本文为例,石人岭之“双髻耸然”,西溪之命名典故,境地之幽静绝尘,古梅之大小不同,秋雪庵之芦花似雪,无不一一如绘。最后抒发鹿鹿风尘,未能与友偕隐的遗憾,可谓文约意丰。

虎跑泉①

虎跑寺本名定慧寺,唐元和十四年性空师所建②。宪宗赐号曰广福院。大中八年改大慈寺③,僖宗乾符三年加“定慧”二字④。宋末毁。元大德七年重建⑤。又毁。明正德十四年⑥,宝掌禅师重建。嘉靖十九年又毁⑦。二十四年,山西僧永果再造。今人皆以泉名其寺云。先是,性空师为蒲坂卢氏子⑧,得法于百丈海⑨,来游此山,乐其灵气郁盘,栖禅其中。苦于无水,意欲他徙。梦神人语曰:“师毋患水,南岳有童子泉⑩,当遣二虎驱来。”翼日⑪,果见二虎跑地出泉,清香甘洌。大师遂留。明洪武十一年⑫,学士宋濂朝京⑬,道山下。主僧邀濂观泉,寺僧披衣同举梵咒,泉觱沸而出,空中雪舞。濂心异之,为作铭以记。城中好事者取以烹茶,日去千担。寺中有调水符,取以为验。

苏轼《虎跑泉》诗:

亭亭石榻东峰上,此老初来百神仰⑭。
虎移泉眼趋行脚⑮,龙作浪花供抚掌⑯。

至今游人灌濯罢，卧听空阶环玦响⑰。
故知此老如此泉，莫作人间去来想⑱。

袁宏道《虎跑泉》诗⑲：

竹林松涧净无尘，僧老当知寺亦贫。
饥乌共分香积米⑳，枯枝常足道人薪。
碑头字识开山偈㉑，炉里灰寒护法神。
汲取清泉三四盏，芽茶烹得与尝新。

【注释】

① 虎跑泉：在杭州西湖西南角的大慈山下。本文摘录《西湖游览志》卷五《定慧禅寺》及《虎跑泉》而成，文字小异。

② 元和十四年：819 年。　性空：寰中禅师。

③ 大中八年：854 年。

④ 乾符三年：876 年。

⑤ 大德七年：1303 年。

⑥ 正德十四年：1519 年。

⑦ 嘉靖十九年：1540 年。

⑧ 蒲坂：古县名，今山西永济县。

⑨ 百丈海：唐代高僧怀海（720—814），福州长乐人，住洪洲百丈山，因称百丈禅师，著有《百丈清规》，提倡“一日不作，一日不食”，以励戒行。

⑩ 南岳：指杭州西湖南岸的山。

⑪ 翼日：同“翌日”，第二天。

⑫ 洪武十一年：1378 年。

⑬ 宋濂（1310—1381）：见卷三《西湖中路·陆宣公祠》注。

⑭ 此老：指唐高僧性空法师。

⑮ 趋行脚：指性空苦于无水而“意欲他徙”之意。行脚，云游，游方。

⑯ 抚掌：拍手。

⑰ 环玦响：状水声如玉佩碰击之响。玦，有缺口的玉环。

⑱ “莫作”句：谓性空师可在此修行终老。

⑲ 袁宏道：见卷一《西湖北路·昭庆寺》注。

⑳ 香积米：佛寺的斋饭。典出《维摩诘经·香积品》。

㉑ 开山：始建佛寺。 偈(jì)：佛经的唱词。

【评品】

文章分前后两部分。前半述虎跑寺之建置兴废，后半述虎跑出泉的传说。

凤凰山

唐宋以来，州治皆在凤凰山麓①。南渡驻跸②，遂为行宫。东坡云"龙飞凤舞入钱塘"③，兹盖其右翅也。自吴越以逮南宋，俱于此建都，佳气扶舆④，萃于一脉。元时惑于杨髡之说⑤，即故宫建立五寺⑥，筑镇南塔以厌之⑦，而兹山到今落寞。今之州治，即宋之开元故宫，乃凤凰之左翅也。明朝因之，而官司藩臬皆列左方⑧，为东南雄会。岂非王气移易，发泄有时也。故山川坛、八卦田、御教场、万松书院、天真书院⑨，皆在凤凰山之左右焉。

苏轼《题万松岭惠明院壁》：

余去此十七年⑩，复与彭城张圣途、丹阳陈辅之同来⑪。院僧梵英，葺治堂宇⑫，比旧加严洁。茗饮芳烈，问："此新茶耶？"英曰："茶性，新旧交则香味复。"余尝见知琴者，言琴不百年，则桐之生意不尽⑬，缓急清浊，常与雨旸寒暑相应⑭。此理与茶相近，故并记之。

徐渭《八仙台》诗⑮：

南山佳处有仙台，台畔风光绝素埃。
嬴女只教迎凤入⑯，桃花莫去引人来。
能令大药飞鸡犬⑰，欲傍中央剪草莱。
旧伴自应寻不见，湖中无此最深隈⑱。

袁宏道《天真书院》诗⑲：

百尺颓墙在，三千旧事闻。

野花粘壁粉，山鸟煽炉温。

江亦学之字[20]，田犹画卦文[21]。

儿孙空满眼，谁与荐荒芹[22]。

【注释】

① 凤凰山：在杭州市东南，主峰海拔178米。《西湖游览志》卷七："两翅轩翥，左薄湖浒，右掠江滨，形若飞凤。"故名。

② 南渡驻辇：指高宗避金兵之难，渡江建都杭州。皇帝御驾停留称驻辇。

③ 龙飞凤舞入钱塘：据周中孚《郑堂札记》卷二引晋郭璞《临安志》"天目山前两乳长，龙飞凤舞到钱塘"句，而苏轼《表忠观碑》则曰："天目之山，苕水出焉。龙飞凤舞，萃于临安。"

④ 扶舆：犹"扶摇"，形容盘旋而上。

⑤ 杨髡（kūn）：即杨琏真伽，见卷二《西湖西路·飞来峰》注。

⑥ 五寺：《西湖游览志》卷七："元至元十三年，从胡僧杨琏真伽请，即宋故内建五寺：曰报国、曰兴元、曰般若、曰仙林、曰尊胜。"

⑦ 镇南塔：即白塔。《西湖游览志》卷七："杨琏真伽发宋诸陵，建塔其上，其形如壶，俗称一瓶塔，高二百丈，内藏佛经数十万卷，佛菩萨像万躯，垩饰如雪，故又名白塔。至顺辛未正月十四日黎明，雷震之。至正末，为张士诚所毁。"据卷五《西湖外景·宋大内》，白塔即镇南塔。

⑧ 藩臬：藩司和臬司。布政使与按察使的并称。

⑨ 山川坛：在包家山旁，洪武二年建。　八卦田：为龙山天龙寺下之宋籍田。《西湖游览志》卷六："中阜规圆，环以沟塍，作八卦状，俗称九宫八卦田。"御教场：在中峰之右，《西湖游览志》卷七："宋殿前司营，为亲军护卫之所，俗称御教场者是也。"　万松书院：在凤凰山麓，《西湖游览志》卷七："本报恩寺故址也。弘治十年，参政周木毁寺而建书院。"　天真书院：在龙山下，《西湖游览志》卷六："本天真、天龙、净明三寺地。嘉靖九年，佥事王臣，揭阳薛侃，会稽王畿、钱德洪改建书院，以祀新建伯王公伯安。"

⑩ 余此去十七年：苏轼首次通判杭州是在熙宁四年（1071），于熙宁七年（1074）离任，后于元祐四年（1089）以龙图阁学士出知杭州，其间相隔十七年。

⑪ 彭城：今江苏徐州。　张圣途：张天骥，字圣途，号云龙山人，彭城人。建放鹤亭，苏轼有记。　丹阳：今属江苏。　陈辅之：陈辅，字辅之，金陵（今江苏南京）人，寄寓丹阳南郭，自号南郭子，少为王安石所知，以诗名世。因与丹

阳郡守作诗争衡,遭终身废弃。有《陈辅之诗话》,今佚。

⑫ 葺治:修缮。

⑬ 桐之生意:桐木制的琴的生命力。

⑭ 旸:日初升,晴天。

⑮ 徐渭:见卷二《西湖西路·岣嵝山房》注。

⑯ 嬴女:传说中的秦穆公之女弄玉(秦,嬴氏,故称),善吹箫。萧史教其作凤鸣声,穆公以弄玉妻之,凤凰来止其屋,公为作凤台。夫妇止其上,数年不下。一日,弄玉乘凤,萧史乘龙,升天而去。见《列仙传·萧史》。

⑰ 大药:丹家所谓外丹的别称。

⑱ 隈:山水弯曲处;角落。

⑲ 袁宏道:见卷一《西湖总记·明圣二湖》注。

⑳ "江亦"句:浙江钱塘江因呈"之"形,亦称之江,见于《水经注》。

㉑ "田犹"句:即文中凤凰山八卦田。是南宋朝开辟的"籍田"。田分八丘,各种不同颜色的作物。中有一圆墩,为半阴半阳太极图,呈八卦状。故名。

㉒ 荐荒芹:喻献祭微薄的祭品。

【评品】

凤凰山在杭州东南,北近西湖,南接江滨,形若飞凤,故名。本文分左右两翅分述凤凰山之两翼,其中以朝代之兴衰,附会王气之发泄移易之说,乃堪舆家之言耳。

宋大内①

《宋元拾遗记》:高宗好耽山水,于大内中更造别院,曰小西湖。自逊位后,退居是地,奇花异卉,金碧辉煌,妇寺宫娥充斥其内,享年八十有一。按钱武肃王年亦八十一②,而高宗与之同寿,或曰高宗即武肃后身也。《南渡史》又云:徽宗在汴时,梦钱王索还其地,是日即生高宗,后果南渡,钱王所辖之地,尽属版图。畴昔之梦,盖不爽矣。元兴,杨琏真伽坏大内以建五寺③,曰报国,曰兴元,曰般若,曰仙林,曰尊胜,皆元时所建。按志,报国寺即垂拱殿,兴元即芙蓉殿，般若即和宁门，仙林即延和殿，尊胜即福宁殿。雕梁画栋，尚有存者。白塔计高二百丈，内藏佛经数十万卷，佛像数千，整饰华靡。取宋南渡诸宗骨殖，杂以牛马之骼，压于塔下，名以镇南。未几，为雷所击，张士诚寻毁之[4]。

谢翱《吊宋内》诗[5]：

复道垂杨草乱交，武林无树是前朝。
野猿引子移来宿[6]，搅尽花间翡翠巢。

隔江风雨动诸陵[7]，无主园林草自春。
闻说光尧皆堕泪[8]，女官犹是旧宫人[9]。

紫宫楼阁逼流霞，今日凄凉佛子家。
寒照下山花雾散，万年枝上挂袈裟[10]。

禾黍何人为守阍，落花台殿暗销魂。
朝元阁下归来燕[11]，不见当时鹦鹉言。

黄晋卿《吊宋内》诗[12]：

沧海桑田事渺茫[13]，行逢遗老叹荒凉。
为言故国游麋鹿[14]，漫指空山号凤凰[15]。
春尽绿莎迷辇道，雨多苍翠上宫墙。
遥知汴水东流畔[16]，更有平芜与夕阳。

赵孟頫《宋内》诗[17]：

东南都会帝王州，三月莺花非旧游。
故国金人愁别汉[18]，当年玉马去朝周[19]。
湖山靡靡今犹在，江水茫茫只自流。
千古兴亡尽如此，春风麦秀使人愁[20]。

刘基《宋大内》诗[21]：

泽国繁华地，前朝此建都。

青山弥百粤[22]，白水入三吴[23]。
艮岳销王气[24]，坤灵肇帝图[25]。
两宫千里恨[26]，九子一身孤[27]。
设险凭天堑，偷安负海隅。
云霞行殿起[28]，荆棘寝园芜[29]。
币帛敦和议[30]，弓刀抑武夫[31]。
但闻当伫奏[32]，不见立廷呼[33]。
鬼蜮昭华衮[34]，忠良赐属镂[35]。
何劳问社稷，且自作欢娱。
秔稻来吴会[36]，龟鼋出巨区[37]。
至尊巍北阙，多士乐西湖。
鹢首驰文舫，龙鳞舞绣襦。
暖波摇襞积，凉月浸氍毹[38]。
紫桂秋风老，红莲晓露濡。
巨鳌擎拥剑，香饭漉雕胡。
蜗角乾坤大，鳌头气势殊[39]。
秦庭迷指鹿[40]，周室叹瞻乌[41]。
玉马违京辇，铜驼掷路衢[42]。
含容天地广，养育羽毛俱。
橘柚驰包贡[43]，涂泥赋上腴[44]。
断犀埋越棘，照乘走隋珠[45]。
吊古江山在，怀今岁月逾。
鲸鲵空渤澥[46]，歌咏已唐虞[47]。
鸱革愁何极[48]，羊裘钓不迂[49]。
征鸿暮南去，回首忆莼鲈[50]。

【注释】

① 宋大内：《西湖游览志》卷七："宋行宫，即钱王内宫也。皇城九里。"兴建殿堂四、楼七、台六、亭十九，还有人工仿造的"小西湖"，有"六桥"、"飞来

峰”等风景构筑。《西湖游览志》卷七载之甚详。南宋亡后，元代火灾，成为废墟。

② 钱武肃王：见卷一《西湖北路·昭庆寺》注。

③《南渡史》：未详。　杨琏真伽：见卷二《西湖西路·飞来峰》注。

④ 张士诚（1321—1367）：元泰州白驹场（今属江苏大丰）人。盐贩出身，至正十三年（1353）春，与弟士隐、士信及李伯升等，率盐丁起兵反元，克兴化、高邮。次年正月，称诚王，国号大周，年号天佑。十五年克常熟，十六年二月，定都平江（今苏州）。十七年八月降元，受封太尉，割据浙西。二十三年称吴王，屡败于朱元璋。二十七年，平江城破，被俘至应天（今南京）自缢。

⑤ 谢翱：谢翱（1249—1295），字皋羽，号晞发子，长溪（今福建霞浦县）人。倜傥有大节。元南侵后，曾从文天祥抗战，为谘议参军。天祥殉节，撰《登西台恸哭记》，以张巡、颜真卿喻天祥，以记游为名，行吊亡之实，诉亡国之痛。宋亡不仕。著有《晞发集》等。

⑥ 野猿："猿"、"元"同音，影射元朝统治者。

⑦ 诸陵：南宋六宗之陵墓。

⑧ 光尧：宋高宗赵构禅位于孝宗，被尊为太上皇，上尊号"光尧寿圣太上皇帝"。颂其禅让之德，可比尧传位于舜。

⑨ 女官：内宫的官员、有品秩，领俸薪，管理后宫的事务和一般宫女。旧宫女：元稹《行宫》："寥落古行宫，宫花寂寞红。白头宫女在，闲坐说玄宗。"

⑩ 袈裟：僧侣的法衣。

⑪ 归来燕：刘禹锡《乌衣巷》："昔日王谢堂前燕，飞入寻常百姓家。"

⑫ 黄晋卿：黄溍（1277—1357），元代文学家。婺州义乌（今属浙江）人。字文晋，又字晋卿。仁宗延祐年间进士，为官清风高节，累官侍讲学士知制诰。博览群书，议论精要。书画俱能名家。今存《金华黄先生文集》四十三卷。

⑬ 沧海桑田：喻世事变化之巨大迅疾。

⑭ 游麋鹿：繁华之地变荒凉之所，喻国灭家亡。《史记·淮南衡山列传》载，伍子胥谏吴王夫差，夫差不听。子胥曰："臣今见麋鹿游姑苏之台也。"

⑮ 空山号凤凰：宋大内在凤凰山南。曰漫、曰空，指宋大内已荡然无存。

⑯ 汴水：北宋故都开封所临。

⑰ 赵孟頫：见卷一《西湖总记·明圣二湖》注。

⑱"故国"句：汉武帝在长安建章宫筑神明台，铸铜仙人托金盘以承露水。魏明帝景初元年（237）派宦官到长安拆迁铜人，铜人临行落泪。古人多借金人

辞汉悲哀落泪,吊古伤今。赵孟頫本为赵宋后裔,用此典以寄托宗臣遗老的去国之思。

⑲ 玉马去朝周:喻贤臣去国另事明主。典出《史记·宋微子世家》。玉马指贤臣微子启。纣王昏暴,启数谏不听,乃去殷事周。赵孟頫以殷之宗臣微子启自比,他宋亡而仕元。

⑳ 麦秀:《尚书大传》卷二载,微子事周,封于朝鲜。微子朝周,过殷故墟,见麦秀蕲蕲,曰:“此父母之国。”乃为《麦秀之歌》,曰:“麦秀渐渐兮,禾黍油油。彼狡童兮,不我好仇。”可谓百感交集。作者用以自况。

㉑ 刘基(1311—1375):字伯温,青田(今属浙江)人。元至顺间进士,历任高安县丞、江浙儒学副提举、浙东元帅府都事等职,后弃官。元顺帝至正二十年(1360)投奔朱元璋,助其平天下。洪武元年(1368),拜御史中丞兼太史令。三年,授弘文馆学士,封诚意伯。后为左丞相胡惟庸所谗,忧愤而死。有《诚意伯文集》。

㉒ 弥:满。 百粤:古代“越”、“粤”通用,即百越。泛指浙、闽、粤、桂等地的部落。

㉓ 三吴:古代吴、吴兴、会稽三郡(今江浙一带)之地。

㉔ “艮岳”句:喻北宋灭亡。艮岳,指宋徽宗宣和四年(1122)竣工的华阳宫,徽宗有《御制艮岳记》。1127 年金陷汴京,宫被毁。

㉕ 坤灵:大地的灵秀之气。 肇:始。

㉖ 两宫千里恨:指徽、钦二帝北掳。

㉗ 九子:宋高宗赵构乃宋徽宗第九子。

㉘ “云霞”句:大兴土木建宫殿。行殿,行宫。

㉙ “荆棘”句:陵墓寝园荒芜。

㉚ “币帛”句:求和纳币以求苟安。敦,敦促。

㉛ “弓刀”句:抑制打击主战派。

㉜ “但闻”句:只听得进心中期待的(关于和议)的奏折。

㉝ “不见”句:对朝廷上大声疾呼的主战意见充耳不闻。

㉞ “鬼蜮”句:奸臣受恩宠。华衮,古代王公贵族多彩的礼服。

㉟ “忠良”句:忠良多被赐死。属镂,吴王夫差赐伍子胥自刎的剑名。

㊱ 秔稻:粳稻,米粒短而粗。 吴会:吴郡和会稽郡,指江浙一带。

㊲ 巨区:太湖的别称。

㊳ “至尊”六句:谓君臣宴乐、歌舞升平。南宋林升《题临安邸》:“山外青

山楼外楼，西湖歌舞几时休？暖风薰得游人醉，直把杭州作汴州。”即是时政的真实写照。鹢首，古代画鹢鸟（类鹭）于船首，后借指船头或船。文舫，画舫。襞积，亦作“襞绩”，原指衣服皱褶，引申为重叠、堆积。氍毹（qú shū），毛织的地毯，指代舞台。

㊴“巨鳌”四句：喻元兵南侵，锐不可挡。雕胡，菰米做的饭，称雕胡饭。

㊵“秦庭”句：昏君听信佞臣（如贾似道之流）指鹿为马，谎报军情，以败称胜。用赵高对秦二世胡亥指鹿为马的典故。详《史记·秦始皇本纪》。

㊶“周室”句：谓乱世臣民无所归依。瞻乌，《诗经·小雅·正月》：“哀我人斯，于何从禄？瞻乌爰止，于谁之屋？”毛传：“富人之屋，乌所集地。”以言今民亦当求明君而归之。后以喻乱世无所归依的百姓。

㊷“玉马”二句：清唐孙华《读顾亭林集二十四韵》：“玉马新朝去，铜驼故国怜。”玉马，此喻贤臣。铜驼，古代宫门外铜铸的骆驼。借指京城，宫廷。《晋书·索靖传》：“靖有先识远量，知天下将乱，指洛阳宫门铜驼，叹曰：‘会见汝在荆棘中耳。’”

㊸“橘柚”句：《尚书·禹贡》：“厥包橘柚，锡贡。”谓包裹橘柚而进贡天子。后以“包贡”指进贡。

㊹ 涂泥：贫瘠之地。　赋：田税；纳租税。　上腴：肥沃之田。

㊺ 照乘：照乘珠，光亮能照明车辆的宝珠。见《史记·田敬仲完世家》。隋珠：隋侯之珠。古代与和氏璧同为稀世珍宝。见《搜神记》卷二十。

㊻ 鲸鲵：鲸，雄曰鲸，雌曰鲵。此指恶人。　渤澥：指沧海。

㊼ 唐虞：唐尧虞舜。

㊽ 鸱革：指死后被盛皮袋浮于江中的吴国伍子胥。鸱，古代指鹞鹰。鸱革指以马皮制成的鸟形皮囊。　愁何极：伍子胥数谏夫差若放归越王勾践，坐视其强大，则亡吴必越。见《史记·伍子胥列传》。

㊾ 羊裘：羊裘垂钓。汉代严光与刘秀一起游学。刘秀即位，严光变名，身披羊裘隐钓洛中。喻隐居生活。　不迂：不为迂腐。

㊿ 忆莼鲈：西晋张翰，字季鹰，吴县（今江苏吴江县）人。在洛中为官，见秋风起，因思吴中莼菜羹、鲈鱼脍，曰：“人生贵得适志，何能羁宦数千里以要名爵乎！”遂命驾便归。

【评品】

宋大内，即钱武肃王镠之旧宫。于是作者引稗史小说，将钱武肃王镠、宋高宗赵构附会成轮回转世的因缘，并以年同、梦验为证，似真而实幻。作者对元僧杨琏真伽发南宋诸宗骨殖，鞑伐不遗余力，隐寓亡国之痛。

梵天寺

梵天寺在山川坛后①，宋乾德四年钱吴越王建②，名南塔。治平十年③，改梵天寺。元元统中毁④，明永乐十五年重建⑤。有石塔二、灵鳗井、金井。先是，四明阿育王寺有灵鳗井⑥。武肃王迎阿育王舍利归梵天寺奉之，凿井南廊，灵鳗忽见，僧赞有记⑦。东坡倅杭时⑧，寺僧守诠住此⑨。东坡过访，见其壁间诗有："落日寒蝉鸣，独归林下寺。柴扉夜未掩，片月随行履。惟闻犬吠声，又入青萝去。"东坡援笔和之曰："但闻烟外钟，不见烟中寺。幽人行未已，草露湿芒履。惟应山头月，夜夜照来去。"清远幽深，其气味自合。

苏轼《梵天寺题名》：

余十五年前⑩，杖藜芒履⑪，往来南北山。此间鱼鸟皆相识，况诸道人乎！再至惘然⑫，皆晚生相对，但有怆恨。子瞻书。

元祐四年十月十七日，与曹晦之、晁子庄、徐得之、王元直、秦少章同来⑬，时主僧皆出，庭户寂然，徙倚久之。东坡书。

【注释】

① 梵天寺：在凤凰山东南麓，原名南宝塔寺。今梵天寺遗址前有石刻经幢两座（即本文所谓"石塔二"），据幢身所刻建幢记为北宋乾德三年（965，与

本文异）吴越王钱弘俶所建，幢身八面。南侧一幢刻《大佛顶陀罗尼经》，北侧一幢刻《大随求即得大自在陀罗尼经》，腰檐构造仿木结构建筑，各层短柱设壁龛雕佛像，素有"吴越瑰宝"之称。为全国重点文物保护单位。

② 乾德四年：966 年。 钱吴越王：指吴越国王钱俶（929—988），见卷四《西湖南路·净慈寺》注。

③ 治平：宋英宗赵曙的年号（1064—1067）。治平仅四年，作者系南方人，或因四、十不分而误。《西湖游览志》卷七作"治平中"。

④ 元统：元惠宗妥懽贴睦尔的年号（1333—1335）。

⑤ 永乐十五年：1417 年。

⑥ 四明阿育王寺：在浙江宁波鄞县东 20 公里的宝幢镇。晋太康三年，刘萨诃于此得塔基一座，高一尺四寸，广七寸，内悬宝磬，中缀舍利，传是阿育王所造八万四千塔之一，内藏舍利传是佛祖涅槃后的遗骨。东晋义熙元年，建亭供奉此塔。南朝宋元嘉二年，始建寺院。梁武帝普通三年，赐额阿育王寺。

⑦ 僧赞：当依《西湖游览志》卷七作"赞宁"。赞宁（919—1001），北宋僧人，佛教史学家，俗姓高，吴兴德清（今属浙江）人。后唐天成年间在杭州祥符寺出家，清泰初入天台山受其足戒，精研三藏。后往灵隐寺，专习南山律。为吴越王钱俶所敬，署为两浙僧统，赐"明义示文大师"号。太平兴国三年（978）吴越王钱俶降宋，他以花甲之年奉阿育王寺真身舍利来到汴京（今河南开封），宋太宗赐予紫衣及"通慧大师"号，奉诏回杭州编纂《大宋高僧传》。著作尚有《四分律行事钞音义指归》三卷（已佚）、《舍利宝塔传》一卷、《护塔灵鳗菩萨传》一卷（或即本文所云之"记"）等。

⑧ 倅：副。古时州郡长官副职称"倅"。此指熙宁年间，苏轼通判杭州（职位亚于太守）。

⑨ 守诠：一作惠诠（《吴郡志》卷四十二），居杭州梵天寺（《竹坡诗话》）。《西湖游览志》卷七作"志诠"，误。《冷斋夜话》云："东吴僧惠诠，徉狂垢污，而诗句清婉。尝书湖上一山寺壁，……东坡一见，为和于后，……诠竟以诗知名。"有苏轼和诗《梵天寺见僧守诠小诗清婉可爱次韵》为证。与黄庭坚也有诗文酬唱。

⑩ 十五年前：指苏轼在杭州任通判的熙宁七年（1074）。

⑪ 杖藜芒履：荆杖草鞋。

⑫ "再至"句：指元祐四年（1089）。

⑬ 曹晦之：未详，待考。 晁子庄：北宋晁宗悫之子。兄仲衍，字子长，赐

进士,官祠部员外郎。兄仲熙,字子政,官朝议大夫。　徐得之:徐大正,字得之,一作德之,宋建州瓯宁人,黄州知州徐大受之弟。人称北山学士。赴省试,过钓台,邂逅苏轼,遂与订交。元祐中,筑室北山下,名闲轩。秦观为之记,苏轼为赋诗。　王元直:王箴,苏轼妻王弗之弟,字元直。　秦少章:秦观之弟秦觏,字少章。元祐六年(1091)进士,任仁和主簿。与苏轼、陈师道、张耒、黄庭坚皆有诗文酬唱。

【评品】

灵鳗之现,为附会舍利之灵验;守诠与东坡之应和,清远幽深,方合梵天寺之气味。

胜果寺

胜果寺①,唐乾宁间,无着禅师建②。其地松径盘纡,涧淙潺潺。罗刹石在其前③,凤凰山列其后④,江景之胜无过此。出南塔而上,即其地也。宋熙宁间⑤,在寺僧清顺住此⑥。顺约介寡交⑦,无大故不入城市。士夫有以米粟馈者,受不过数斗,盎贮几上⑧,日取二三合啖之,蔬笋之供,恒缺乏也。一日,东坡至胜果,见壁间有小诗云:"竹暗不通日,泉声落如雨。春风自有期,桃李乱深坞。"问谁所作,或以清顺对。东坡即与接谈,声名顿起。

僧圆净《胜果寺》诗⑨:

深林容鸟道,古洞隐春萝。
天迴闻潮早,江空得月多。
冰霜丛草木,舟楫玩风波。
岩下幽栖处,时闻白石歌⑩。

僧处默《胜果寺》诗⑪:

路自中峰上,盘回出薜萝⑫。
到江吴地尽,隔岸越山多。
古木丛青蔼,遥天浸白波。

下方城郭近，钟磬杂笙歌。

【注释】

① 胜果寺：《西湖游览志》卷七："自梵天寺而北，折而西，回绕松磴，为胜果禅寺、月岩。胜果寺，唐乾宁间（894—898）无著文喜禅师建。吴越王镌弥陀、观音、势至三佛及十八罗汉像于石壁。宋庆历初，赐额'崇圣寺'。元至正间毁。皇明洪武初，兴处禅师建，又毁。永乐十五年重建，松径盘纡，涧淙潺潺。"

② 无着禅师：即杭州无著文喜禅师，仰山慧寂禅师之法嗣。俗姓朱，唐末永嘉人。于五台山朝礼时得文殊点悟，遂驻锡五台山。后辗转来到浙江，住杭州龙泉寺。钱王对他非常崇敬，并奏赐紫衣，署无著禅师。

③ 罗刹石：据《西湖游览志》卷二十四："罗刹石，在（秦望）山之东南，横截江涛。海舶至此，多为风浪击覆。唐时，郡守每岁仲秋既望，迎潮设祭，则乐工歌舞其上……后改名镇江石。五代开平中，为潮沙涨没。"

④ 凤凰山：见卷五《西湖外景·凤凰山》注。

⑤ 宋熙宁间：自此以下，录自《西湖游览志》卷十四。熙宁，宋神宗赵顼的年号（1068—1077）。

⑥ 清顺：字怡然，北宋诗僧。居湖山胜处，清介贫甚，士大夫多往就见。苏轼有《僧清顺新作垂云亭》云："江山虽有余，亭榭苦难稳。登临不得要，万象各偃蹇。惜哉垂云轩，此地得何晚。天功争向背，诗眼巧增损。路穷朱栏出，山破石壁狠。海门浸坤轴，湖尾抱云巘。葱葱城郭丽，淡淡烟村远。纷纷乌鹊去，一一渔樵返。雄观快新获，微景收昔遁。道人真古人，啸咏慕嵇阮。空斋卧蒲褐，芒屦每自捆。天怜诗人穷，乞与供诗本。我诗久不作，荒涩旋锄垦。从君觅佳句，咀嚼废朝饭。"苏轼《减字木兰花·钱塘西湖有诗僧清顺》词云："所居藏春坞，门前有二古松，各有凌霄花络其上，顺常昼卧其下。余为郡，一日屏骑从过之，松风骚然，顺指落花求韵，余为赋此。　双龙对起，白甲苍髯烟雨里。疏影微香，下有幽人昼梦长。湖风清软，双鹊飞来争噪晚。翠飐红轻，时下凌霄百尺英。"《冷斋夜话》云："西湖僧清顺，颐然清苦，多佳句。尝赋《十竹诗》曰：'城中寸土如寸金，幽轩种竹只十个，春风惧勿长儿孙，穿我阶前绿苔破。'又有：'久服林下游，颇识林下趣。从渠绿阴繁，不碍清风度。闲行石上眠，落叶不知数。一鸟忽飞来，啼破幽绝处。'荆公游湖上，爱之，乃称扬其名。坡晚年亦与之游，甚多酬唱。"

⑦ 约介：清心寡欲，狷介脱俗。

⑧ 盎贮：用盎（一种腹大口小的瓦盆）储藏。

⑨ 僧圆净：据卷一《西湖北路·昭庆寺》，知为昭庆寺僧。

⑩ 白石：喻求道隐逸。汉刘向《列仙传·白石生》："白石生，……彭祖时已二千余岁，……常煮白石为粮。"韦应物《寄全椒山中道士》诗："涧底束荆薪，归来煮白石。"

⑪ 僧处默：唐代诗僧，初与贯休同在金华兰溪和安寺剃度出家，常以诗唱和。后入庐山，不知所终。

⑫ 薜萝：薜荔和女萝，均为攀缘性野生植物。

【评品】

文章先述胜果寺之地理位置，后引《西湖游览志》，述清顺与东坡之交往，清顺为人清介，为诗清幽，故东坡乐与接谈。

五 云 山

五云山去城南二十里①，冈阜深秀，林峦蔚起，高千丈，周回十五里。沿江自徐村进路，绕山盘曲而上，凡六里，有七十二湾，石磴千级。山中有伏虎亭②，梯以石堿③，以便往来。至顶半，冈名月轮山，上有天井，大旱不竭。东为大湾④，北为马鞍，西为云坞，南为高丽，又东为排山。五峰森列，驾轶云霞，俯视南北两峰，若锥朋立。长江带绕，西湖镜开，江上帆樯，小若鸥凫，出没烟波，真奇观也。宋时每岁腊前⑤，僧必捧雪表进⑥，黎明入城中，霰犹未集，盖其地高寒，见雪独早也。山顶有真际寺⑦，供五福神⑧，贸易者必到神前借本，持其所挂楮镪去⑨，获利则加倍还之。借乞甚多，楮镪恒缺，即尊神放债，亦未免穷愁。为之掀髯一笑。

袁宏道《御教场小记》⑩：

余始慕五云之胜，刻期欲登⑪，将以次登南高峰⑫。及一观御教场⑬，游心顿尽。石篑尝以余不登保俶塔为笑⑭。余谓西湖之景，愈下愈胜，高则树薄山瘦，草髡石秃⑮，千顷湖光，缩为杯子。北高峰、御教场是其例也⑯。虽眼界稍阔，然此躯长不逾六尺，穷目不见十里，安用许大地方为哉！石篑无以难。

【注释】

① 五云山：在杭州西湖西南面，濒临钱塘江，相传古时有五色瑞云萦绕山颠，故名。山海拔344米，石磴千余级，山顶有古井大旱不涸。

② 伏虎亭：宋初僧志逢以肉饲虎，虎辄驯伏，亭为此而建。详下《云栖》注。

③ 墄(cè)：台阶。

④ 大湾：与马鞍、云坞、高丽、排山皆为峰名。

⑤ 岁腊：每年农历十二月初八举行祭祀祖先众神的腊祭。

⑥ 雪表：贺雪表。因为“瑞雪兆丰年”，故臣子上进表文以示庆贺。

⑦ 真际寺：后梁普觉禅师结庵。后晋天福中，赐额“真际”。

⑧ 五福神：古代以寿、富、康宁、攸好德、考终命为五福。此指赵公明、招宝、纳珍、招财、利市五路财神。

⑨ 楮镪：纸钱。

⑩ 袁宏道：见卷一《西湖总记・明圣二湖》注。

⑪ 刻期：在严格规定的期限内。

⑫ 南高峰：见卷四《西湖南路・南高峰》注。

⑬ 御教场：将台山，俗称御教场。南宋时是御林军的“殿前司营”。宋孝宗与后宫妃嫔常在此习武射箭，检阅兵将。据说更早时是吴越王讲武之地。因方腊之妹“百花公主”在此点将而得名。地处玉皇山、栖云山、凤凰山之间。

⑭ 石篑：陶望龄。见卷一《西湖北路・昭庆寺》注。　保俶塔：见卷一《西湖北路・保俶塔》注。

⑮ 髡(kūn)：秃。古代剃发的刑罚。

⑯ 北高峰：见卷二《西湖西路・北高峰》注。

【评品】

西湖山川多以秀美见赏。而作者笔下的五云山,“冈阜深秀,林峦蔚起,高千丈,周回十五里”,四周森列五峰,傲视南北两高峰,颇显雄伟。山颠俯视,“长江(即钱塘江)带绕,西湖镜开”,帆樯若凫,出没烟波的奇观,读之恍在目前。结尾“尊神放债,亦未免穷愁”之调侃,不仅令人莞尔,亦见明末商贸之繁荣,借贷之风行。

云　栖

云栖①,宋熙宁间有僧志逢者居此②,能伏虎,世称伏虎禅师。天僖中③,赐真济院额。明弘治间为洪水所圮④。隆庆五年⑤,莲池大师名祩宏⑥,字佛慧,仁和沈氏子,为博士弟子,试必高等,性好清净,出入二氏⑦。子殇妇殁。一日阅《慧灯集》⑧,失手碎茶瓯,有省,乃视妻子为鹘臭布衫⑨,于世相一笔尽勾⑩。作歌寄意,弃而专事佛,虽学使者屠公力挽之⑪,不回也。从蜀师剃度受具⑫,游方至伏牛⑬,坐炼呓语⑭,忽现旧习,而所谓一笔勾者,更隐隐现。去经东昌府谢居士家⑮,乃更释然,作偈曰⑯:“二十年前事可疑,三千里外遇何奇。焚香执戟浑如梦,魔佛空争是与非。”当是时,似已惑破心空,然终不自以为悟。

归得古云栖寺旧址,结茅默坐,悬铛煮糜⑰,日仅一食。胸挂铁牌,题曰:“铁若开花,方与人说。”久之,檀越争为构室⑱,渐成丛林⑲,弟子日进。其说主南山戒律⑳,东林净土㉑,先行《戒疏发隐》㉒,后行《弥陀疏钞》㉓。一时江左诸儒皆来就正。王侍郎宗沐问㉔:“夜来老鼠唧唧,说尽一部《华严经》㉕?”师云:“猫儿突出时如何?”自代云:“走却法师,留下讲案。”又书颂云:“老鼠唧唧,《华严》历历。奇哉王侍郎,却被畜生惑。猫儿突出画堂前,床头说法无消息。大方广佛《华严经》,世主妙严品第一。”其持论严正,诂解精微。监司守相下车就语㉖,侃侃略无屈㉗。海内名贤,望而心折。孝定皇太后绘像宫中礼焉[28]，赐蟒袈裟[29]，不敢服，被衲敝帏，终身无改。斋惟蔬菜。有至寺者，高官舆从，一概平等，几无加豆[30]。仁和樊令问："心杂乱，何时得静？"师曰："置之一处，无事不办。"坐中一士人曰："专格一物，是置之一处，办得何事？"师曰："论格物[31]，只当依朱子豁然贯通去，何事不办得？"或问："何不贵前知？"师曰："譬如两人观《琵琶记》[32]，一人不曾见，一人见而预道之，毕竟同看终场，能增减一出否耶？"甬东屠隆于净慈寺迎师观所著《昙花传奇》[33]，虞淳熙以师梵行素严阻之[34]。师竟偕诸绅衿临场谛观讫[35]，无所忤。寺必设戒，绝钗钏声，而时抚琴弄箫，以乐其脾神。晚著《禅关策进》[36]。其所述，峭似高峰、冷似冰者，庶几似之矣。喜乐天之达[37]，选行其诗。平居笑谈谐谑，洒脱委蛇，有永公清散之风[38]。未尝一味槁木死灰[39]，若宋旭所议担板汉[40]，真不可思议人也。出家五十年，种种具嘱语中。万历乙卯六月晦日[41]，书辞诸友，还山设斋，分表施衬[42]，若将远行者。七月三日，卒仆不语，次日复醒。弟子辈问后事，举嘱语对。四日之午，命移面西向，循首开目，同无疾时，哆哪念佛[43]，趺坐而逝[44]。往吴有神李昙降毗山[45]，谓师是古佛。而杨靖安万春尝见师现佛身[46]，施食吴中。一信士窥空室[47]，四鬼持灯至，忽列三莲座[48]，师坐其一，佛像也。乩仙之灵者云[49]，张果听师说《心赋》于永明[50]。李屯部妇素不信佛[51]，偏受师戒，逾年屈三指化[52]，云身是梵僧阿那吉多[53]。而僧俗将坐脱时[54]，多请说戒、说法。然师自名凡夫，诸事恐呵责，不敢以闻。化前一日，漏语见一大莲华盖[55]，不复能秘其往生之奇云[56]。

袁宏道《云栖小记》[57]：

云栖在五云山下[58]，篮舆行竹树中[59]，七八里始到，奥僻非常[60]，莲池和尚栖止处也。莲池戒律精严[61]，于道虽不大彻[62]，然不为无所见者。至于单提念佛一门，则尤为直捷简要，六个字中[63]，旋天转地[64]，何劳捏目更趋狂解[65]，然则虽谓莲池一无所悟可也。一无所悟,是真阿弥,请急着眼[66]。

李流芳《云栖春雪图跋》[67]:

余春夏秋常在西湖,但未见寒山而归[68]。甲辰[69],同二王参云栖[70]。时已二月,大雪盈尺。出赤山步[71],一路琼枝玉干,披拂照曜。望江南诸山,皑皑云端,尤可爱也。庚戌秋[72],与白民看雪两堤[73]。余既归,白民独留,迟雪至腊尽[74]。是岁竟无雪,怏怏而返[75]。世间事各有缘,固不可以意求也。癸丑阳月题[76]。

又《题雪山图》:

甲子嘉平月九日大雪[77],泊舟阊门[78],作此图。忆往岁在西湖遇雪,雪后两山出云,上下一白,不辨其为云为雪也。余画时目中有雪,而意中有云,观者指为云山图,不知乃画雪山耳。放笔一笑。

张岱《赠莲池大师柱对》:

说法平台,生公一语石一语[79]。

栖真斗室,老僧半间云半间[80]。

【注释】

① 云栖:袁宏道《云栖小记》:"云栖在五云山下。"《西湖新志》卷二:"云栖坞,在五云山西一里。《莲池寺记》:'五云山有五色云,已而飞集山西坞中,经久不散,因以名坞。'"

② 熙宁:宋神宗赵顼的年号(1068—1077)。 志逢:余杭人,通贯三学,吴越国王召赐紫衣师号。开宝初,忠懿王建普门精舍,请志逢开山。时大将凌超,于五云山创院,奉师为终老之所。五云多虎,师每携大扇乞钱,以肉饲虎,虎辄驯伏,日暮还山,虎迎之,骑以归。故世称伏虎禅师,一号大扇和尚。雍熙二年示寂,本文曰熙宁年间,恐误。卷五《西湖外景・五云山》:"山中有伏虎亭。"盖纪念其伏虎之事而建。

③ 天僖:当作天禧。宋真宗赵恒的年号(1017—1021)。

④ 弘治:明孝宗朱祐樘的年号(1488—1505)。 圮:毁塌。

⑤ 隆庆五年:1571 年。

⑥ 莲池大师(1535—1615):明净土宗大师。俗姓沈,名袾宏,字佛慧,仁和(今杭州)人。早年习儒,以孝行闻。三十二岁出家,为遍融、笑岩二僧的弟子。隆庆五年,居杭州云栖寺,专主净土法门,融合禅宗,定十约,僧徒奉为科律。主张儒释道三教一致。与紫柏、憨山、蕅益并称明代“四大高僧”。著述有三十二种。

⑦ 出入二氏:兼涉儒佛。

⑧《慧灯集》:元代华严名僧仲华文才(1241—1302)所著。他讲授经论,主张通宗会意,视语言文字,不过糟粕而已。世祖命为洛阳白马寺住持,号“释源宗主”,后为五台山佑国寺开山第一代住持。

⑨ 鹘臭布衫:比喻臭秽贱物。

⑩ 世相:此指人世间的尘事俗物。

⑪ 学使:即学政,“提督学政”的简称,是由朝廷委派到各省主持院试,并督察各地学官的官员,一般由翰林院或进士出身的京官担任。

⑫ 剃度:指剃除须发,发给度牒(合法出家者的证明)。　受具:受具足戒(大戒,年满二十岁的出家人所受的完全戒)。

⑬ 游方:僧人修行问道,周游四方。　伏牛:山名,在河南省西南部。

⑭ 呓语:梦中说话。

⑮ 东昌府:治所在今山东聊城。

⑯ 偈:佛经体裁之一,佛经中的唱颂词,由固定字数的四句组成,主要有两种:一曰通偈,由梵文三十二音节构成;二曰别偈,共四句,每句四至七言不定。僧人常用以阐发佛理。

⑰ 结茅:指盖建简陋的房屋。　铛(chēng):烧煮饭食的锅,有耳和足。糜:粥。

⑱ 檀越:施主。

⑲ 丛林:众多僧人共同居住的大寺院,如树木之丛集为林,故称。

⑳ 南山戒律:一种研习及传持戒律为主的中国佛教派别。唐代僧人道宣住持终南山丰德寺,为律宗三派之一的南山宗的创始人,故称。

㉑ 东林净土:即净土宗,中国佛教流传最广的派别之一,专修往生净土(西方极乐世界)的法门。初祖晋僧慧远住庐山东林寺,结莲社,故称东林净土,又称莲宗。

㉒《戒疏发隐》:全名《梵冈戒疏发隐》,著录于《云栖法汇》,莲池大师所撰。

㉓《弥陀疏钞》:全名《阿弥陀经疏钞》,凡四卷,系莲池大师为鸠摩罗什

所译之阿弥陀经作的疏。

㉔ 王侍郎宗沐：王宗沐，字新甫，明临海人。嘉靖进士，任江西提学副使时，修白鹿洞书院。三迁山西布政使，任刑部侍郎。以京察拾遗罢归。

㉕《华严经》：全名为《大方广佛华严经》。大方广为所证之法，佛以华庄严法身，故曰华严。

㉖ 监司：按察使。　守相：郡守。

㉗ 侃侃：直抒己见，从容不迫。

㉘ 孝定皇太后：明神宗生母李太后，信用张居正为相，支持变法。好佛，多置庙宇，耗资巨万。

㉙ 蟒袈裟：绣有蟒纹的和尚法衣。

㉚ 加豆：添加食物以示尊崇。豆，先秦时期的食器和礼器。

㉛ 格物：即格物致知。推究事物的原理而获得知识。最早见于《礼记·大学》："致知在格物，物格而后知至。"朱熹（即文中所称朱子）云："所谓致知在格物者，言欲致吾之知，在即物而穷其理也。"（《大学章句·补格物章》）朱熹认为欲明心中之理，不能只靠反省，必以格物为方法，穷尽万物之理后，心中所具之理方能显出。他的"格物"，包括读书思辨和道德修养。

㉜《琵琶记》：明高则诚作，据南戏《赵贞女》改编。写蔡伯喈中状元后入赘牛丞相府，妻赵五娘独力养家，灾年典当俱尽，父母饿死，五娘抱琵琶千里行乞弹唱，赴京寻夫，几经周折，终得团圆。

㉝ 甬东屠隆：屠隆（1542—1605），字长卿、纬真，号赤水、鸿苞居士，浙江鄞县人。万历五年进士，曾任礼部主事，后罢归。屠隆精通音律，家有戏班，曾登场献艺。著有传奇《昙花记》、《修文记》、《彩毫记》三种。　净慈寺：在杭州，后周显德元年（954），吴越王钱俶所建。　《昙花传奇》：即屠隆所著《昙花记》，写唐木清泰弃官求道，苦修十年，与妻妾均成正果事。

㉞ 虞淳熙（1553—1621）：字长孺，浙江钱塘人。历任兵部职方事、礼部员外郎等职。据《明史·孙鑨传》，其曾任稽勋员外郎，后被勒斥为民。著有《德园全集》。　梵行素严：平素持戒甚严。

㉟ 谛观：详细认真地观看。

㊱《禅关策进》：莲池大师著，全一卷。为修禅者必读之精进总集。

㊲ 乐天：白居易，字乐天，晚年乃"放意文酒"，"暮节惑浮屠道尤甚，至经月不食荤，称香山居士"（《新唐书·白居易传》）。

㊳ 永公：指晋僧慧永，庐山西林寺住持。《莲社高贤传·慧永法师》："镇

南将军何无忌……谓众曰：‘永公清散之风，乃多于远师也。’”

㊴ 槁木死灰：枯木无气，死灰无热，喻毫无生气，意志消沉。《庄子·齐物论》：“形固可使如槁木，而心固可使如死灰乎？”

㊵ 宋旭：字石门，嘉兴（一作湖州）人，善绘画，万历间名重海内。 担板汉：指呆板不知变通的人。

㊶ 万历乙卯：万历四十三年（1615）。 晦日：农历每月最后一日。

㊷ 分表施衬：分别表明施布的人和物。

㊸ 哆哪：犹云呢喃。

㊹ 趺坐：双足交叠而坐。

㊺ 毗山：位于湖州城东，由于近城，所以名毗山。

㊻ 杨靖安万春：杨万春，钱塘人，万历举人，曾任上杭、靖安县县令。

㊼ 信士：指信奉佛教的在家男子。

㊽ 莲座：佛像座位，形似莲花，以表软净庄严。

㊾ 乩（jī）仙：扶乩者。旧时术士，用两人扶丁字木架，下置沙盘，装作神鬼附身，画沙作字，预言人事祸福。

㊿《心赋》：《心赋》四卷，是宋代净土宗高僧智觉禅师延寿探讨佛理之作。宋太祖建隆二年（961），他应吴越王钱俶之邀，成为杭州慧日永明寺（即文中所云“永明”，今名净慈寺）住持。

51 屯部：即屯田部，明代工部下属的部门，掌屯种、抽分、征商、薪炭、夫役、坟茔之事。

52 屈三指化：死时三个指头弯曲，据说表示信佛。

53 阿那吉多：即“阿尼律陀”，意译为如意、无贪，释迦牟尼叔父甘露饭王之子，后随释迦出家，为佛祖十大弟子之一。

54 坐脱：即坐化。佛教修行者临终时端坐而逝，称坐化。因佛教认为人死是一种苦难的解脱，所以又称“坐脱”。

55 漏语：说漏嘴。 莲华盖：莲花状的车伞盖，是为祥瑞。

56 “不复”句：谓不能再隐瞒他前世的奇异。指其为佛转世。

57 袁宏道：见卷一《西湖总记·明圣二记》注。

58 五云山：见本卷《五云山》注。

59 篮舆：竹籐制的简便轿子。

60 奥僻：幽深偏僻。

61 戒律精严：当时南北戒坛久禁不行，莲池主持道场，整饬清规，规条甚严,出《僧约十条》、《修身十事》等示众。布萨羯磨,举功过,行赏罚,一丝不苟。成为他的净土思想特色。

62 不大彻:不透彻,未臻大悟大彻的境界。

63 六个字:即"南无阿弥陀佛"。莲池《示病人》:"将家事处置了却,放下万缘。空空地心上,只念六字佛名。刻刻不忘,自然业障消灭。业障既消,自然夜卧安宁,身心康健矣。"

64 旋天转地:形容法力之巨。

65 捏目:目喻真心,捏目谓妄念。　狂解:是袁宏道对狂禅、滥禅的批判。可见其晚年摄禅归净的佛学思想。

66 急着眼:抓紧思考。

67 李流芳:见卷四《西湖西路·雷峰塔》注。

68 寒山:此指冬季的山、覆雪的山。

69 甲辰:万历三十二年(1604)。

70 二王:王志坚(1576—1633),字弱生,号淑士,明苏州昆山人。万历三十八年(1630)进士,任南京兵部员外郎,终仕以佥事督湖广学政,与李流芳并位"昆山三才子"之列。王志长,字平仲,志坚之弟,万历举人。有《周礼注疏删翼》三十卷。

71 赤山步:即赤山埠,地近赤山,是西湖西岸上下船的埠头,故名。靠近定香桥。

72 庚戌:万历三十八年(1610)。

73 两堤:苏堤、白堤。

74 迟:等候。　腊尽:农历十二月底。

75 快快:不满意,失意貌。

76 癸丑:万历四十一年(1613)。　阳月:农历十月的别称。

77 甲子:天启四年(1624)。　嘉平月:农历十二月的别称。

78 阊门:苏州古城之西门。

79 生公:晋末高僧竺道生,世称生公。相传其说法,能使顽石点头。后喻精通道理者(此喻莲池)亲自讲解。

80 云半间:切云栖之名。

【评品】

本文题曰"云栖",实为莲池大师传记,这在《梦寻》中罕见。

作者详述其生平：由出入二氏至弃世奉佛；由从师剃度受具到云游四方，再到结茅云栖，默坐参禅；由隐现儒家旧习到似已“惑破心空”，再到说法著述，精严入微，其悟道日深。作者刻画其性格：谈笑谐谑，妙喻禅理，机锋迭出；不慕荣利，不屈高官，诗乐自娱，洒脱委蛇，十分传神。而结尾师现佛身云云，当系传说附会。

六和塔

月轮峰在龙山之南①。月轮者，肖其形也。宋张君房为钱塘令②，宿月轮山，夜见桂子下塔，雾旋穗散坠如牵牛子。峰旁有六和塔③，宋开宝三年，智觉禅师筑之以镇江潮④。塔九级，高五十余丈，撑空突兀，跨陆府川。海船方泛者，以塔灯为之向导。宣和中⑤，毁于方腊之乱⑥。绍兴二十三年⑦，僧智昙改造七级。明嘉靖十二年毁⑧。中有汤思退等汇写佛说四十二章、李伯时石刻观音大士像⑨。塔下为渡鱼山⑩，隔岸剡中诸山⑪，历历可数也。

李流芳《题六和塔晓骑图》⑫：

燕子矶上台⑬，龙潭驿口路⑭。
昔时并马行，梦中亦同趣。
后来五云山⑮，遥对西兴渡⑯。
绝壁瞰江立，恍与此境遇。
人生能几何，江山幸如故。
重来复相携，此乐不可喻。
置身画图中，那复言归去。
行当寻云栖⑰，云栖渺何处。

此予甲辰与王淑士、平仲参云栖舟中为题画诗⑱，今日展予所画《六和塔晓骑图》，此境恍然，重为题此。壬子十月六日⑲，定香桥舟中⑳。

吴琚《六和塔应制》词㉑：

玉虹遥挂[22]，望青山、隐隐如一抹。忽觉天风吹海立，好似春雷初发。白马凌空，琼鳌驾水[23]，日夜朝天阙。飞龙舞凤，郁葱环拱吴越。　　此景天下应无，东南形胜[24]，伟观真奇绝。好似吴儿飞彩帜，蹴起一江秋雪[25]。黄屋天临[26]，水犀云拥[27]，看击中流楫[28]。晚来波静，海门飞上明月。

（右调《酹江月》）[29]

杨维桢《观潮》诗[30]：

八月十八睡龙死[31]，海龟夜食罗刹水[32]。
须臾海辟龛赭门[33]，地卷银龙薄于纸。
艮山移来天子宫[34]，宫前一箭随西风。
劫灰欲洗蛇鬼穴[35]，婆留折铁犹争雄[36]。
望海楼头夸景好[37]，断鳌已走金银岛[38]。
天吴一夜海水移，马蹀沙田食沙草[39]。
厓山楼船归不归[40]，七岁呱呱啼轵道[41]。

徐渭《映江楼看潮》诗[42]：

鱼鳞金甲屯牙帐[43]，翻身却指潮头上。
秋风吹雪下江门，万里琼花卷层浪。
传道吴王渡越时，三千强弩射潮低[44]。
今朝筵上看传令，暂放胥涛掣水犀[45]。

【注释】

① 月轮峰：《西湖游览志》卷二十四："月轮山在龙山南，行如圆月，其高耸者为月轮峰。宋时张君房为钱唐令，夜宿月轮山，寺僧报曰：桂子下塔。遽起望之，纷如烟雾，回旋成穗，散坠如牵牛子，黄白相间，咀之无味。"

② 张君房：宋安陆（今属湖北）人。景德进士，官尚书度支员外郎，充集贤校理。祥符中，自御史台贬海宁。宋真宗命戚纶等校正道藏，纶荐君房主其事，遂取秘阁及苏、越、台三州道藏于杭州，集道士十人襄助，编成《云笈七签》一百二十二卷。

③ 六和塔：《西湖游览志》卷二十四："在月轮峰旁，宋开宝三年（970）智觉禅师建。先是，梁开平五年钱王于仁王废殿掘地得大钱，以为瑞应，因建大

钱寺,设宝幢二座于寺门。入宋,寺废。禅师乃即钱氏南果园建塔,以镇江潮。高九级,五十余丈,撑空兀突,陆跨俯川。海船夜泛者,以塔灯为指南焉。”

④ 智觉禅师:净土宗高僧。宋太祖建隆二年(961),他应吴越王钱俶之邀,成为杭州慧日永明寺(即文中所云“永明”,今名净慈寺)住持。著有《宗镜录》、《心赋》等。

⑤ 宣和:宋徽宗赵佶的年号(1119—1125)。

⑥ 方腊:一名方十三,宋睦州青溪(今浙江淳安)人,宣和二年聚众起义,响应者数十万人,自称圣公,建元永乐,分官设职,攻城略地。宣和三年,宋以童贯为帅率抗辽十五万兵镇压,方腊兵败被俘,斩于京师。

⑦ 绍兴二十三年:1153 年。《西湖游览志》作二十二年。

⑧ 嘉靖十二年:1533 年。《西湖游览志》作三年。

⑨ 汤思退(1117—1164):字进之,号湘水,又号敏斋,今浙江青田人。绍兴年间因附秦桧,累官参知政事,拜右仆射,寻罢。隆兴初复相。金人索四郡,思退许之,且令孙造谕敌以重兵相胁,为言者所劾,罢相。太学生张观登上书,请斩思退,思退忧悸而死。 李伯时:李公麟(1049—1106),字伯时,舒州舒城(今属安徽)人,号龙眠居士,北宋著名画家。官至朝奉郎。擅长以白描写生人物,运笔如行云流水,所画山水,亦有创格,继承并发展了顾恺之、吴道子的技法,与苏轼、米芾、黄庭坚等皆有深交。

⑩ 渡鱼山:《西湖游览志》卷二十四:“(六和)塔下为龙山渡、鱼山渡。”

⑪ 剡中:古代县名,西汉置,在今浙江嵊县西南。

⑫ 李流芳:见卷四《西湖南路·雷峰塔》注。

⑬ 燕子矶:是长江三大名矶之一,号称“万里长江第一矶”,在南京市观音门外。山石直立江上,三面临空,似燕子欲飞,故名。

⑭ 龙潭驿:在江苏句容北,濒临长江,居南京、镇江之间。明初于此设巡司,兼设龙潭水马驿。

⑮ 五云山:见卷五《西湖外景·五云山》注。

⑯ 西兴渡:在今杭州滨江区。地当钱塘江渡口,与杭州隔岸相对,为浙东大运河的起点,为商旅会集之地。古代在此设渡置驿。

⑰ 云栖:见卷五《西湖外景·云栖》注。

⑱ 甲辰:万历三十二年(1604)。 王淑士、平仲:见卷五《西湖外景·云栖》注。

⑲ 壬子:万历四十年(1612)。

⑳ 定香桥：在今杭州花港观鱼东门外。

㉑ 吴琚：开封人，字居父，号云壑。南宋书法家。宁宗时判建康府兼留守，位至少师。工诗词，尤精翰墨，风格峻峭似米芾。著有《云壑集》。传世书迹有《观伎帖》、《焦山题名》等。 应制：奉命（多为皇命）而制的诗词文章。

㉒ 玉虹：白虹。苏轼《郁孤台》："山为翠浪涌，水作玉虹流。"

㉓ 琼鳌：传说中的白色海龟。

㉔ 东南形胜：柳永《望海潮》："东南形胜、三吴都会。"见卷一《西湖总记·明圣二湖》注。

㉕ "好似吴儿"二句：其情其状，参见周密《观潮》所云：钱塘潮"既而渐近，则玉城雪岭，际天而来"；吴儿则"皆披发文身，手持十幅大彩旗，争先鼓勇，溯迎而上，出没于鲸波万仞中，腾身百变，而旗尾略不沾湿，以此夸能"。

㉖ 黄屋：古代帝王御用的黄缯车盖。 天临：御驾亲临。据周密《武林旧事》卷七载，淳熙十年（1183），八月十八日，宋孝宗与太上皇（高宗）往观钱塘潮，谕侍宴诸臣，各赋《酹江月》一曲。高宗以吴琚所赋为第一。

㉗ 水犀：指水军。《国语·越语上》载吴王夫差有"衣水犀之甲"的水军。

㉘ 击中流楫：《晋书·祖逖传》载：逖将其部曲百余家渡江，中流击楫而誓曰："祖逖不能清中原而复济者，有如大江。"后以此成语喻立志奋发图强。词中用此典，赞即位之初的孝宗尚有北伐恢复之志。

㉙《酹江月》：词牌名。即《念奴娇》。双调一百字。前片四十九字，后片五十一字，为十句四仄韵。

㉚ 杨维桢（1296—1370）：见卷一《西湖北路·岳王坟》"杨铁崖"注。

㉛ 睡龙死：或指民间传说八月十八日钱镠射死钱塘潮神的故事。

㉜ 罗刹水：罗刹江，即钱塘江。

㉝ 龛赭：两山名。在浙江萧山市东北。原两山夹江对峙，现均在钱塘江南岸。

㉞ 艮山移来：形容钱塘潮排山倒海之势。艮，八卦之一，代表山。

㉟ 劫灰：灾难后的遗迹。

㊱ 婆留：吴越王钱镠的小名。镠出生后，其父欲投之井。祖母（一说邻媪）强留之，故名。 折铁：折铁剑，状似刀、长三尺四寸三分，重仅一斤四两。喻钱镠仅据有弹丸之地，偏居一隅。 犹争雄：据说贯休献诗钱镠有"一剑霜寒十四州"之句，钱改为"四十州"，其争霸中原之心可见。他先后打败刘汉宏、董昌等，雄霸一方。

㊲ “望海楼”句：似指淳熙十年（1183）八月十八日，宋孝宗与太上皇（宋高宗）往浙江亭（即所谓“望海楼”）观潮一事。父子盛赞钱塘潮天下所无，并命众臣各赋《酹江月》。见周密《武林旧事》卷七。

㊳ 断鳌：《淮南子·览冥训》有女娲断鳌足以立四极的典故，此似以女娲比南宋爱国臣将，在元兵大举南下，临安失守之后，辗战浙、闽、粤，力图挽狂澜于既倒。　金银岛：则喻厓山。杭州沦陷，年幼的益王赵昰、广王赵昺，在杨太后带领下，逃至温州。由陆秀夫、张世杰拥立赵昺于福州即位，是为端宗。端宗病亡，又拥立7岁的赵昺为帝（诗末句“七岁呱呱”即咏此）。

㊴ “天吴”二句：喻沧海桑田之意。天吴，水伯。见《山海经·海外东经》。

㊵ 厓山：1279年，赵昺政权一败再败，退至广东新会县南的厓山。丞相陆秀夫背着7岁的皇帝投海自尽。张世杰坚拒劝降，战斗到舟倾人亡。杨太后也跳海自尽。

㊶ 轵道：亭名，在今陕西西安东北。《史记·秦始皇本纪》：“子婴即系颈以组，白马素车，奉天子玺符，降轵道旁。”后以“轵道”借指亡国投降。按，此处用此典欠妥，因为南宋君臣军民，虽败未降。

㊷ 徐渭：见卷二《西湖西路·岣嵝山房》注。

㊸ “鱼鳞”四句：即周密《武林旧事》卷三《观潮》一节所写吴儿搏浪戏潮的情状。

㊹ “传道”二句：关于强弩射潮的传说，既有谓吴王夫差者，又有谓吴越王钱镠者。此指前者。苏轼《八月十五日看潮》诗有“安得夫差水犀手，三千强弩射潮低”句。

㊺ 胥涛：即钱塘潮。伍子胥死后被投尸浙江，化为涛神。　水犀：水军。

【评品】

六和塔坐落在浙江省杭州市钱塘江北岸的月轮峰上。原为五代吴越国王的南果园，塔始建于北宋开宝三年，是钱弘俶舍园所造，同时还建造了塔院，原名开化寺，其中有一楹联写道：“灯传慧业三摩地，鼓应潮声八月天。”塔为镇潮导航而建，代有兴废。现存砖构塔身系绍兴二十三年重建之遗物，外部木构廊檐系光绪二十五年重建。今塔高近六十米，八面七级，犹存当年旧貌。

镇海楼

镇海楼旧名朝天门①，吴越王钱氏建。规石为门，上架危楼。楼基垒石高四丈四尺，东西五十六步，南北半之。左右石级登楼，楼连基高十有一丈。元至正中，改拱北楼②。明洪武八年，更名来远楼，后以字画不祥③，乃更名镇海。火于成化十年④，再造于嘉靖三十五年⑤，是年九月又火，总制胡宗宪重建⑥。楼成，进幕士徐渭曰⑦："是当记，子为我草。"草就以进，公赏之，曰："闻子久侨矣⑧。"趋召掌计，廪银之两百二十为秀才庐。渭谢侈不敢⑨。公曰："我愧晋公，子于是文，乃遂能愧湜，倘用福先寺事数字以责我酬，我其薄矣，何侈为⑩！"

渭感公语，乃拜赐持归。尽橐中卖文物如公数⑪，买城东南地十亩，有屋二十有二间，小池二，以鱼以荷；木之类，果木材三种，凡数十株；长篱亘亩⑫，护以枸杞，外有竹数十个，笋迸云⑬。客至，网鱼烧笋，佐以落果，醉而咏歌。始屋陈而无次，稍序新之，遂颜其堂曰"酬字"⑭。

徐渭《镇海楼记》：

镇海楼相传为吴越钱氏所建，用以朝望汴京⑮，表臣服之意。其基址、楼台、门户、栏楯，极高广壮丽，具载别志中。

楼在钱氏时，名朝天门。元至正中⑯，更名拱北楼。皇明洪武八年⑰，更名来远。时有术者病其名之书画不祥，后果验⑱，乃更今名。火于成化十年⑲，再建于嘉靖三十五年⑳，九月又火。予奉命总督直浙闽军务，开府于杭㉑，而方移师治寇，驻嘉兴，比归，始与某官某等谋复之。人有以不急病者。予曰："镇海楼建当府城之中，跨通衢，截吴山麓㉒，其四面有名山大海、江湖潮汐之胜，一望苍茫，可数百里。民庐舍百万户，其间村市官私之景，不可亿计，而可以指顾得者，惟此楼为杰特之观。至于岛屿浩渺，亦宛在吾掌股间㉓。高翥长骞㉔，有俯压百蛮气㉕。而东夷之以贡献过此者，亦往往瞻拜低回而始去。故四方来者，无不趋仰以为观游的。如此者累数百年，而一旦废之，使民若失所归，非所以昭太平㉖、悦远迩㉗。非特如此已也，其所贮钟鼓刻漏之具，四时气候之榜㉘，令民知昏晓，时作息㉙，寒暑启闭，桑麻种植渔佃，诸如此类，是居者之指南也。而一旦废之，使民懵然迷所往，非所以示节序，全利用㉚。且人传钱氏以臣服宋而建㉛，此事昭著已久。至方国珍时㉜，求缓死于我高皇，犹知借锣事以请㉝。诚使今海上群丑而亦得知钱氏事㉞，其祈款如珍之初词㉟，则有补于臣道不细，顾可使其迹湮没而不章耶㊱？予职清海徼㊲，视今日务，莫有急于此者。公等第营之，毋浚征于民㊳，而务先以己。"于是予与某官某等，捐于公者计银凡若干，募于民者若干。遂集工材，始事于某年月日。计所构，甃石为门㊴，上架楼，楼基垒石，高若干丈尺。东西若干步，南北半之。左右级曲而达于楼，楼之高又若干丈。凡七楹㊵，础百㊶。巨钟一，鼓大小九，时序榜各有差，贮其中，悉如成化时制。盖历几年月而成。始楼未成时，剧寇满海上，予移师往讨，日不暇至㊷。于今五年，寇剧者禽㊸，来者遁，居者慑不敢来，海始晏然，而楼适成，故从其旧名"镇海"。

张岱《镇海楼》诗：

钱氏称臣历数传，危楼突兀署朝天㊹。
越山吴地方隅尽㊺，大海长江指顾连㊻。
使到百蛮皆礼拜，潮来九折自盘旋。
成嘉到此经三火，皆值王师靖海年。
都护当年筑废楼㊼，文长作记此中游㊽。
适逢困鳄来投辖㊾，正值饥鹰自下鞲㊿。
严武题诗属杜甫[51]，曹瞒拆字忌杨修[52]。
而今纵有青藤笔，更讨何人数字酬[53]！

【注释】

① 镇海楼:本文自“镇海楼”至“南北半之”录自《西湖游览志》卷十三。其中“四丈四尺”,《西湖游览志》作“四仞有四尺”。该书又云:“中为通道,横架交梁,承以藻井,牙柱壁立三十有四,东西阅门对辟,名曰武台。夷敞可容兵士百许。武台左右北转,登石级两曲,达于楼上。楼之高六仞有四尺,连基而会,十有一仞,贮鼓钟以司漏刻。”

② “元至正”二句:《西湖游览志》卷十三:“元至正间,平章康里庆童改为拱北楼。”至正,元惠宗妥懽贴睦尔的年号(1341—1370年)。

③ 字画不祥:《西湖游览志》卷十三:“皇明洪武八年,行省刘、王两参政者,失其名,改为来远楼。既榜揭,遣拆字人张乘槎者往视之,槎曰:‘三日内,主哀丧之事。’如期,王母死,刘以历日纸坐法。王延乘槎问故,对曰:‘来带丧形,远从𠈌,带哀形,旁之两点相续者,泪形也。’顷之,参政徐本改为镇海楼。”

④ 成化十年:1474年。

⑤ 嘉靖三十五年:1556年。

⑥ 总制:即总督。　胡宗宪(?—1565):见卷四《西湖中路·钱王祠》注。

⑦ 徐渭:见卷二《西湖西路·岣嵝山房》注。

⑧ 久侨:长时间客居、借居。

⑨ 谢侈:以酬金过多而辞谢。

⑩ “我愧晋公”六句:唐代文人皇甫湜恃才自傲。《新唐书·皇甫湜传》:“求分司东都(洛阳)。留守裴度(曾为相,封晋公)辟为判官。度修福先寺,将立碑,求文于白居易。湜怒曰:‘近舍湜而远取居易,请从此辞。’度谢之。湜即请斗酒,饮酣,援笔立就。度赠以车马缯彩甚厚。湜大怒曰:‘自吾为《顾况集序》,未尝许人。今碑字三千,字三缣,何遇我薄邪?’度笑曰:‘不羁之才也。’从而酬之。”此六句意谓:与裴度相比我有愧;而你的文章则能使皇甫湜自愧不如。若用福先寺碑“一字三缣”的价码来衡量我的酬谢,岂不是太少了,怎么会过多呢?

⑪ 橐(tuó):一种口袋。

⑫ 亘:延续不断。

⑬ 迸云:犹穿云。喻高。

⑭ 颜:题写匾额。

⑮ 汴京:开封,北宋京都。

⑯ 至正:元惠宗的年号(1341—1368)。

⑰ 洪武八年:1375 年。

⑱ 验:应验。

⑲ 成化十年:1474 年。

⑳ 嘉靖三十五年:1556 年。

㉑ 开府于杭:在杭州建府署。

㉒ 吴山:又称胥山、城隍山,在杭州西湖东南,左带钱塘江,右瞰西湖。春秋时为吴国西界,故名。

㉓ 掌股:喻控制、胁持。

㉔ 翥(zhù):鸟向上飞。 骞:高举。

㉕ 百蛮:古代泛指浙、闽、粤等南方少数民族部落。

㉖ 昭太平:昭示太平。

㉗ 悦远迩:使远近心悦诚服。

㉘ 榜:标示。

㉙ 时作息:按时作息。

㉚ 全利用:周全地利用。

㉛ 臣服宋而建:楼名朝天门。

㉜ 方国珍(1319—1374):又名谷真,浙江黄岩人。兄弟五人以佃农贩盐为生。元末起义屡败元军,攻下台州、温州、庆元(今宁波)。与张士诚七战七捷。后败于朱元璋,纳降。任广西行省左丞,不赴任,食禄于京师。

㉝ 借镠事以请:指仿效钱镠臣服北宋,年年献贡。

㉞ 海上群丑:指流窜于浙、闽,勾结倭寇、祸害百姓的海盗。

㉟ 祈:求。 款:款待、善待。

㊱ 章:彰显。

㊲ 海徼:海疆。

㊳ 浚征:榨取、苛征。

㊴ 甃:砖砌。

㊵ 楹:屋柱。此用作量词。一说一列为楹;一说一间为楹。

㊶ 础:石级。

㊷ 日不暇至:无暇顾及。

㊸ 禽:通"擒"。

㊹ 署:匾名。

㊺ 方隅:指代边疆。

㊻ 指顾:指点顾盼。

㊼ 都护:指胡宗宪。

㊽ 文长:徐渭。

㊾ 投辖:丢弃来客的车轴以留客,表示好客。辖,车轴两端的键。

㊿ 鞲:皮革制的臂套,用以架鹰。

51 "严武"句:严武,字季鹰,唐华州华阳人。天宝之乱后,历剑南节度使,再任成都尹。以破吐蕃功,进检校吏部尚书,封郑国公。杜甫曾往依之,数度劝杜甫出任。杜甫入其幕,任检校工部员外郎。其有《九日巴岭答杜二见忆》诗:其中"两乡千里梦相思"之句,可见两人友情之笃。此比胡宗宪和徐渭之谊。

52 "曹瞒"句:用曹操忌杨修之才的典故。曹操用曹娥碑背的"黄绢、幼妇、外孙、齑臼"八字考杨修,杨修答以"绝妙好辞"。曹操自愧才不如杨修,后借故杀了他。这是反用典故。

53 "而今"二句:既怀念青藤(徐渭号)先辈,又叹未有知己。数字酬:指胡宗宪酬谢徐渭之事,见正文。

【评品】

武林为吴越旧都,故多钱氏古迹;镇海楼即其中之一。文章前半叙楼之建置兴废,后陈徐渭作记之事。对酬字堂的描述,文笔清丽白描,而徐渭之旷放,与胡宗宪宾主之间的投合,宛然可见。

伍公祠①

吴王既赐子胥死,乃取其尸盛以鸱夷之革,浮之江中②。子胥因流扬波,依潮来往,荡激堤岸,势不可御。或有见其银铠雪狮,素车白马,立在潮头者,遂为之立庙。每岁仲秋既望,潮水极大,杭人以旗鼓迎之。弄潮之戏,盖始于此③。宋大中祥符间④,赐额曰"忠靖",封英烈王。嘉、熙间,海潮大溢。京兆赵与权祷于神⑤,水患顿息,乃奏建英卫阁于庙中。元末毁,明初重建。有唐卢元辅《胥山铭序》⑥、宋王安石《庙碑铭》⑦。

高启《伍公祠》诗[8]：

地大天荒霸业空[9]，曾于青史叹遗功[10]。
鞭尸楚墓生前孝[11]，抉眼吴门死后忠[12]。
魂压怒涛翻白浪[13]，剑埋冤血起腥风[14]。
我来无限伤心事，尽在吴山烟雨中。

徐渭《伍公庙》诗：

吴山东畔伍公祠，野史评多无定词。
举族何辜同刈草[15]，后人却苦论鞭尸[16]。
退耕始觉投吴早[17]，雪恨终嫌入郢迟[18]。
事到此公真不幸，镯镂依旧遇夫差。

张岱《伍相国祠》诗：

突兀吴山云雾迷，潮来潮去大江西。
两山吞吐成婚嫁[19]，万马奔腾应鼓鼙[20]。
清浊溷淆天覆地，玄黄错杂血连泥[21]。
旌幢幡盖威灵远，檄到娥江取候齐[22]。

从来潮汐有神威，鬼气阴森白日微。
隔岸越山遗恨在，到江吴地故都非。
钱塘一臂鞭雷走，龛赭双颐噀雪飞[23]。
灯火满江风雨急，素车白马相君归[24]。

【注释】

① 伍公祠：在杭州西湖东南面的吴山（又称胥山）上。

② “吴王”三句：伍员，字子胥，楚大夫奢之子。楚平王信谗而杀伍奢、伍尚父子，子胥奔吴，说吴王阖闾伐楚以报父兄之仇，吴遂以霸。吴王不顾越国的肘腋之患，而欲远伐齐。子胥切谏，吴王不听，反信太宰伯嚭的谗言，赐伍子胥剑自尽。子胥临死，“告其舍人曰：‘必树吾墓上以梓，令可以为器，而抉吾眼悬吴东门之上，以观越寇之入灭吴也。’乃自刎死。吴王闻之大怒，乃取子胥尸盛以鸱夷革，浮之江中。”（《史记伍子胥列传》） 鸱夷之革：以马皮制成的鸟形皮囊。

③ “每岁仲秋”五句：描述每年农历八月十六日的钱塘潮。周密《武林旧事·观潮》：“吴儿善泅者数百，皆披发文身手持十幅大彩旗争先鼓勇，溯迎而上出没于鲸波万仞中，腾身百变，而旗尾略不沾湿，以此夸能。”

④ 大中祥符：宋真宗赵恒的年号（1008—1016）。

⑤ 赵与权：当依《西湖游览志》卷十二作“赵与欢”。赵与欢，赵德昭八世孙，字悦道。嘉定进士，累官资政殿大学士。三为府尹，尽心民事。

⑥ 卢元辅：字子望，唐权臣卢杞之子，历任杭、常、绛三州刺史，为人端静介正，不为杞之恶所累。其所作《胥山铭序》，见《西湖游览志》卷十二及《全唐文》卷六百九十五。

⑦ 王安石：数度为相，宋神宗朝力倡变法。封荆国公。其所作《庙碑铭》见《西湖游览志》卷十二。

⑧ 高启：见卷二《西湖西路·岳王坟》附注。

⑨ 霸业空：伍子胥曾辅佐吴王阖闾和夫差，破强楚，败齐、鲁，成为春秋一霸。但夫差不听伍子胥先灭越再伐齐的劝谏，执意放了越王勾践，反而将伍子胥赐死。九年之后，勾践灭吴，夫差被杀。

⑩ 青史叹遗功：伍子胥被赐死前，曾对夫差感叹道：“我令若父（阖闾）霸。自若（你）未立时，诸公子争立，我以死争之于先王，几不得立。若既得立，欲分吴国予我，我顾不敢望也。然今若听谀臣（太宰伯嚭）言以杀长者。”（《史记·伍子胥列传》）

⑪ 鞭尸楚墓：据《史记·伍子胥列传》载，伍子胥父伍奢，为楚平王太傅。受费无忌谗害，与长子伍尚一起被平王杀害。子胥冒死逃至吴国，发誓报仇。公元前506年，伍子胥协同孙武率吴军攻入楚都，掘平王墓，鞭尸三百，以解心头之恨。

⑫ 抉眼吴门：伍子胥助吴王夫差称霸诸侯，却因太宰伯嚭的谗毁，被夫差赐剑自刎。临死前，他对门客说：“抉吾眼悬东门之上，以观越寇之入灭吴也。”

⑬ “魂压”句：见卷五《西湖外景·六和塔》“胥涛”注。

⑭ 剑：指夫差赐死伍子胥的属镂剑（即下文的“镯镂”）。

⑮ “举族”句：指伍子胥父兄忠君而被灭族。

⑯ “后人”句：后人对掘墓鞭尸事有非议和诟病，认为其功于吴而罪于楚。

⑰ “退耕”句：子胥奔吴，即游说吴王僚让公子光（即阖闾）率兵攻楚。公子光不同意，点明伍子胥急于报私仇。伍子胥窥知公子光有篡位之心，便向其推荐刺客专诸，而自己则耕于田野以待时。

⑱ 郢：楚都。在今湖北江陵县附近。

⑲ 两山：即下首诗所谓的龛山、赭山。在今萧山市东北，原两山夹江而峙，现均在江南岸。

⑳ 应鼓鼙：与战鼓相应和。

㉑ 玄黄：天色玄，地色黄。

㉒ 檄：用于声讨或征召的官方文书。　娥江：曹娥江。原名舜江，源于金华磐安，经数县，入杭州湾。曹娥之父，不慎落入江中，曹娥昼夜寻找沿江啼哭，以衣投水，至第七日，竟抱父尸而出。遂改名曹娥江，设庙立碑，以彰其孝。碑阴有蔡邕所题"黄绢幼妇，外孙齑臼"八字。

㉓ 双颐：两腮。

㉔ 素车白马：相传伍子胥尸被沉江，后化为潮神。有时乘素车白马，立于潮头。

【评品】

伍子胥刚直忠烈而被赐死，鸱革盛尸，浮于江中。后人敬而哀之，名吴山为胥山，旗鼓以迎，建祠以祭，为文表敬。文中关于"其银铠雪狮，素车白马，立在潮头"、"因流扬波，依潮来往，荡激堤岸，势不可御"的传说，颇合子胥刚烈不屈的为人性格，十分形象。

城隍庙

吴山城隍庙①，宋以前在皇山，旧名永固，绍兴九年徙建于此②。宋初，封其神，姓孙名本。永乐时③，封其神，为周新④。

新，南海人，初名日新。文帝常呼"新"，遂为名。以举人为大理寺评事，有疑狱，辄一语决白之。永乐初，拜监察御史，弹劾敢言，人目为"冷面寒铁"。长安中以其名止儿啼。转云南按察使，改浙江。至界，见群蚋飞马首⑤，尾之蓁中⑥，得一暴尸，身余一钥、一小铁识。新曰："布贾也。"收取之。既至，使人入市市中布⑦，一一验其端，与识同者皆留之⑧。鞫得盗⑨，召尸家人与布，而置盗法⑩，家人大惊。新坐堂，有旋风吹叶至，异之。左右曰：

"此木城中所无，一寺去城差远，独有之。"新曰："其寺僧杀人乎？而冤也。"往树下，发得一妇人尸。他日，有商人自远方夜归，将抵舍，潜置金丛祠石罅中，旦取无有。商白新。新曰："有同行者乎？"曰："无有。""语人乎？"曰："不也，仅语小人妻。"新立命械其妻，考之，得其盗，则其私也。则客暴至，私者在伏匿听取之者也[11]。凡新为政，多类此。新行部[12]，微服视属县，县官触之，收系狱[13]，遂尽知其县中疾苦。明日，县人闻按察使来，共迓不得[14]。新出狱曰："我是。"县官大惊。当是时，周廉使名闻天下。锦衣卫指挥纪纲者最用事[15]，使千户探事浙中[16]，千户作威福受贿。会新入京，遇诸涿，即捕千户系涿狱[17]。千户逸出[18]，诉纲，纲更诬奏新。上怒，逮之，即至，抗严陛前曰[19]："按察使擒治奸恶[20]，与在内都察院同[21]，陛下所命也，臣奉诏书死，死不憾矣。"上愈怒，命戮之。临刑大呼曰："生作直臣，死作直鬼！"是夕，太史奏文星坠，上不怿[22]，问左右周新何许人。对曰："南海。"上曰："岭外乃有此人。"一日，上见绯而立者[23]，叱之，问为谁。对曰："臣新也。上帝谓臣刚直，使臣城隍浙江，为陛下治奸贪吏。"言已不见。遂封新为浙江都城隍，立庙吴山。

张岱《吴山城隍庙》诗：

宣室殷勤问贾生，鬼神情状不能名[24]。
见形白日天颜动，浴血黄泉御座惊[25]。
革伴鸱夷犹有气[26]，身殉豺虎岂无灵[27]。
只愁地下龙逢笑[28]，笑尔奇冤遇圣明[29]。

尚方特地出枫宸[30]，反向西郊斩直臣[31]。
思以鬼言回圣主[32]，还将尸谏退佥人[33]。
血诚无藉丹为色，寒铁应教金铸身[34]。
坐对江潮多冷面，至今冤气未曾伸。

又《城隍庙柱铭》：

厉鬼张巡㉟，敢以血身污白日。

阎罗包老㊱，原将铁面比黄河。

【注释】

① 吴山：《西湖游览志》卷十二："春秋时，为吴南界，以别于越，故曰吴山。或曰：以伍子胥故，讹伍为吴，故郡志亦称胥山。" 城隍庙："城"原指挖土筑的高墙，"隍"原指没有水的护城壕。古人修筑高大的城墙、城楼、城门以及壕城、护城河，以保护城内百姓的安全，城和隍遂被神化为城市的保护神，道教把城隍纳入自己的神系，称其为剪除凶恶、保国护邦之神，并管领阴间的亡魂。

② 绍兴九年：1139年。

③ 永乐：明成祖朱棣（即下文之"文帝"）的年号（1403—1424）。

④ 周新：初名志新，字日新。"成祖常独呼'新'遂为名，因以'志新'字。"（《明史·周新传》）见卷一《西湖北路·六贤祠》"周公维新"注。

⑤ 蜹（ruì）：同"蚋"，蚊子。

⑥ 尾：尾随。 蓁：通"榛"，丛棘。

⑦ 入市市中布：到集市买布。第一个"市"作动词"买"讲。

⑧ 与识同者：与死者相识、同行者。

⑨ 鞫：同"鞫"，审讯。

⑩ 置盗法：法办盗贼。

⑪ "则客暴至"二句：客暴至，商人突然回来。私者，指与其妻私通者。

⑫ 行部：指巡行所属部域，考核政绩。

⑬ 收系狱：（将周新）收捕入狱。

⑭ 迓：迎。

⑮ 锦衣卫：明代京卫上直卫亲军指挥司之一，掌侍卫、缉捕、刑狱之事，下设诏狱，法司不能问。 纪纲：明山东临邑人，善骑射，为人诡黠。以拥燕王朱棣即位有功，擢锦衣卫指挥典亲军，司诏狱。广布爪牙，私蓄党羽，后失宠被杀。

⑯ 千户：明代官名，千户所长官。

⑰ 涿：河北涿州。

⑱ 逸出：逃出。

⑲ 抗严：正颜厉色。

⑳ 按察使：各省提刑按察司长官，掌该省司法事务。凡纠察官邪、擒治贪

酷、禁诘强暴、平谳刑狱、雪理冤枉、振扬风纪，均属其职。

㉑ 都察院：官署名。掌纠察内外各司，总领纲宪，肃改饬法之事。

㉒ 不怿：不乐。

㉓ 绯而立者：穿红色官服而立的人。

㉔ “宣室”二句：汉文帝在未央宫前殿正室（宣室）咨询被放逐后召回的贾谊。所问并非国计民生大事，尽是鬼神之事。所以李商隐《贾生》诗慨叹道：“宣室求贤访逐臣，贾生才调更无伦。可怜夜半虚前席，不问苍生问鬼神。”

㉕ “见形”二句：咏周新因纪纲诬奏而触怒皇上，并被刑戮之事（见正文）。

㉖ “革伴鸱夷”句：用伍子胥忠而被谗，赐死用鸱革裹尸沉江故事。

㉗ “身殉豺虎”句：即周新捕贪赃不成，反为纪纲诬奏，被刑而死，死后显灵之事（见正文）。

㉘ 龙逢：关龙逢，夏桀朝的忠臣，因直谏而被冠以“妖言犯上”之罪，囚禁而死。

㉙ 遇圣明：指周新被封为城隍，立庙吴山。

㉚ 尚方：代表最高权力。 枫宸：宫殿。因汉宫多植枫树，故用以指代。

㉛ 直臣：指周新，即文中“生作直臣”者。

㉜ “鬼言”句：即文中“为陛下治奸贪吏”。

㉝ 尸谏：以死抗争谏议。《孔子家语·困誓》：“未有若史鱼，死而尸谏，忠感其君者也，不可谓直乎！” 佥人：小人。

㉞ 寒铁：即文中所谓“冷面寒铁”。俗谓铁面无私。

㉟ 张巡（708—757）：唐蒲州河东（今山西永济）人。安史之乱爆发后，安庆绪以十数万之众兵围江淮屏障睢阳。张巡和许远率数千人马在内无粮草、外无援兵的情况下死守睢阳（今河南商丘地区）长达四月之久，杀伤敌军数万，挫敌气势。终因寡不敌众，被俘后坚拒劝降，英勇就义。

㊱ 包老：包拯（999—1062），字希仁，北宋庐州（合肥）人。天圣进士，累官权知开封府，权御史中丞、三司使、枢密副使等，授龙图阁直学士。善断狱讼，不畏权贵，不徇私情，清正廉洁，民间遂有“包青天”之誉。其事迹被改编为小说、戏剧。对奸佞罪犯而言，包拯公堂犹如阎罗王殿，故称“阎罗”。

【评品】

杭州城隍，祀周新为神。本文所记，无异于为其树碑立传。周新之铁面无私，可从“冷面寒铁”的外号和“以其名止儿啼”的细节描写中见出；其善断疑狱，作者用断布贾案、发妇人尸、械商人妻及微服视县等数事加以刻画；其不畏权势，故敢于将权贵纪纲之爪牙、为非作歹的千户系于涿狱；其为人之刚直不阿，则以其临刑前大呼“生作直臣，死作直鬼”为其写照。从而点明杭州以其为城隍的原因。按据《明史·周新传》，本文“长安”，即指京师，其断布贾案，布贾尸“身系小木印，新验印，知死者故布商。密令广市布，视印文合者捕鞫之，尽获诸盗”，与本文所载小异。

火德庙①

火德祠在城隍庙右，内为道士精庐②。北眺西泠③，湖中胜概，尽作盆池小景。南北两峰如研山在案④，明圣二湖如水盂在几⑤。窗棂门槕凡见湖者⑥，皆为一幅图画。小则斗方⑦，长则单条⑧，阔则横披⑨，纵则手卷⑩，移步换影。若遇韵人⑪，自当解衣盘礴⑫。画家所谓水墨丹青，淡描浓抹，无所不有。昔人言“一粒粟中藏世界，半升铛里煮山川”⑬，盖谓此也。火居道士能为阳羡书生⑭，则六桥三竺⑮，皆是其鹅笼中物矣⑯。

张岱《火德祠》诗：

中郎评看湖⑰，登高不如下。
千顷一湖光，缩为杯子大。
余爱眼界宽，大地收隙罅。
瓮牖与窗棂，到眼皆图画。

渐入亦渐佳，长康食甘蔗⑱。
数笔倪云林⑲，居然胜荆夏⑳。
刻画非不工，淡远长声价。
余爱道士庐，宁受中郎骂。

【注释】

① 火德庙:《西湖游览志》卷十二:“火德星君庙,大火为宋分野。宋以火德王,故南渡后,建庙于此,以奉荧惑之神。洪武中,布政使王钝,永乐中,参政易昶,相继重建。今郡之禳火者,皆就庙中,盖遗俗也。”

② 精庐:佛徒、道士修行之所。

③ 西泠:桥名,亦称西林、西陵,为杭州孤山到北山的必经之路。参见卷一《西湖北路·西泠桥》。

④ 南北两峰:即杭州南高峰、北高峰,分别在烟霞岭西北和灵隐寺后,双峰对峙,构成西湖十景之一的“双峰插云”。 研山在案:砚台在书案上。

⑤ 明圣二湖:明圣,西湖古名。二湖,指西湖的里湖、外湖。见卷一《西湖总记·明圣二湖》。 水盂:水盆。 儿:几案。

⑥ 门榠:古代门中央所竖短木。

⑦ 斗方:此指一尺见方的册页书画。

⑧ 单条:直幅书画。

⑨ 横披:长条形的横幅书画。

⑩ 手卷:只能卷舒而不能悬挂的书画长卷。

⑪ 韵人:风流高雅的人。

⑫ 解衣盘礴:神闲意定,不拘形迹之貌。盘礴,徘徊;逗留。

⑬ “一粒粟”二句:系唐吕岩(字洞宾)之诗。一作“一粒粟中藏世界,二升铛内煮山川”。

⑭ 火居道士:指有家室的道士。火居,喻家庭。 阳羡:今江苏宜兴市。

⑮ 六桥:见卷三《西湖中路·苏公堤》注。 三竺:上、中、下三天竺寺。

⑯ 鹅笼:梁吴均《续齐谐记》载,阳羡许彦负鹅笼行路,遇一书生以脚痛,求寄笼中,与双鹅并坐。至一树下,书生出,从口中吐出器具肴馔,与彦共饮,并吐出一女子共坐。书生醉卧,女子吐一男子。女子卧,男子复吐一女子共酌。书生欲觉,女子又吐锦帐遮掩书生,即入内共眠。男子又吐一女子酌戏。后次第各吞所吐,书生以铜盘赠彦而去。后人遂用此作幻中生幻,变化无穷的典故。

⑰ 中郎:袁宏道,见卷一《西湖总记·明圣二湖》注。袁宏道曾谓:“西湖之景,愈下愈胜,高则树薄山瘦,草髡石秃,千顷湖光,缩为杯子。……虽眼界稍阔,然此躯长不逾六尺,穷目不见十里,安用许大地方为哉!”(见卷五《西湖外景·五云山》所附袁宏道《御教场小记》)张岱此诗则不予苟同。

⑱ “渐入”二句:《晋书·顾恺之传》:“恺之(字长康)每食甘蔗,恒(常)自尾至本。人或怪之,云:‘渐入佳境。’”

⑲ 倪云林:倪瓒(1301—1374),字元镇,号云林居士,江苏无锡人。与黄公望、王蒙、吴镇合称“元四家”,擅画山水墨竹。早年画风清润,晚年变法,平淡天真,疏林坡岸,幽秀旷逸,笔简意远,惜墨如金。书法有晋人风度,亦擅诗文。著有《清闷阁集》,存世画作有《六君子图》、《渔庄秋霁图》等。

⑳ 荆:荆浩。五代后梁画家。字浩然,号洪谷子。擅画北方雄峻的山水,有坚凝挺拔、大气堂堂的风格,为北方山水画派之祖。 夏:夏圭。南宋画家,宁宗时任画院待诏。喜用秃笔,下笔较重,风格苍老雄放。

【评品】

本文虽短,但作者将火德庙俯览之胜,用一系列妙喻巧譬,曲尽其妙。窗棂门槕,移步换影,视湖中景物如各式水墨丹青,无所不有,深得以小见大、由高眺远之审美情趣。结尾“六桥三竺,皆是其鹅笼中物矣”,令人作层出不穷的遐想。

芙蓉石

芙蓉石今为新安吴氏书屋①。山多怪石危峦,缀以松柏,大皆合抱。阶前一石,状若芙蓉,为风雨所坠,半入泥沙。较之寓林奔云②,尤为茁壮。但恨主人深爱此石,置之怀抱,半步不离,楼榭逼之,反多阨塞。若得础柱相让,脱离丈许,松石间意,以淡远取之,则妙不可言矣。吴氏世居上山,主人年十八,身无寸缕,人轻之,呼为吴正官③。一日早起,拾得银簪一枝,重二铢④,即买牛血煮之以食破落户⑤。自此经营五十余年,由徽抵燕,为吴氏之典铺八十有三。东坡曰:“一簪之资,可以致富。”观之吴氏,信有然矣。盖此地为某氏花园,先大夫以三百金折其华屋,徙造寄园⑥,而吴氏以厚值售其弃地,在当时以为得计。而今至吴园,见此怪石奇峰,古松茂柏,在怀之璧,得而复失,真一回相见,一回懊悔也。

张岱《芙蓉石》诗：

吴山为石窟⑦，是石必玲珑。
此石但浑朴，不复起奇峰。
花瓣几层折，堕地一芙蓉。
痴然在草际，上覆以长松。
濯磨如结铁⑧，苍翠有苔封。
主人过珍惜，周护以墙墉。
恨无舒展地，支鹤闭韬笼⑨。
仅堪留几席，聊为怪石供。

【注释】

① 新安：今江苏新沂县。

② 寓林奔云：卷四《西湖南路·小蓬莱》："小蓬莱……今为黄贞父先生读书之地，改名'寓林'，题其石为'奔云'。"

③ 正官：编制内的官吏，相对赠官或额外官而言。此则语含讥讽，因杭州方言"正官"音近"精光"。

④ 铢：二十四铢为一两。

⑤ 食：作动词，供养。

⑥ 寄园：卷四《西湖南路·柳州亭》："堤之东尽为三义庙。过小桥折而北，则吾大父之寄园。"

⑦ 吴山：见卷五《西湖外景·镇海楼》注。

⑧ 濯磨：洗涤、打磨。

⑨ 韬笼：幽暗的笼子。

【评品】

从作者对芙蓉石"楼榭逼之，反多阨塞"，若得础柱相让，"以淡远取之，则妙不可言"的评赏，可以看出他布景营造，厌逼窄、乐疏旷的审美情趣。文章中间补叙吴氏如何以一簪致富的过程，见出明末商贸典当业之发展。结尾刻画吴氏先以"厚值售其弃地"，自"以为得计"，后以"在怀之璧，得而复失"，懊悔不已的心理变化，语含谐谑。

云 居 庵[1]

云居庵在吴山，居鄙。宋元祐间[2]，为佛印禅师所建[3]。圣水寺，元元贞间[4]，为中峰禅师所建[5]。中峰又号幻住，祝发时[6]，有故宋宫人杨妙锡者，以香盒贮发，而舍利丛生[7]，遂建塔寺中，元末毁。明洪武二十四年[8]，并圣水于云居，赐额曰云居圣水禅寺。岁久殿圮，成化间僧文绅修复之[9]。寺中有中峰自写小像，上有赞云："幻人无此相，此相非幻人。若唤作中峰，镜面添埃尘。"向言六桥有千树桃柳[10]，其红绿为春事浅深，云居有千树枫柏，其红黄为秋事浅深，今且以薪以槱[11]，不可复问矣。曾见李长蘅题画曰[12]："武林城中招提之胜[13]，当以云居为最。山门前后皆长松，参天蔽日，相传以为中峰手植，岁久，浸淫为寺僧剪伐[14]，什不存一，见之辄有老成凋谢之感。去年五月，自小筑至清波访友寺中，落日坐长廊，沽酒小饮已，裴回城上，望凤凰、南屏诸山，沿月踏影而归。翌日，遂为孟旸画此[15]，殊可思也。"

李流芳《云居山红叶记》[16]：

余中秋看月于湖上者三，皆不及待红叶而归。前日舟过塘栖[17]，见数树丹黄可爱，跃然思灵隐、莲峰之约[18]，今日始得一践。及至湖上，霜气未遍，云居山头，千树枫柏尚未有酣意[19]，岂余与红叶缘尚悭与[20]？因忆往岁忍公有代红叶招余诗，余亦率尔有答[21]，聊记于此："二十日西湖，领略犹未了。一朝别尔归，此游殊草草[22]。当我欲别时，千山秋已老。更得少日留，霜酣变林杪[23]。子常为我言，灵隐枫叶好。千红与万紫，乱插向晴昊[24]。烂然列锦锈，森然建旂旐[25]。一生未得见，何异说食饱[26]。"

高启《宿幻住栖霞台》诗[27]：

窗白鸟声晓，残钟渡溪水。

此生幽梦回，独在空山里。

松岩留佛灯，叶地响僧履。

予心方湛寂[28]，闲卧白云起。

夏原吉《云居庵》诗[29]：

谁辟云居境，峨峨瞰古城。

两湖晴送碧[30]，三竺晓分青[31]。

经锁千函妙，钟鸣万户惊。

此中真可乐，何必访蓬瀛[32]。

徐渭《云居庵松下眺城南》诗[33]：

夕照不曾残，城头月正团。

霞光翻鸟堕，江色上松寒。

市客屠俱集，高空醉屡看。

何妨高渐离[34]，抱却筑来弹。（城下有瞽目者善弹词。）

【注释】

① 云居庵：本文自“宋元祐间”至“镜面添尘埃”，录自《西湖游览志》卷十二，而前后次序不同。

② 元祐：宋哲宗赵煦的年号（1086—1094）。

③ 佛印禅师（1032—1098）：宋僧，江西浮梁人，俗姓林，法名了元。尝四度住云居。曾整编白莲社流派，担任青松社社主，崇净土宗，出入儒道佛三教。朝廷赐号“佛印禅师”。宋代笔记小说多载其与苏轼交往的故事。

④ 元贞：元成宗铁穆耳的年号（1295—1297）。

⑤ 中峰禅师：元僧明本（1263—1323），号中峰，钱塘（今杭州）人，自幼习佛，二十五岁出家，参临济宗高峰原妙禅师而得心印。出游各地，后住持天目山狮子院传法，名重一时，曾得元仁宗赐号。

⑥ 祝发：断发。后谓削发为僧。

⑦ 舍利：见卷二《西湖西路·北高峰》注。

⑧ 洪武二十四年：1391 年。

⑨ 成化：明宪宗朱见深年号（1465—1487）。

⑩ 六桥：见卷二《西湖中路·苏公堤》注。

⑪ 以薪以槱（yǒu）：替以柴火积聚。《诗经·大雅·棫朴》："芃芃棫朴，薪之槱之。"

⑫ 李长蘅：见卷四《西湖南路·雷峰塔》"李流芳"注。

⑬ 武林：杭州别名。　招提：佛寺。

⑭ 浸淫：逐渐。

⑮ 孟旸：程嘉燧，字孟旸，号偈庵、松圆，徽州休宁（今属安徽）人。曾侨居嘉定，后迁常熟，归老休宁，皈依佛教，释名海能。工诗善画，精通音律。画属天都派，亦为新安派先驱，吴梅村称他为"画中九友之一"，后人把他与唐时升、娄坚、李流芳合称"嘉定四先生"，钱谦益尊之为"松圆诗老"。著有《松圆集》、《耦耕堂集》等。

⑯ 李流芳：见卷四《西湖南路·雷峰塔》注。

⑰ 塘栖：在杭州北部，京杭大运河穿镇而过，故为水路要津。

⑱ 灵隐：见卷二《西湖西路·灵隐寺》注。　莲峰：莲花峰，在杭州西湖区，近灵隐和玉皇山。

⑲ 柏：乌柏树。种子外有白蜡层，可制蜡烛、肥皂，种子可榨油，叶可作黑色染料，树皮叶子可入药。　未有酣意：未值盛时。

⑳ 缘尚悭：缘分还不够。

㉑ 率尔：随便、直率貌。

㉒ 草草：仓促、马虎。

㉓ 林杪：树梢。

㉔ 晴昊：晴空。

㉕ 旂旐（zhào）：旗帜。旂，上画龙形，竿头系铃的旗。旐，绘有龟蛇的旗。

㉖ 说食饱：画饼充饥之意。

㉗ 高启：见卷一《西湖北路·岳王坟》注。

㉘ 湛寂：清净沉寂。

㉙ 夏原吉（1367—1430）：字维喆，祖籍江西德兴，父官湖南湘阴，遂家焉。明成祖朝任户部尚书（前后主管户部二十九年），仁宗朝户部尚书，进少保兼太子少傅。宣德五年（1430）卒，赠太师。

㉚ 两湖：里、外西湖。

㉛ 三竺：上、中、下三天竺寺。

㉜ 蓬瀛：传说中的海上三仙岛之蓬莱、瀛洲。

㉝ 徐渭：见卷二《西湖西路·岣嵝山房》注。

㉞ 高渐离：战国时燕人，荆轲的朋友，擅长击筑。曾在易水之畔为前往行刺秦王的荆轲送别。秦始皇召他击筑，并熏瞎其双眼，他在筑中暗藏铅丸，借机用筑击秦王，未中，被杀。

【评品】

作者以六桥之桃柳与云居之枫柏相映衬，可谓春兰秋菊，各有千秋。"今且以薪以樵，不可复问矣"，则有不胜今昔盛衰之慨。

施公庙

施公庙在石乌龟巷①，其神为施全，宋殿前小校也。绍兴二十年二月朔，秦桧入朝，乘肩舆过望仙桥，全挟长刃遮道刺之，透革不中，桧斩之于市，观者如堵墙，中有一人大言曰："此不了汉②，不斩何为！"此语甚快。秦桧奸恶，天下万世人皆欲杀之，施全刺之，亦天下万世中一人也。其心其事，原不为岳鄂王起见③，今传奇以全为鄂王部将，而岳坟以全入之翊忠祠④，则施全此举，反不公不大矣。后人祀公于此，而不配享岳坟，深得施公之心矣。

张岱《施公庙》诗：

施殿司，不了汉，刺虎不伤蛇不断。
受其反噬齿利剑，杀人媚人报可汗。
厉鬼街头白昼现，老奸至此揜其面⑤。
邀呼簇拥遮车幔，弃尸漂泊钱塘岸。
怒卷胥涛走雷电⑥，雪巘移来天地变⑦。

【注释】

① 施公庙：《西湖游览志》卷十二关于施全被执后，有如下记载："桧骂曰：'如病心耶？'全曰：'丞相病心耳！通虏欺君，戕剥忠义，非病心，何以有此？'桧大怒，命磔于市。"庙建于明英宗天顺年间。

② 不了汉:《西湖游览志》卷十二作"不了事汉"。不了事即不懂事,糊涂。

③ 岳鄂王:岳飞,宋宁宗时封鄂王。

④ 翊忠祠:在岳王坟旁,祀刘允升、施全。《西湖游览志》卷九:"弘治二年,工部主事莆田林沂建祠祀之。四年,按察使杨惔、副使吴伯通等重拓大之,题其祠曰'翊忠'。"

⑤ 揜:掩。

⑥ 胥涛:钱塘潮。伍子胥死后,尸投浙江,化为涛神。

⑦ 巘(yǎn):山峰。

【评品】

施全原为宋殿前小校,刺秦桧不中而被杀。作者盛赞其忠勇节义为"天下万世中一人也",并以传奇中施全为岳飞之部将、岳坟之以其入翊忠祠的举措为不妥,认为"其心其事,原不为岳鄂王起见"。此论突出其刺秦桧,因桧通敌卖国,故为国除害,而非仅为岳飞复仇,想亦"深得施公之心矣"。

三茅观

三茅观在吴山西南①。三茅者,兄弟三人,长曰盈,次曰固,季曰衷,秦初咸阳人也。得道成仙,自汉以来,即崇祀之。第观中三像,一立、一坐、一卧,不知何说。以意度之②,或以行立坐卧,皆是修炼功夫,教人不可蹉过耳。宋绍兴二十年③,因东京旧名,赐额曰宁寿观。元至元间毁④,明洪武初重建⑤。成化十年建昊天阁⑥。嘉靖三十五年⑦,总制胡宗宪以平岛夷功⑧,奏建真武殿。万历二十一年⑨,司礼孙隆重修⑩,并建钟翠亭、三义阁。相传观中有褚遂良小楷《阴符经》墨迹⑪。景定庚申⑫,宋理宗以贾似道有江汉功⑬,赐金帛巨万,不受,诏就本观取《阴符经》,以酬其功。此事殊韵⑭,第不应于贾似道当之耳。余尝谓曹操、贾似道千古奸雄,乃诗文中之有曹孟德⑮,书画中之有贾秋壑,觉其罪业滔天,减却一半。方晓诗文书画，乃能忏悔恶人如此。凡人一窍尚通，可不加意诗文，留心书画哉？

徐渭《三茅观观潮》诗⑯：

黄幡绣字金铃重，仙人夜语骑青凤⑰。
宝树攒攒摇绿波，海门数点潮头动⑱。
海神罢舞回腰窄，天地有身存不得。
谁将练带括秋空？谁将古概量春雪⑲？
黑鳌载地几万年，昼夜一身神血干。
升沉不守瞬息事，人间白浪今如此。
白日高高惨不光，冷虹随身萦城隍⑳。
城中那得知城外，却疑寒色来何方。
鹿苑草长文殊死㉑，狮子随人吼祇树㉒。
吴山石头坐秋风㉓，带着高冠拂云雾。

又《三茅观眺雪》诗：

高会集黄冠㉔，琳宫夜坐阑㉕。
梅芳成蕊易，雪谢作花难㉖。
檐月沉怀暖，江峰入坐寒。
暮鸦惊炬火，飞去破烟岚。

【注释】

① 三茅观：即三茅宁寿观，《西湖游览志》卷十二："在七宝山东北，本三茅堂，相传三茅君长盈、次固、季衷，秦初咸阳人，得道成仙，自汉以来崇祀之。宋绍兴二十年，因东京旧名，赐额曰寿宁观，并畀古器。"宋高宗曾赐以汉鼎、唐钟、褚遂良书小楷《阴符经》，加上之后入藏的吴道子《南方星君像》、玉靶剑、七宝数珠、轩辕镜，为观中七宝，一时连山也以"七宝"名之。观后筑"十二瑶台"，遍植桃花，春时郊祭，时有"瑶台万玉"之称，为"吴山八景"之一。明朝时，观内辟有书馆，于谦少年时曾读书于此。

② 以意度之：主观揣测它。

③ 绍兴二十年：1150 年。

④ 至元：元世祖忽必烈的年号（1264—1294）。

⑤ 洪武：明太祖朱元璋的年号（1368—1398）。

⑥ 成化十年：1474 年。

⑦ 嘉靖三十五年：1556 年。

⑧ 总制：即总督。　胡宗宪：见卷四《西湖南路·钱王祠》注。

⑨ 万历二十一年：1593 年。

⑩ 司礼孙隆：见卷一《西湖总记·明圣二湖》注。

⑪ 褚遂良：字登善，钱塘（今杭州）人。唐高宗时官至尚书右仆射、知政事，封河南郡公，后被贬死。其书法为"初唐四大家"之一，其正楷丰艳，自成一家。《阴符经》：全称《黄帝阴符经》，多谈道家修养，间涉丹术，并有部分纵横、兵家言，为道教重要经典。

⑫ 景定庚申：1260 年。

⑬ 贾似道有江汉功：1295 年，蒙古攻鄂州，贾似道领兵出援，私下向忽必烈称臣纳币，蒙古兵引还，诈称大捷。

⑭ 殊韵：非常风雅。

⑮ 曹孟德：曹操，字孟德。其诗文领袖建安年间文坛。

⑯ 徐渭：见卷二《西湖西路·岣嵝山房》注。

⑰ 青凤：传说中为修炼得道的仙人所骑。

⑱ 海门：此当指古代龛、赭两山夹江对峙，所形成的"海门"。即杨维桢《观潮》诗（见卷五《西湖外景·六和塔》）所谓"须臾海辟龛赭门"。

⑲ 概：量谷物时刮平斗斛的器具。

⑳ 城隍：见卷五《西湖外景·城隍庙》注。

㉑ 鹿苑：杨炫之《洛阳伽蓝记·法云寺》范祥雍校注："鹿苑，即鹿野苑，佛成道处。"　文殊：文殊菩萨，佛教四大菩萨之一。释迦牟尼佛的左胁侍菩萨，顶结五髻，手持宝剑，代表智慧锐利，因德才超群，居菩萨之首。

㉒ 狮子：传说为文殊菩萨的坐骑。　祇（qí）树：祇树园中供养佛的树。

㉓ 吴山：即胥山、城隍山。

㉔ 黄冠：指道士。

㉕ 琳宫：仙宫、道观。　阑：残，尽，晚。

㉖ 谢：此指融化。

【评品】

文章历叙三茅观的由来和兴废，兼及贾似道其人其才。作者激赏其诗文书画，并非不可；但“便觉其罪滔天，减却一半”则殊为欠妥。因人而废其诗文书画，固然片面；但诗文书画，又焉“能忏悔恶人”，减其罪孽！更何论其“江汉功”乃“诈称”，所受“赐金”乃诓得。将曹操作为千古奸雄与其相提并论，也是囿于传统偏见。

紫阳庵

紫阳庵在瑞石山①。其山秀石玲珑，岩窦窈窕。宋嘉定间②，邑人胡杰居此。元至元间③，道士徐洞阳得之，改为紫阳庵。其徒丁野鹤修炼于此。一日，召其妻王守素入山，付偈云：“懒散六十年，妙用无人识。顺逆俱两忘，虚空镇长寂。”遂抱膝而逝。守素乃奉尸而漆之，端坐如生。妻亦束发为女冠，不下山者二十年。今野鹤真身在殿亭之右。亭中名贤留题甚众。

其庵久废，明正统甲子④，道士范应虚重建，聂大年为记⑤。万历三十一年⑥，布政史继辰范涞构空翠亭⑦，撰《紫阳仙迹记》，绘其图景并名公诗，并勒石亭中。

李流芳《题紫阳庵画》⑧：

南山自南高峰逦迤而至城中之吴山⑨，石皆奇秀一色，如龙井、烟霞、南屏、万松、慈云、胜果、紫阳⑩，一岩一壁，皆可累日盘桓⑪。而紫阳精巧，俯仰位置，一一如人意中，尤奇也。余己亥岁与淑士同游⑫，后数至湖上，以畏入城市，多放浪两山间，独与紫阳隔阔。辛亥偕方回访友云居⑬，乃复一至，盖不见十余年⑭，所往来于胸中者，竟失之矣。山水绝胜处，每恍惚不自持⑮，强欲捉之，纵之旋去。此味不可与不知痛痒者道也⑯。余画紫阳时，又失紫阳矣。岂独紫阳哉，凡山水皆不可画，然不可不画也，存其恍惚而已矣。书之以发孟旸一笑⑰。

袁宏道《紫阳宫小记》⑱：

余最怕入城。吴山在城内，以是不得遍观，仅匆匆一过紫阳宫耳。紫阳宫石，玲珑窈窕⑲，变态横出⑳，湖石不足方比㉑，梅花道人一幅活水墨也㉒。奈何辱之郡郭之内㉓，使山林懒僻之人亲近不得㉔，可叹哉。

王稚登《紫阳庵丁真人祠》诗㉕：

丹壑断人行㉖，琪花洞里生㉗。
乱崖兼地破，群象逐峰成。
一石一云气，无松无水声。
丁生化鹤处㉘，蜕骨不胜情㉙。

董其昌《题紫阳庵》诗㉚：

初邻尘市点灵峰，径转幽深绀殿重㉛。
古洞经春犹闷雪，危厓百尺有欹松㉜。
清猿静叫空坛月，归鹤愁闻故国钟。
石髓年来成汗漫㉝，登临须愧羽人踪㉞。

【注释】

① 紫阳庵：即紫阳道院，位于瑞石山橐驼峰侧，在三茅观旁。宋建集庆堂，元改紫阳庵，明重建，乾隆二十二年迁庵于宝成寺后，清咸丰年间毁。本文自“宋嘉定间”至“不下山者二十年”，录自《西湖游览志》卷十二。　瑞石山：《西湖游览志》卷十二：“秀石玲珑，岩窦窗寮，寒泉涓沥，汇为澄泓者，往往而有，清幽彻骨，空翠扑肌，湖山奥区，罕与伦比。”

② 嘉定：宋宁宗赵扩的年号(1208—1224)。

③ 至元：元世祖忽必烈的年号(1264—1294)。

④ 正统甲子：1444 年。　正统：明英宗年号(1436—1449)。

⑤ 聂大年：字寿卿。《西湖游览志余》卷十一：“号东轩，临川人。举明经，为仁和县学训导，升教谕。襟怀坦率，有清才，文章流丽，诗复俊逸，而洒翰得李北海遗意。诱育士子，务尽恩义。荐入翰林，修辽、金、宋三史。”

⑥ 万历三十一年：1603 年。

⑦ 范涞(约1560—1610):字原易,号晞阳,屯溪奕棋镇林塘(今安徽黄山市)人,万历进士。任南昌知府,力行惠政。万历二十二年,范涞就任浙江按察司副使,提典刑狱。铸成岳庙四奸铁跪像,深得民心。万历三十年,范涞升任浙江布政使,重返杭州,又见王氏和张俊铁像被击碎。范涞自取薪俸,再次将铁像跪像补齐。官至福建右布政使。继辰,或为其又字。

⑧ 李流芳:见卷四《西湖南路·雷峰塔》注。

⑨ 南高峰:见卷四《西湖南路·南高峰》注。 迤逦:曲折绵延。 吴山:又称胥山、城隍山。因为春秋吴国西界而名。

⑩ 龙井:见卷四《西湖南路·龙井》注。 烟霞:见卷四《西湖南路·烟霞石屋》注。 南屏:见卷一《西湖总记·明圣二湖》注。 万松:万松书院,位于凤凰山北万松岭上。始建于唐贞元(785—804)间,名报恩寺。明弘治十一年(1498)浙江右参政周木辟为万松书院。王阳明曾在此讲学。 慈云:在玉皇山慈云岭,曾是吴越王祭天的登云台。北宋大中祥符元年(1008),改辟为天真禅寺。明代重建。 胜果:见卷五《西湖外景·胜果寺》注。

⑪ 盘桓:徘徊,流连。

⑫ 己亥:万历二十七年(1599)。 淑士:王志坚。见卷五《西湖外景·云栖》注。

⑬ 辛亥:万历三十八年(1611)。 方回:邹仲锡,字方回。见卷五《西湖外景·西溪》注。 云居:见卷五《西湖外景·云居庵》注。

⑭ 十余年:指1599年至1611年。

⑮ 恍惚:神智不清醒、迷糊状。 不自持:不能自我控制。

⑯ 不知痛痒者:愚钝,悟性差的人。

⑰ 孟旸:程嘉燧。见卷五《西湖外景·云居庵》注。

⑱ 袁宏道:见卷一《西湖总记·明圣二湖》注。

⑲ 窈窕:幽远曲折貌。

⑳ 横出:迭出。

㉑ 湖石:太湖石,以"瘦、透、漏、皱"之玲珑美著称。

㉒ 梅花道人:吴镇(1282—1354),字仲圭,号梅花道人,浙江嘉兴人。"元四大家"之一,山水师法董源、巨然,兼取马远、夏圭、水墨苍莽。

㉓ 辱之郡郭之内:置于城内,有所辱没。

㉔ 山林懒僻之人:喜居山林僻幽之处,不屑入城之人。作者自指。

㉕ 王稚登:见卷四《西湖南路·一片云》注。

㉖ 丹壑:红土的山谷。

㉗ 琪花:仙境中的花草,其美如玉。

㉘ 丁生:丁令威。道教崇奉的仙人。辽东人,学道于灵墟山。得道成仙后驾鹤(一说化鹤)飞升。后飞回故里,立于一华表柱上,有少年欲射之,鹤乃飞,于空中高唱:“有鸟有鸟丁令威,去家千年今始归。城郭如故人民非,何不学仙冢累累。”以此警喻世人。详《搜神后记》。此处以丁令威比丁野鹤。后董其昌诗“归鹤”亦化用此典。

㉙ 蜕骨:道教谓人得道升仙后的遗蜕、遗骸。

㉚ 董其昌:见卷一《西湖北路·岳王坟》注。

㉛ 绀:深青透红之色。

㉜ 攲松:斜松。

㉝ 石髓:石钟乳。古人用以服食,也可入药。　汗漫:漫无边际。

㉞ 羽人:仙人。

【评品】

紫阳庵以秀石玲珑见称,以丁野鹤真身为古迹。本文可与李流芳《题紫阳庵画》、袁宏道《紫阳宫小记》相参读。